KNAUR

Von Kai-Eric Fitzner ist bereits folgender Titel erschienen:
Willkommen im Meer

Über den Autor:
Kai-Eric Fitzner kam 1970 in Bremen zur Welt. Sein Frühwerk, die Geschichte vom geschenkgierigen Hasen, verfasste er im Alter von sieben Jahren und sorgte damit auf Omas Geburtstagsfeier für Furore. Auf die Schulzeit folgte ein geisteswissenschaftliches Studium, das Anfang des neuen Jahrtausends konsequenterweise in einer IT-Karriere mündete. Heute lebt er mit seiner Familie in Oldenburg. *Krumme Dinger* ist nach *Willkommen im Meer* sein zweiter Roman.

KAI-ERIC FITZNER

KRUMME DINGER

KRIMINALROMAN

KNAUR

Besuchen Sie uns im Internet:
www.knaur.de

Internetpräsenz des Autors:
http://mondspiegel.de/blog/

FSC
www.fsc.org
MIX
Papier aus verantwortungsvollen Quellen
FSC® C083411

Originalausgabe September 2017
Knaur Taschenbuch

Ein Imprint der Verlagsgruppe
Droemer Knaur GmbH & Co. KG, München
Dieses Werk wurde vermittelt durch die AVA international GmbH
Autoren- und Verlagsagentur, München.
www.ava-international.de

Redaktion: Regina Carstensen
Covergestaltung: semper smile, München
Coverabbildung: plainpicture / Elektrons 08
Satz: Daniela Schulz, Puchheim
Druck und Bindung: CPI books GmbH, Leck
ISBN 978-3-426-51912-7

2 4 5 3 1

Hannes – Du fehlst mir.
So long, and thanks for all the fish.

HAUKE

I

DONNERSTAG, 21.04.

Herr Turrturr stand auf Haukes Brust, seine Nase nur Millimeter von Haukes entfernt, und atmete ihm geräuschlos ins Gesicht.

Der Tag beginnt nicht gut, dachte Hauke, als er aus müden Augen auf den Wecker schielte und dort die vierfache Null blinken sah. Seit die eifrigen Bauarbeiter die Straße aufgestemmt hatten, fiel der Strom zwei- bis dreimal die Woche aus. Meistens gab es dazu einen Hinweis im Briefkasten, den die Elektriker leider erst morgens dort hineinwarfen, bevor sie sich ihrem Tagwerk widmeten. Das geschah um sechs, wie Hauke wusste, denn er war den Arbeitern einmal begegnet, als er um diese Zeit heimgekehrt war. Danach hatte er sich der Betriebsanleitung seines Radioweckers gewidmet und herausgefunden, dass dieser für solche Fälle mit einem Batteriefach für die Notstromversorgung ausgestattet war. Sofort hatte er es bestückt. Dreimal hatte er seitdem eine Stromversorgungsunterbrechungsmitteilung in seinem Briefkasten gefunden, also war er davon ausgegangen, dass die Notstromversorgung ihren Dienst tat.

Alles in allem ziemlich enttäuschend für eine Blockbatterie, fand Hauke. Er hob Herrn Turrturr hoch und stellte ihn neben sich aufs Bett. Dann stand er ruckartig auf, bevor er wieder einschlafen konnte. Wie spät es wohl sein mochte?

Er schlurfte in die Küche, um Kaffee zu kochen. Neun Uhr dreißig zeigte die Küchenuhr. Hauke brauchte einen Augenblick, um diese Information zu verarbeiten. Dann aber rannte er ins

Bad und riss sich die Kleider vom Leib. Bevor er sich laut stöhnend unter die eiskalte Dusche stellte, warf er noch einen kurzen Blick in den Spiegel: Die dunklen Haare standen strubbelig von seinem Kopf ab, schlank war er mit seinen Mitte dreißig immer noch, leider nicht sehr groß, Freunde hatten ihn mal mit John Cusack verglichen. Er hatte erst gar nicht gewusst, wer das war, aber dann hatte er im Netz nachgeschaut und sich mit dem amerikanischen Schauspieler, der gern Antihelden spielte, schon identifizieren können.

Brrr. Kalt musste das Wasser sein, denn normalerweise liebte er es, allmählich aufzuwachen, doch nun hatte er eine geschlagene Stunde verschlafen. Irgendwie musste er das aufholen.

Seine Haut brannte noch immer von der Vereisung, als er sich in großer Hektik ankleidete. Natürlich gab es kein gebügeltes Hemd und natürlich auch keine Zeit, diesen Umstand zu ändern. Also schlüpfte er in einen nicht zu warmen Pullover, zog seine leichte Sommerjacke an, griff nach seiner Fototasche und dem Rucksack und verließ die Wohnung.

Sein Hausbäcker nebenan hatte keine Croissants und auch keine Plastikdeckel für die Kaffeebecher zum Mitnehmen mehr und sagte auf Haukes erstaunten Gesichtsausdruck: »Um diese Zeit?« Hauke entschied sich für einen Espresso, in der Hoffnung, diesen ohne Deckel während der Autofahrt trinken zu können.

Er balancierte den heißen Kaffee zu seinem Wagen und stellte den dampfenden Becher aufs Autodach, um seine Schlüssel zu suchen. Er schloss den Wagen auf, nachdem er sie nach endloser Suche in seinem Rucksack gefunden hatte, öffnete die Fahrertür und ließ dabei den Becher nicht aus den Augen.

Nur nicht vergessen, dachte er.

Hauke entgingen dabei die scheelen Blicke der herumlungernden Bauarbeiter nicht. Besonders der feiste Vorarbeiter ließ keinen Zweifel daran aufkommen, dass er Menschen, die später aus dem Haus gingen als er, zutiefst verachtete. Der Kapo war ein auffallend unsympathischer Zeitgenosse mit einem viel zu dicken Bauch, einer viel zu großen Goldrandbrille und einem viel zu auffälligen Toupet. Hauke hatte den Fettwanst noch nie irgendwas arbeiten gesehen. Er stand immer nur den ganzen Tag auf eine Spitzhacke gelehnt herum und grunzte seine Untertanen an.

»Moin«, rief Hauke ihm zu.

Der Fettwanst nickte ihm mit leicht geöffnetem Mund zu, wobei seine Brille ihm ein wenig weiter die Nase hinabrutschte. Dann brüllte er einen der Arbeiter an, der in seiner unmittelbaren Nähe stand, woraufhin dieser anfing, seinen Spaten in den Boden zu rammen.

Hauke lehnte sich ins Auto hinein und verstaute Kameratasche und Rucksack im Beifahrerfußraum, wobei sich der Tragegurt seiner Tasche an der Handbremse verhedderte. Als er ihn schließlich befreit hatte, nahm er selbst Platz, schloss die Tür, setzte rückwärts auf die Straße und beobachtete den Espresso, als dieser die Windschutzscheibe hinablief.

* * *

Von seinem ersten Termin verpasste Hauke mehr als die Hälfte. Er kam erst wieder zu sich, als in voller Lautstärke Musik vom Band einsetzte.

Bitte nicht schon wieder »Star Wars«, dachte er und wischte sich das feuchte Rinnsal aus seinem linken Mundwinkel. Schlafspeichel. Mit den Fanfarenstößen, die aus den Lautsprechern der Provinzveranstalter plärrten, ging wüstes Gestampfe des

gesamten Auditoriums einher, während der gedrungene und haargelichtete Conférencier der Veranstaltung irgendwas ins Mikrofon sagte.
Hier geht nur Musik oder Sprechen, Idiot, dachte Hauke. Nicht beides.
Dann ging plötzlich der Suchscheinwerfer an, der wie die Musikanlage vom einzigen Haustechniker bedient wurde.
Gleich läuft er zurück und schaltet von Musik auf Mikro, um dann wieder zum Scheinwerfer zu hecheln, überlegte Hauke weiter, während er nach seinem Notizblock kramte.
Er fand den traurigen, versifften Zettelblock zu seinen Füßen in einer Sektlache. Offenbar war er ihm, während er schlief, vom Knie gerutscht und dem Inhalt des Glases, das die Dame neben ihm umsichtigerweise auf den Boden geparkt hatte, zum Opfer gefallen. Das Glas wiederum war ihrem Gestampfe zum Opfer gefallen, nun planschte seine Nachbarin in der Lache. Nichtsdestotrotz bemerkte sie sein Herumfingern zu ihren Füßen. Sie tadelte ihn mit einem strafenden Blick. Es war ihr anzumerken, wie zutiefst unsittlich sie sein Verhalten fand.
»Entschuldigung«, sagte Hauke und versuchte, den Block trocken zu schütteln. Da er außer Datum und Namen der Veranstaltung aber noch nichts aufgeschrieben hatte, gab er diese Tätigkeit sehr schnell wieder auf und ließ den Block unbemerkt wieder fallen.
»… end ze vinna iss …«, moderierte der Mann auf der Bühne nach einem ohrenbetäubenden Klatschen einfach weiter. Es dröhnte ein kurzer Fanfarenstoß, diesmal der von »20th Century Fox«, durch die Mehrzweckaula. Unterdessen stolperte ein rotwangiger, dickleibiger Mann auf die Bühne. Oben angekommen, grinste er verschämt ins Publikum. Gegenstand und Grund seiner Ehrung hatte der Moderator leider nur dem

Mikrofon mitgeteilt, aber Haukes Interesse an diesen Details hielt sich ohnehin in Grenzen. Er machte seine Kamera bereit für den wichtigen und unvermeidlichen Schnappschuss.
Der Suchscheinwerfer hatte mittlerweile den Preisträger in der Bühnenmitte erfasst, wo der stark schwitzende Mann am Mikro vorbei nuschelte. Hauke machte einige Bilder, eine richtig schöne Serie, packte dann seine Sachen zusammen und verließ schleunigst den Saal.

Drei Termine später traf Hauke in der Redaktion ein. Seine Kollegen waren wohl noch unterwegs, denn niemand ließ sich blicken, so dass er erst einmal einen Kaffee aufsetzte. Außer dem Kaffeeduft, der sich in der Lüftung seines Wagens festgesetzt hatte, war ihm Koffein an diesem Tag verwehrt geblieben. Selbst der Sprecher der Industrie- und Handelskammer bei seinem letzten Termin hatte ihm keinen Kaffee angeboten und diese Nachlässigkeit auch noch zum Abschied kokett vom Tisch gefegt. »Ach herrje«, hatte er gesagt, »da habe ich Ihnen ja nicht mal einen Kaffee angeboten. Na, nächstes Mal dann.« Der absolute Gipfel der Unverfrorenheit, wie Hauke fand.
Mit einem Becher in der Hand ging er zu seinem Arbeitsplatz. Er schloss die Kamera an den Rechner an und rief seine E-Mails ab, während er einen Schluck nahm. Die erste Mail war vom Administrator wegen irgendeiner Umstellung am Sonntag. Hauke fragte sich, was er damit zu tun hatte. Die zweite Mail jedoch verhagelte ihm seine ohnehin dürftige Laune gewaltig. Es war eine Nachricht von seinem Kollegen Piet, der eigentlich für das Ressort Sport verantwortlich war, letztlich aber zuständig für sämtliche lokalen Belange.
»Hauke!« So begann die Mail.
Prima, dachte Hauke. Mit Ausrufezeichen.

»Bin krankgeschrieben bis Montag. Nebenhöhlen! Morgen um zehn ist Pressekonferenz im Rathaus wegen Berl.-Platz. Samstag zum Basketball. 20 Uhr. Piet.«
»Na spitze. Basketball, Pressekonferenz. Ist ja nicht so, als hätte ich nicht selbst genug zu tun.« Er hatte das Bedürfnis gehabt, alles laut auszusprechen, war ja sowieso keiner da.
Um nicht weiter darüber nachdenken zu müssen, machte er sich sogleich an die Arbeit, den ersten Termin des Tages in einen Artikel zu gießen. Der dafür vorgesehene Platz ließ allerdings kaum mehr zu als ein Foto und ein paar freundliche, dem Anlass angemessene Worte.
»Die Kuh ist vom Eis«, wählte Hauke als Überschrift und als Untertitel: »Ammerländer Rinderzüchter feiern den Frühling und sich selbst.« Der Rest war ein Selbstläufer, obwohl er den Großteil der Veranstaltung verschlafen hatte. Aber das war ja nicht das erste Mal.

* * *

Hauke fühlte sich immer noch eigenartig angespannt, als abends seine Wohnungstür hinter ihm ins Schloss fiel. Seit er Piets Mail gelesen hatte, war er pausenlos damit beschäftigt gewesen, seine Termine für die kommenden beiden Tage zu verinnerlichen. Morgen um neun hatte er ein Gespräch mit der neuen Leiterin des Stadtbüros für Touristik und Fremdenverkehr in Oldenburg und Umgebung, das sich sogar offiziell ToFOU nannte.
Ob die das wohl auch wie Tofu ausspricht?, fragte sich Hauke. Oder eher Französisch, mit der Betonung auf »Fou«?
Um zehn musste er bereits im Rathaus zur Pressekonferenz anlässlich der möglichen Errichtung eines Einkaufszentrums

auf dem Berliner Platz sein, Piet sei Dank. Samstagmorgen stand die NPD-Demo auf der Agenda. Danach musste er in die Redaktion und die restlichen Artikel für die Sonntagsausgabe verfassen und sich gleichzeitig mental auf das Basketballspiel am Abend vorbereiten.

Hauke öffnete eine Flasche Wein und setzte sich in seinen Sessel neben der geöffneten Balkontür. Er legte die Füße hoch und blickte auf den kleinen Stapel Kopien auf seinem Schoß, die er zum Einkaufszentrum am Berliner Platz im Archiv zusammengeklaubt hatte. Der Tenor all dieser Artikel war typisch Piet: »Großinvestor von außerhalb möchte in Oldenburg Arbeitsplätze schaffen, doch die kleinkarierten Einzelhändler aus der Fußgängerzone laufen dagegen Sturm.« Aus der Berichterstattung seines Kollegen ging leider nicht hervor, weshalb er diese Ansicht vertrat, was Hauke ziemlich merkwürdig vorkam. Piet war ein Lokalpatriot par excellence und hätte normalerweise, ohne mit der Wimper zu zucken, Partei für die Oldenburger Kaufleute ergreifen müssen.

Ein Artikel fiel Hauke besonders ins Auge: »Eine verschärfte Konkurrenzsituation ist schon deshalb auszuschließen, weil die Norddeutsche Kommerz-Entwicklungsgesellschaft (NKE) dafür Sorge trägt, dass das Angebot im neuen Einkaufszentrum die Angebotspalette in der Oldenburger City ergänzen statt ersetzen wird.« Als Beleg dafür führte Piet den Pressesprecher der NKE an: »Unser Interesse an einem starken Standort verbietet engstirniges Konkurrenzdenken. Wir wollen den Standort Oldenburg gemeinsam mit dem ansässigen Einzelhandel stärken und sind überzeugt, dass es uns gelingen wird, die Interessengemeinschaft durch gezielte Kommunikation von dieser Win-win-Situation zu überzeugen.«

Was für ein Geschwafel, dachte Hauke. Als hätten die irgendein anderes Interesse, als Geld zu verdienen. Aber warum war Piet auf diesen Quatsch reingefallen?

Gerade als sich eine Antwort auf diese Frage in Haukes müdem Kopf manifestieren wollte, klingelte das Telefon. Ein kurzer Blick in Richtung des Apparats verriet Hauke, dass er wohl oder übel rangehen musste. Das Lämpchen des Anrufbeantworters signalisierte, dass dieser sich außerstande sah, weitere Nachrichten aufzunehmen. Hauke stellte das Weinglas ab und schlurfte extra langsam zum Telefon, von der Hoffnung beseelt, das Klingeln würde einfach aufhören, wenn er sich nur genügend Zeit ließ. Aber es tat sich nichts dergleichen, also griff Hauke nach dem Hörer.

»Nöhlert?«, meldete er sich.

»Na, das ist ja was«, antwortete eine verheulte Stimme am anderen Ende. »Dass du auch noch mal ans Telefon gehst.«

Die Mischung aus hysterischer Verzweiflung und Vorwurf verriet Hauke die Identität des Anrufers. »Conny? Alles in Ordnung?«

»Nichts ist in Ordnung«, schluchzte Conny. »Überhaupt nichts.«

»Was ist denn los?«, fragte Hauke so einfühlsam, wie er es eben vermochte.

»Du wirst Vater, das ist los«, erwiderte die Angesprochene überraschend scharf.

Hauke spürte, wie ihm ein zusätzlicher Liter Blut in den Kopf und insbesondere in die Ohren schoss.

»Äh, was soll ich denn jetzt dazu sagen?«

»Du könntest dich freuen.« Conny heulte jetzt herzzerreißend.

Nach dem ersten Schock fiel Hauke ein, dass er sie seit über fünf Wochen nicht gesehen hatte.

»Seit wann weißt du das denn?«

»Hörst du denn deine Nachrichten nie ab?«, giftete Conny.
»Ich bin gerade erst nach Hause gekommen. Also, seit wann?«
Weiter brauchte er nicht zu sprechen. Conny hatte aufgelegt.
Da werde ich wohl die Nachrichten abhören müssen, dachte Hauke und machte sich an die Arbeit.
Vierundzwanzig Mitteilungen später war sein Schockzustand einer inneren Gelassenheit gewichen. Offenbar hatte Conny an ebendiesem Tag damit gerechnet, ihre Regel zu bekommen, und da sie sich zu der Kategorie »Frauen, die immer ganz genau wissen, wann sie ihre Tage kriegen« zählte, war nach diesem ihrem Weltbild nur noch Platz für eine Schwangerschaft. Zu gern hätte er gewusst, ob sie vier Wochen zuvor schon ihre Periode bekommen hatte und ihr dieser Umstand lediglich entgangen war, denn eigentlich hätte sie ja zu dem Zeitpunkt längst Alarm schlagen müssen.
Vielleicht erfahre ich morgen mehr, dachte Hauke und setzte sich wieder in seinen Sessel. Herr Turrturr, seiner eigenen Meinung nach der wahre Herr im Hause Nöhlert, hatte sich inzwischen dazu herabgelassen, Haukes Anwesenheit zur Kenntnis zu nehmen. Er ließ sich auf seinem Schoß nieder.
Lange blieben sie so allerdings nicht sitzen. Hauke konnte sich einfach nicht mehr auf die Artikel zum Einkaufszentrum konzentrieren, denn die Sache mit Conny ließ ihm keine Ruhe. Was hatte ihn nur dazu bewogen, überhaupt etwas mit ihr anzufangen? Klar, sie war blond, hübsch. Aber er wusste nicht mal, was sie beruflich tat oder ob sie sich für irgendetwas besonders interessierte. Er beschloss, sie doch noch mal zurückzurufen, und sprang hektisch auf. Herr Turrturr quittierte es mit einem empörten Maunzen.
Kaum hatte Hauke Connys Nummer gewählt, nahm sie auch schon ab.

»Hallo?«, wimmerte sie theatralisch ins Telefon.
»Ich bin's«, sagte Hauke.
»Was willst du?«
»Ich habe deine Nachrichten jetzt abgehört und hätte da noch eine Frage.«
»Und?«
»Nun ja. Hast du … also, das letzte Mal, als du deine Tage gekriegt hast … wann war das?«
»Vor vier Wochen, du Idiot. Das ist immer so. Hat dir das nie jemand erklärt?«, antwortete Conny ziemlich herablassend.
»Ich meine ja nur … also, wie soll ich's sagen? Wir haben … also, das letzte Mal, als wir … du weißt schon … das ist jetzt über fünf Wochen her.«
»Was willst du damit sagen?«
»Nichts … Ich meine ja nur.«
»Ach, so ist das. Die blöde Schlampe vögelt ja eh ständig herum! Wie will sie da wissen, ob das Kind von mir ist? Verdammtes Arschloch.«
Abrupt legte sie wieder auf. Hauke war sehr erleichtert. Er war zwar kein Freund davon, Frauen irgendwelche kollektiven Eigenschaften zuzuschreiben, aber eine Sache, die all seinen bisherigen Freundinnen gemein schien, war, dass ihnen kurz vor ihrer Periode jedwede Form logischen Denkens abhandenkam. Also war Conny nicht schwanger. Das fand er sehr beruhigend, und es ließ ihm ein paar Tage Zeit, sich eine Strategie zu überlegen, wie er den Kontakt zu ihr endgültig abbrechen konnte. Sichtlich entspannt ging er zum Sessel zurück, hob Herrn Turrturr hoch, um ihn dann wieder auf seinen Schoß zu setzen, und nahm, nachdem er die übrigen Artikel überflogen hatte, einen großen Schluck Wein. Er schloss die Augen und lauschte der lauen Frühlingsnächten innewohnenden Stille.

2

FREITAG, 22.04.

Die individuelle Erreichbarkeit der City spielt für viele Verbraucher eine erhebliche Rolle, Herr Nöhlert«, sagte Frau Weißhaupt. »Potenzielle Kunden, gerade von außerhalb, fühlen sich von den mangelnden Parkmöglichkeiten eher abgeschreckt.« Die Leiterin des ToFOU trug einen tief sitzenden Pferdeschwanz, eindeutig schwarz gefärbt, was sie vermutlich jünger aussehen lassen sollte, als sie tatsächlich war. Ende vierzig? Der dezent hellbeige Hosenanzug unterstrich diesen Eindruck. Frau Weißhaupt saß leicht vornübergebeugt hinter ihrem Schreibtisch und spielte ohne Unterlass mit einem matt gebürsteten Metallkugelschreiber. Sie blickte Hauke immer ein wenig von unten an, wobei sie ihren Kopf nach links legte, wenn sie sprach, und nach rechts, wenn sie zuhörte.

»Tja, aber die Belegung des Parkrings und des Parkhauses am Waffenplatz deutet ja darauf hin, dass es noch Reserven gibt, Frau Weißhaupt. Wieso brauchen wir da ein neues Parkhaus?« Hauke nahm die Leiterin scharf ins Visier.

»Die NKE besteht auf einem eigenen Parkhaus für die Erschließung des Berliner Platzes. Ohne zusätzliche Parkplätze wäre die Mall nicht realisierbar.«

»Die Mall?«

»Ein Begriff aus dem Amerikanischen, Herr Nöhlert.«

»Ich weiß wohl, was eine Mall ist. Bislang war aber immer von einem Einkaufszentrum die Rede.«

»Wir sind der Überzeugung, dass der Begriff ›Einkaufszentrum‹

zu allgemein ist, um unser Vorhaben zielgenau zu pitchen. Bei einer Mall schwingen mehr Nuancen, mehr Feinheiten mit. Wir wollen die Mall als wesentlichen Bestandteil der Oldenburger Fußgängerzone positionieren.«

»Aha.«

»Wir sehen sie als Brückenkopf für alle Auswärtigen. Sie parken in der Mall, schlendern durch die Gänge, schauen in die Läden. Dann folgt ein Spaziergang durch die Fußgängerzone, sozusagen ein Ausflug in die Vergangenheit. Ein bisschen Bummeln hier, ein wenig Preise vergleichen da. Dann geht's zurück durch die Mall zum Auto. Das ist ein Quantensprung in Sachen qualifiziertes Kaufverhalten.«

Frau Weißhaupt legte den Kopf wieder nach rechts, also musste Hauke jetzt etwas sagen.

»Da wird mir aber der Gewinn für die in der Fußgängerzone ansässigen Geschäftsleute nicht so ganz klar. So wie Sie das jetzt sagen, klingt das, als sollten die potenziellen Käufer sich in der Altstadt lediglich vergewissern können, dass die Sachen in der Mall billiger sind als in der Fußgängerzone, um dann auf dem Rückweg zum Wagen dort zuzuschlagen.«

Diesmal lehnte Frau Weißhaupt sich zurück und hielt ihren Kugelschreiber mit Daumen und Zeigefingern beider Hände vor die geschürzten Lippen.

»Da haben Sie wohl kürzlich mit Herrn Buhlmann gesprochen, oder? Alles, was ich Ihnen dazu sagen kann, ist, dass ich diese verkürzte Sicht der Dinge nicht teilen kann. Natürlich müssen wir vom Einzelhandel erwarten, dass er sich wettbewerbsfähig aufstellt. Oldenburg muss schließlich seine Stellung als Oberzentrum behaupten. Die Zeiten, wo wir uns auf Traditionen ausruhen konnten, sind vorbei, Herr Nöhlert.«

Hauke versuchte sich zu erinnern, woher er den Namen Buhlmann kannte. Da ihm nichts zu diesem einfiel, machte er sich eine mentale Notiz. Frau Weißhaupt lehnte sich erneut nach vorne und legte den Kopf nach links. Offenbar hatte sie ihren verlorenen Faden wiedergefunden.

»Schauen Sie. Unsere Aufgabe ist es, ein gut vermittelbares Profil von Oldenburg zu erstellen, damit wir zielgruppengerechtes Marketing betreiben können. Mit diesem Klein-Klein der Einzelhändler lassen sich keine neuen Käuferschichten erschließen.«

»Sehen Sie da kein Problem mit den bereits bestehenden Käuferschichten? Ich meine, es kaufen ja Leute in der Stadt ein. Denen scheint es ja zu gefallen. Wenn nun die Mall das Einzelhandelsgefüge durcheinanderbringt, wie können Sie da sicher sein, dass die jetzigen Käufer der Stadt nicht fernbleiben werden?«

»Da sehen wir natürlich noch Kommunikationsbedarf. Bislang liegt uns jedoch keine qualifizierte Profilierung der bestehenden Käuferschichten vor, so dass es derzeit schwierig ist, irgendeine Prognose zu wagen. Erste Untersuchungen deuten aber darauf hin, dass die Nutzer der Fußgängerzone viel zu heterogen sind, von einer einheitlichen Käuferschicht kann da gar keine Rede sein.«

Der Kopf lag rechts. Hauke wusste, was er Frau Weißhaupt schuldig war.

»Heißt das, dass Sie die bestehenden ›Nutzer‹ in Ihrer Planung gar nicht berücksichtigen, weil die sich nicht zu einer homogenen Gruppe zusammenfassen lassen?«

»Einspruch! So einfach machen wir es uns natürlich nicht. Aber Sie müssen zugeben, Herr Nöhlert, dass es extrem schwierig ist, das Einkaufserlebnis ›Oldenburg City‹ auf eine Zielgruppe abzustimmen, die sich nicht als Gruppe darstellen lässt.«

»Ja, aber die kaufen doch trotzdem, Gruppe oder nicht.«

»Natürlich.« Zur Abwechslung strich Frau Weißhaupt eine

nicht vorhandene Strähne aus ihrem Gesicht. »Aber solange wir nicht wissen, warum sie das tun, können wir nicht neu avisieren.«
»Wenn sie es aber doch trotzdem tun und dieser Umstand allen Beteiligten viel Freude bereitet, warum dann die Mall?«
»Kennen Sie das chinesische Sprichwort: ›Kein Fortschritt bedeutet Rückschritt‹? Nochmals: Ohne eine qualifizierte Profilierung der bestehenden Nutzerschaft können wir diese bei unserer Neuausrichtung nicht berücksichtigen. Zudem konkurriert Oldenburg als Oberzentrum der Region mit anderen Oberzentren, die allesamt über vergleichbare Einkaufsangebote verfügen. Wie sollen wir uns da profilieren, wenn wir nur diesen verstreuten Einzelhandel vorzuweisen haben?«
»Verstehe ich Sie richtig? Profilierung durch Assimilation ist da die Strategie? Ein Profil ist doch eher genau das Gegenteil, oder?«
»Ich gebe ja gerne zu, dass wir uns da eine Menge Arbeit aufgeladen haben, aber ich sehe das als Herausforderung.«
»Ja, äh, dann vielen Dank für Ihre Zeit, Frau Weißhaupt«, sagte Hauke und packte sein Diktiergerät ein.
»Gerne, Herr Nöhlert. Wenn Sie dann noch Fragen haben, können Sie sich jederzeit an meine Assistentin wenden.«
Frau Weißhaupt erhob sich, strich über ihre Anzugjacke, als müsste sie einen lästigen Fussel loswerden. Anschließend schüttelte sie Hauke zum Abschied die Hand.
Vor dem ToFOU-Büro schrieb sich Hauke den Namen Buhlmann in sein Notizheft. Ihn interessierte sehr, warum Frau Weißhaupt der Meinung war, er hätte mit ihm geredet. Bemerkenswert war, dass der bloße Verdacht dieser Konstellation ihr Rechts-Links-Programm zum Absturz gebracht hatte. Gleichzeitig fühlte er sich durch dieses Interview auf die nun folgende

Pressekonferenz zum gleichen Thema ausgezeichnet vorbereitet. Beschwingt ging er durch die Fußgängerzone in Richtung Rathaus.

Er war eine Viertelstunde zu früh. Ursprünglich hatte er etwas mehr Zeit für das Gespräch mit Frau Weißhaupt eingeplant, aber länger als eine halbe Stunde hatte er ihr Gerede nicht ertragen. So konnte er sich jedenfalls einen guten Platz suchen, nicht zu weit vorne, falls er einschlafen sollte.
Als die ersten Stadtverordneten eintrudelten, hielt eine fünfköpfige Gruppe direkt vor Hauke an. Der Anführer der Gruppe, ein Mann, der seine besten Jahre hinter sich hatte, aber davon keinesfalls etwas wissen wollte, musterte ihn eindringlich aus grauen Augen.
»Wer hat Sie denn da hingesetzt?«
»Oh, das war ich selbst«, sagte Hauke. »Ist das Ihr Platz?«
»Ihr Platz ist eine Drogerie«, sagte der Mann zu seinen Begleitern gewandt, die wie auf Kommando irrsinnig zu kichern begannen. »Aber Spaß beiseite«, fuhr der Sprachführer fort. »Eigentlich sind das hier die Plätze unserer Fraktion.«
Hauke wollte eben aufstehen, als sein Gegenüber beide Hände abwehrend vor sich hielt.
»Gemach, gemach! Ist ja keine Sitzung im eigentlichen Sinne. Da will ich mal nicht so sein. Aber denken Sie nächstes Mal bitte dran.«
Die fünf Spaßvögel entfernten sich und suchten sich eine andere Sitzgelegenheit. Hauke hörte noch, wie einer der Gefolgsleute »Ihr Platz ist eine Drogerie« wiederholte, als hätte er nie einen besseren Witz gehört. Kurz überlegte er, welcher Fraktion das Herren-Quintett wohl angehören mochte, aber da sich im Laufe der nächsten zehn Minuten niemand zu ihnen setzte,

waren sie wohl nicht Teil einer, sondern die komplette Fraktion der Freien Liberalen.
Schließlich war der Saal zur Hälfte gefüllt, und ein drahtiger, für die Jahreszeit etwas zu dunkel gebräunter Mann im Maßanzug betrat das Podium und startete eine PowerPoint-Präsentation. Die Pressekonferenz entpuppte sich sehr schnell als Werbeveranstaltung der Norddeutschen Kommerz-Entwicklungsgesellschaft, jener in Berlin ansässigen AG, die sich getreu ihres Namens ganz auf die Entwicklung des Handels in Norddeutschland spezialisiert hatte. Der schmächtig-drahtige PR-Manager der NKE, Bernd Meiners, hielt einen Vortrag, der immer wieder von vermeintlich kritischen Zwischenrufen diverser Stadtverordneter jeglicher Couleur unterbrochen wurde. Er sprach die ganze Zeit von Synergieeffekten und qualifizierten Nutzerprofilen, wobei er ständig beide Fäuste vor seiner Brust gegeneinanderschlug, um irgendwas zu verdeutlichen – was, war wahrscheinlich keinem der Anwesenden klar. Auf jeden Fall klirrten dabei immer die goldenen Armreifen, die er an beiden sonnengebräunten Handgelenken trug.
»Abschließend gebe ich zu bedenken«, sagte der Endfünfziger schließlich und fuhr sich mit der Hand durch das perfekt gegelte Haar, »dass wir uns mit einer Schwächung des Standorts Oldenburg City ins eigene Bein schießen würden. So, und jetzt haben wir noch eine Viertelstunde Zeit für Ihre Fragen.«
Während die ersten Hände in die Höhe schnellten, begann der junge und reichlich blass wirkende Assistent des PR-Experten Meiners, die Pressemappen auszuteilen. Es waren zwar kaum mehr als fünf Pressevertreter im Saal anwesend, und Hauke fragte sich, warum diese Veranstaltung überhaupt Pressekonferenz hieß, aber jeder der Abgeordneten bekam ebenfalls eine Mappe.

Zu Haukes Überraschung ergriff der Oberbürgermeister Andreas Mertens das Wort. Der junge Mann, seines Zeichens Ingenieur, der in Hamburg studiert hatte und erst für sein Amt des Oberbürgermeisters wieder in seine Heimat Oldenburg gezogen war, hatte sich von seinem Platz erhoben und beäugte den PR-Mann kritisch. Mertens war sehr groß und wollte mit seiner kerzengeraden, autoritären Haltung seinen Worten offenbar zusätzlich Geltung verleihen. »Vielen Dank für Ihren erhellenden Vortrag, Herr Meiners. Wie Sie wissen, stehen wir dem Vorhaben der NKE wohlwollend gegenüber. Das sage ich, damit kein Zweifel an unserer Bereitschaft für die Erschließung des Berliner Platzes aufkommt. Mittlerweile liegen ja auch die entsprechenden Gutachten vor, allen voran die Verträglichkeitsstudie, die das Vorhaben durchweg positiv beurteilen.«

»Das ist doch lächerlich!« Ein Zwischenruf von irgendwo hinter Hauke. Er widerstand dem Impuls, sich umzudrehen, weil ihn die Reaktion des Oberbürgermeisters interessierte. Der verzog keine Miene, ging aber auf den Zwischenruf ein.

»Da ich weiß, worauf Sie anspielen wollen, Herr Buhlmann«, sagte Oberbürgermeister Mertens, »will ich meine Aussage präzisieren. Die qualifizierten Gutachten beurteilen das Vorhaben durchaus positiv.«

Bei der Nennung des Namens Buhlmann drehte sich Hauke augenblicklich um und erblickte einen hageren Mittfünfziger, der ihm als Inhaber eines Tabakwarengeschäfts bekannt war.

»Dann sagen Sie doch bitte dazu, dass die positive Beurteilung des Vorhabens das einzige Qualifikationskriterium war, Herr Mertens. Sagen Sie das doch einfach«, rief Herr Buhlmann aufgebracht.

»Dies ist sicher nicht der geeignete Anlass, um über Ihre persönlichen Einwände zu diskutieren, Herr Buhlmann. Die

haben Sie uns ja nun oft genug vorgetragen. Worauf ich hinauswill, ist Folgendes.« Oberbürgermeister Mertens widmete seine Aufmerksamkeit wieder dem PR-Chef von der NKE. »So gerne wir grünes Licht geben würden, Herr Meiners, existiert da doch noch eine Kleinigkeit in den von Ihnen vorgelegten Plänen, über die wir sprechen müssen. Diese Kleinigkeit berührt nicht das Vorhaben als solches, das möchte ich in aller Deutlichkeit sagen. Aber wir sind angehalten, die Bauvorschriften einzuhalten, denen in dieser Stadt, wie Sie ja wissen, eine ganz besondere Bedeutung zuteilwird.«
Hauke spitzte die Ohren. Was auch immer der Oberbürgermeister sagen wollte, er hatte das gründlich vorbereitet. Warum hatte er für die Äußerung seiner plötzlichen Bedenken diese Veranstaltung gewählt?
»Der Teufel steckt ja oftmals im Detail«, sprach Oberbürgermeister Mertens weiter. »In diesem Fall heißt das Detail Bauhöhe. In den vorliegenden Plänen ist die Bauhöhe des Parkhauses durch Weglassen der vorgeschriebenen Sicht- und Lärmschutzblenden innerhalb der vorgeschriebenen Parameter eingehalten worden. Das geht so natürlich nicht. Ohne Lärm- und Sichtschutz kann in der Innenstadt kein Parkhaus errichtet werden, ich denke, da sind wir uns alle einig. Mit ihnen wird die Höhe des Parkhauses laut Bauvorschrift allerdings um mehr als drei Meter überschritten. Somit müssen wir abwarten, wie die neuen Pläne aussehen, die Sie uns dann vorlegen werden, bevor wir alles Weitere angehen können.«
Herr Meiners war PR-Mann genug, um sich nichts anmerken zu lassen. Er versuchte, so souverän wie möglich zu bleiben.
»Ich verstehe diesen Einwand nur zu gut und habe ihn, wenn ich ehrlich sein soll, erwartet«, sagte er mit einem künstlich wirkenden Siegerlächeln. »Sie werden sehen, dass die lokalen

Bauvorschriften in den endgültigen Plänen in vollem Umfang berücksichtigt sind. Was Ihnen bislang vorliegt, betrachten wir eher als Diskussionsgrundlage. Gibt es sonst noch Fragen oder weitere Einwände?«, fragte er etwas zu hastig in die Runde, während sich sein Assistent vor Hauke aufbaute und ihm die Pressemappe mit einem verschwörerischen Augenzwinkern überreichte.

»Sie haben bei all Ihren Synergieeffekten noch nicht erklärt, wie Sie sich die Kooperation mit dem ansässigen Einzelhandel vorstellen«, rief Herr Buhlmann.

»Seien Sie unbesorgt, Herr Buhlmann. Wir verstehen Ihre Einwände und arbeiten derzeit an den entsprechenden Kommunikationskanälen, damit wir gemeinsam diese Herausforderung für die Stadt Oldenburg wuppen werden.«

Als er *wuppen* sagte, schlug er abermals die zu Fäusten geballten Hände gegeneinander.

»Mit anderen Worten: Sie können's mir nicht erklären.«

»Ich kann mich nur wiederholen, Herr Buhlmann. Wir wissen aus unseren Erfahrungen in anderen Städten, wie fragil ein geografisch konzentrierter und inhaltlich diversifizierter Einzelhandel sein kann. Ich bitte Sie, uns da ein wenig zu vertrauen, denn schließlich liegen unsere gemeinsamen Interessen in der Stärkung des Standorts.«

»Nochmals: Wie wird das aussehen? Erzählen Sie mir das doch bitte mal.«

»Alles, was ich Ihnen zum jetzigen Zeitpunkt zusagen kann, ist, dass wir neue Nutzergruppen aktivieren werden, die Sie mit Ihrem Angebot bislang gar nicht ansprechen.«

»Na klar doch«, rief Herr Buhlmann. »Sie wollen für uns neue Käufer in die Stadt holen. Wie freundlich von Ihnen.«

»Ich denke, wir drehen uns hier im Kreis«, sagte Oberbürger-

meister Mertens. »Wenn es von den Vertretern der Presse keine weiteren Nachfragen gibt, können wir die Sitzung beenden.«
»Ich habe da noch eine Frage. Meinhoff, *Oldenburger Morgenpost.* Ich habe da jetzt rausgehört, dass der vorliegende Plan nicht genehmigungsfähig ist, aber irgendwie trotzdem, mit Einschränkung, genehmigt wird.«
»Das Vorhaben wird erst genehmigt, wenn die Pläne die notwendigen Vorschriften berücksichtigen. Ist das geschehen, steht der Sache nichts mehr im Weg. Es ist also keine Genehmigung mit Einschränkung, sondern unter Vorbehalt, Herr Meinhoff«, erklärte Oberbürgermeister Mertens.
Meinhoff nickte und schrieb etwas in sein Notizheft.
Zeitgleich erhob sich der Oberbürgermeister und verließ mit seinen Fraktionsschranzen sowie Herrn Meiners den Saal. Hauke packte seine Sachen zusammen und folgte ihnen nach draußen.
Als er in der wärmenden Frühlingssonne vor dem Rathaus stand, hatte er die Idee, dass er zunächst in Ruhe die Pressemappe lesen sollte, bevor er in die Redaktion fuhr. Er lenkte seine Schritte zu einem Café in der Nähe.

* * *

Zum ungefähr zehnten Mal blickte Hauke irritiert auf den handgeschriebenen Zettel in seiner Pressemappe. Was zur Hölle …?
»PP für jeden Abgeordneten bei Genehm. SPTG OK. Eilverf. für Start 04. GA OK. H-AG wird bauen. OG Mall-PH fällt weg.«
Auch wenn sich Hauke die Bedeutung dieses Papiers nicht ganz erschloss, so war er sich doch ziemlich sicher, dass dieser

Schrieb nicht für ihn gedacht war. Was auch immer sich dahinter verbarg, es wirkte latent beunruhigend. Er konnte nicht von sich behaupten, dass er ein großartiger investigativer Journalist war, aber inzwischen hatte er so viel Erfahrung gesammelt, dass da etwas ganz und gar nicht stimmte. Er war Lokalreporter, weil er es wichtig fand, dass die Menschen sich mit ihrer Umgebung identifizierten und sie über alles informiert wurden, was für sie wichtig sein konnte. Doch das hier stank zum Himmel. Und hatte der Typ, der ihm die Pressemappe ausgehändigt hatte, ihm nicht zugezwinkert?

Spinnen wir das mal durch, überlegte er weiter. Sollte das irgendwas mit dieser Bausache zu tun haben, dann heißt »OG Mall-PH« vermutlich Obergeschoss Mall-Parkhaus. »PP für jeden Abgeordneten bei Genehm. SPTG OK« könnte dann »Parkplatz bei Genehmigung« bedeuten. Wow. Jeder Abgeordnete würde demnach einen Parkplatz bekommen, wenn sie die Mall im Eilverfahren genehmigen … Mit »Start 04« könnte vielleicht April gemeint sein. Was, wollen die etwa diesen Monat anfangen, wenn das Obergeschoss wegfällt? Der April hatte doch nur noch wenige Tage. Er schüttelte sich, als wolle er eine recht nahe Bedrohung nicht akzeptieren. Und was war mit »SPTG« gemeint?

Hauke klappte die Mappe zu. Er wurde das Gefühl nicht los, dass ihm eine wichtige Einzelheit fehlte, um den vollen Umfang dieses merkwürdigen Memos zu verstehen. Es gab für ihn aber keinen Zweifel, er ging davon aus, dass der eigentliche Adressat des Schreibens der Mann war, dessen Platz er besetzt hatte. Und das konnte nur bedeuten, dass er etwas wusste, was man besser nicht wissen sollte. Er bezahlte seinen Kaffee und machte sich auf den Weg zum Auto.

In der Redaktion des *Oldenburg Report* war es angenehm ruhig. Der Chef war vermutlich mit irgendwelchen Kunden essen oder gleich ganz zu Hause geblieben. Die Anzeigenvertreter, Herzstück des Blattes, kamen ohnehin kaum vorbei, außer um sich für einen neu gewonnenen Großkunden feiern zu lassen. Haukes Kollegen Piet und Harm waren – in Piets Fall – krank oder – in Harms Fall – mit einer Artikelserie zu ALG II / Hartz IV beschäftigt. Schon seit Wochen pendelte er zwischen Arbeitsagenturen und Sozial- und Jugendämtern hin und her. Die Volontäre ließen sich nur selten in der Redaktion blicken, weil sie ständig auf der Suche nach Themen waren, die ihnen schnellstmöglich einen lukrativeren und zudem festen Job einbringen würden.
Hauke schätzte es sehr, wenn er ungestört arbeiten konnte. Nach einigen Telefonaten mit der Polizei, der Feuerwehr, der Notruf-Einsatzzentrale und Sprechern der einschlägigen Kulturverbände hatte er das Gros der Daten für seine Artikel zusammen, die in der Sonntagsausgabe erscheinen sollten. Morgen Vormittag stand die NPD-Demo an, deshalb schien es ihm sinnvoll, so viel wie möglich heute fertigzustellen – man wusste nie, wie eine solche Veranstaltung enden würde.
Er begann sein Tagwerk mit den üblichen Mitteilungen über Einbrüche, Autounfälle, Brände, Herzinfarkte. Es erleichterte ihn ungemein, dass er sich keine Wohlfühlartikel aus den Fingern saugen musste. Die Mall-Geschichte konnte er auf die Mittwochsausgabe verschieben. Das war ihm recht, weil er so eventuell noch Zeit haben würde, Herrn Buhlmann zu der Sache zu befragen.
Gegen sieben kehrte er der Redaktion den Rücken und ließ den Abend mit Fitnessstudio und anschließender Sauna ruhig ausklingen. Der morgige Samstag würde es in sich haben. An Conny hatte er nicht einen Gedanken verschwendet.

3

SAMSTAG, 23.04.

Als Hauke sich gegen neun dem Bahnhof näherte, überkam ihn eine eigenartige Stimmung. An jeder Straßenecke standen Grüppchen von als Sturmtruppen verkleideten Polizisten neben vorsorglich abgestellten Absperrungen. Die Polizisten befragten alle Passanten, wo sie denn hinzugehen gedachten, und verweigerten nach wahrheitsgemäßer Aussage – zum Bahnhof – den Durchgang. Hauke wurde ebenfalls aufgehalten, obwohl er sich zweifelsfrei als Presseangehöriger ausweisen konnte. Seine Nachfrage, mit welchem Recht ihm sein Fortkommen verweigert wurde, ignorierten die schwer gerüsteten Staatsdiener geflissentlich: Sie taten einfach so, als wäre er gar nicht da. Also ging er die Rosenstraße hinunter, in der Hoffnung, er könne sich so der geplanten Marschroute der Nationaldemokraten nähern.

Die Beamten am Ende der Straße ließen ihn nach Vorlage seines Presseausweises passieren, hielten aber ein weiteres Vordringen zum Bahnhofsplatz für aussichtslos, denn dieser sei bereits seit einer Stunde hermetisch abgeriegelt.

Hauke wusste aus seinen Telefonaten mit den entsprechenden Stellen bei der Polizei, dass etwa einhundert Anhänger der NPD erwartet wurden, so dass sich ihm der Umfang des Polizeieinsatzes nicht gleich erschließen wollte. In der Vergangenheit war man da etwas pfiffiger vorgegangen und hatte die Marschierfreudigen schnell von der Sinnlosigkeit ihres Vorhabens überzeugen können und sie gleich wieder in die Bahn gesetzt.

Offenbar wollte man diesmal anders vorgehen und angesichts der erwarteten dreitausend Gegendemonstranten ein rechtsstaatliches Exempel statuieren.
Hauke kämpfte sich schließlich bis zur Kaiserstraße vor, wo die Sturmtruppen gerade damit beschäftigt waren, Absperrgitter vor den Bürgersteig zu stellen. Sie schienen dabei auffallend desinteressiert, ob sie die schweren Gitter jemandem auf die Füße stellten oder die Unglücklichen aus der ersten Reihe noch rechtzeitig einen Schritt zurücktun konnten. Dank der geprellten Schienbeine und Füße kam Bewegung in die Menge, und Hauke gelang es, sich bis ans Gitter vorzudrängeln, wo er sich neben einen Streifenpolizisten postierte. Er lehnte sich ein wenig übers Gitter, um die Straße in den Blick zu nehmen, in der der Aufmarsch sich formieren würde. Es war ein gespenstischer Anblick, der sich ihm da bot. Bis auf die gepanzerten Ordnungshüter war die Straße leer, sie war aber umsäumt von hinter Gittern zusammengepferchten Gegendemonstranten. Auf Höhe des Bahnhofsplatzes stand ein größerer Trupp Uniformierter, den dort ebenfalls verbarrikadierten Demonstranten zugewandt. Hauke konnte auch auf die Entfernung erkennen, dass einer der Polizisten seinen Schlagstock gezückt hatte und diesen lässig in der Hand hin und her wirbelte.
»Nöhlert?«, hörte er plötzlich eine Stimme neben sich fragen.
Hauke drehte sich um und blickte in das kantige Gesicht eines Streifenpolizisten, der ihn aus dem Schatten seiner tief über die Stirn gezogenen Schirmmütze ansah.
»Ich glaub's ja nicht«, sagte der Polizist, »der alte Hauke Nöhlert. Willst du auch Faschos gucken?«
Hauke sah sich außerstande, das Gesicht mit irgendeiner Geschichte zu füllen, wollte das aber erst mal nicht durchscheinen lassen.

»Ja, nee. Ich muss drüber schreiben.«
»Presse?«, fragte der Polizist. »Wieso bist du dann nicht im Gemenge dahinten?«
Er deutete die Straße hinauf.
»Na ja, die Kollegen haben mich nicht durchgelassen«, antwortete Hauke, während er noch immer fieberhaft überlegte, woher er diesen Mann mit den unfassbar breiten Schultern kennen könnte.
»Krass, Alter. Wieso denn das nicht?«
»Das wollten sie mir leider nicht sagen.«
»Abwarten. Wir schleusen dich da schon rein, wenn die hier vorbeilaufen.«
»Und du bist hier jetzt im Dienst?« Hauke versuchte das Gespräch in Gang zu halten.
»Nee. Ich hab heute frei.«
»Warum dann die Uniform?«
»Glaubst du im Ernst, die würden mich in Zivil an die Faschos ranlassen?«
»Äh, keine Ahnung. Warum willst du denn an die ran?«
»Ich finde, dass ich die Pflicht habe, den Wichsern zu zeigen, dass sie hier nicht willkommen sind.«
»Im Ernst jetzt?«
»Quatsch. Natürlich bin ich im Dienst«, sagte der Durchtrainierte mit einem breiten Grinsen, wobei er sein makelloses Gebiss entblößte. Dieses Grinsen kannte Hauke, und es war in seiner Erinnerung untrennbar verbandelt mit dem unsympathischen Klassenschläger Jan-Ole Sittner aus der Unterstufe, der immer genau dieses Grinsen aufgesetzt hatte, nachdem er Mitschülern einen nassen Schwamm in den Schulranzen gesteckt oder ein Stück Tafelkreide in akribisch zermahlenem Zustand auf den Stuhl gelegt hatte.

»Immer noch der alte Scherzkeks«, sagte Hauke.
»Klar, Alter. Tumor ist, wenn man trotzdem lacht, sach ich immer.«
Na, da hat sich aber jemand überhaupt nicht verändert, dachte Hauke und war bemüht, sich nicht anmerken zu lassen, wie peinlich berührt er war.
»Und? Wie läuft's bei dir so? Was macht die Kunst? Alles im grünen Bereich?«, fragte Jan-Ole weiter.
»Was soll ich sagen? Ich schreib für den *Oldenburg Report*«, sagte Hauke und bereute augenblicklich, dass er sich hierher gestellt hatte.
»*Oldenburg Report?*« Jan-Ole lachte. »Das ist doch dieser Anzeigenmüll, oder?«
»Nun ja, Müll würde ich nicht sagen. Sicher, es ist ein Anzeigenblatt, aber mit redaktionellem Anteil.«
»Ja, schon klar. Damit die Leute das überhaupt durchblättern. Verstehe. Schade eigentlich. Hab gedacht, du hättest mehr auf dem Kasten.«
Das hab ich von dir nicht gedacht, du Idiot, dachte Hauke.
»Ja, das hatte ich auch mal angenommen«, sagte er stattdessen.
»Und was schreibst du da so?«
»Zum Beispiel über diese Demo. Heute Abend muss ich zum Basketball. So Zeug eben.«
»Hast du noch Kontakt zu irgendwelchen Leuten?«
»Was soll das denn heißen? Klar hab ich Kontakt zu Leuten.«
»Ich meine aus der Schulzeit«, konkretisierte Jan-Ole.
»Ach so. Nee.«
»Ich hab ja den Dings … wie heißt er noch gleich … der kleine Dicke … na …«
»Konrad?«
»Ja, genau. Meyerdierks. Den hab ich vor kurzem getroffen.«

»Aha.«
»Mmh. Ist immer noch so 'ne Streberflasche. Ist beim Arbeitsamt.«
»Kunde oder Angestellter?«
»Ermittler.« Jan-Ole hob seinen Arm, jeder konnte sehen, dass die Uniform vor lauter Muskelmasse spannte.
»Ermittler?«
»Ja. Fährt rum und nimmt Schwarzarbeiter hops. Scheiß Blockwart. Hat sich ja schon in der Schule immer freiwillig zur Pausenaufsicht gemeldet.«
»Stimmt«, sagte Hauke und konnte sich ein Kichern nicht verkneifen.
In diesem Moment waren vom Bahnhofsplatz her über Lautsprecher verstärkte Stimmen zu hören, zeitgleich entbrannte ein gellendes Pfeifkonzert der Gegendemonstranten.
»Es geht los«, verkündete Jan-Ole freudestrahlend.
Hauke fragte sich nicht zum ersten Mal, warum der ihm als unpolitisch in Erinnerung gebliebene ehemalige Mitschüler so aufgekratzt war. Aber vielleicht würde er das ja noch herausfinden.
Zuerst fuhren Wasserwerfer an ihnen vorbei, die sich hinter Plexiglas verschanzt hatten. Richtkanoniere der polizeilichen Artillerie hatten in zweiter Reihe Stellung bezogen. Es folgten zwanzig schwer gepanzerte, mit Helmen und Schilden ausgerüstete Polizisten, die vor einem Wagen mit NPD-Aufdruck marschierten. Sie unternahmen keinen sichtbaren Abgrenzungsversuch zu den euphorisch wankenden Jubelnationalisten. Aus übermüdet oder bildungsbedingt hohl wirkenden Augen blickten die selbsternannten Protagonisten dieses Vormittags überheblich in die Menge der Gegendemonstranten, vereinzelt wurde sogar ein von höhnischem Gejohle begleitetes Winken entsandt. Allerdings konnte man die meisten von

ihnen überhaupt nicht sehen, denn ein Ring von Polizisten umgab den Aufmarsch und schirmte ihn ab. Aus dem grauen Megafon des NPD-Autos drang das übliche Geschnarre, das kaum bis gar nicht zu verstehen war.

Jan-Ole war inzwischen über die Absperrung geklettert und bedeutete Hauke, ihm zu folgen, was dieser gerne tat. Davon inspiriert, versuchten einige der Demonstranten ebenfalls, die Gitter zu überwinden, wurden aber augenblicklich von den Bereitschaftspolizisten barsch zurückgedrängt.

Durch eine kleine Lücke im Polizeiring konnten Hauke und Jan-Ole vier grenzdebil wirkende Kahlrasierte vorbeimarschieren sehen, die ihre rechten Arme zum Gruß hoben und »Danke, Bulle!« in ihre Richtung grölten.

»Augenblick«, sagte Jan-Ole zu Hauke. Er winkte den gepanzerten Kollegen zu und zeigte auf die Glatzen. Die Kollegen griffen diese sofort aus der Menge und schoben sie in Jan-Oles Richtung. Dieser schlenderte ihnen auffallend lässig entgegen, während die übrigen Polizisten einfach weitergingen. Hauke konnte sehen, dass einige aus der eingekreisten Schar sich bei den Ordnungshütern beschwerten, doch die zeigten keinerlei Reaktion.

»Was hast du da gerade gesagt, Fascho?«, raunzte Jan-Ole den Größten aus dem Quartett an.

Dieser sah sich um, aber da er das offensichtliche Alpha-Tierchen seiner Kleingruppe war, konnte ihm niemand zu Hilfe eilen.

»Ich hab dich was gefragt, Fascho«, sagte Jan-Ole und baute sich vor ihm auf.

»Äh, ich hab nix gesagt.«

»Pass lieber auf, du Pfeife. Ich hab dich ruck, zuck über Nacht bei uns. Verstehen wir uns?«

»Geht klar.«
»Dann her mit dem Ausweis.«
»Wie jetzt?«
Jan-Ole drehte dem vollends überraschten Glatzkopf den Arm auf den Rücken und rammte ihn mit Anlauf rabiat neben Hauke ans Gitter.
»Das nennt man Widerstand gegen die Staatsgewalt«, klärte er den Verdutzten auf, der kaum volljährig war. »Ich fordere Sie noch einmal auf, mir Ihren Ausweis zu zeigen«, rief er deutlich genug für alle Umstehenden.
»Aua, Mann. Hab ich nich bei mir.«
»Damit ist der Ausflug für dich beendet, Fascho«, sagte Jan-Ole, diesmal nur für Hauke verständlich. Dann fügte er lauter hinzu: »Wir gehen erst einmal Personalien aufnehmen, nicht?« Er drehte sich zu den drei Gefolgsleuten seines Opfers um. »Ihr da! Mitkommen!«
Die drei noch jüngeren Nazis setzten sich in Bewegung, seltsam gehorsam. Inzwischen war ein kleiner Trupp der gepanzerten Bereitschaftspolizei hinzugestoßen und sah sich das Spektakel amüsiert an.
»Alles in Ordnung, Kollege?«, rief einer von ihnen Jan-Ole zu.
»Ja, alles in Ordnung. Dass die sich noch hierher trauen.«
»Kennst du die?«
»Und ob.«
»Stimmt gar nich«, sagte das Alpha-Männchen.
Einer der Gepanzerten, ein Schrank von gut zwei Metern Größe, kam näher. »Hör mal, du Pimmelgesicht. Wenn's hier nicht gleich Eiersalat geben soll, hältst du schön die Fresse.«
»Ja, sicher.«
»Fresse, hab ich gesagt. Ihr geht jetzt mit dem Kollegen mit.

Und dass mir keine Klagen zu Ohren kommen. Ihr seht zwar alle gleich aus, aber dich finde ich unter Tausenden wieder. Alles klar?«

»Ja ...«

»Ich hab gesagt, du sollst die Fresse halten.«

Der junge Mann nickte verdrossen.

»Na, geht doch. Abmarsch!«

Die Polizisten setzten sich wieder in Bewegung, während Jan-Ole die Jung-Nazis am Rande der Absperrung entlang in Richtung eines Einsatzwagens schob. Er hielt noch einmal kurz inne und rief Hauke zu: »Kann ich dich in der Redaktion erreichen?«

Hauke nickte.

»Ich ruf dich an.« Jan-Ole winkte ihm noch zu.

Hauke merkte gerade noch rechtzeitig, dass er jetzt, da sein Personenschutz nicht mehr zugegen war, die grimmigen Blicke der Bereitschaftspolizisten auf sich zog. Er sprang über die Absperrung, um in der Menge unterzutauchen.

Der Tross war schließlich in Richtung Innenstadt verschwunden, doch die Absperrungen wurden keineswegs abgebaut. Im Gegenteil, das Polizeiaufgebot wurde sogar verstärkt, so dass Hauke sich gezwungen sah, seinen Pressestatus erneut ins Spiel zu bringen. Selbstbewusst ging er auf einen wichtig aussehenden Uniformierten zu und hielt diesem seinen Ausweis unter die Nase.

»Da waren Ihre Kollegen wohl etwas übereifrig«, sagte er lächelnd. »Die haben mich dahinten über die Absperrung gedrängt.«

»Na, dann mal nichts wie hinterher, was?«, antwortete der Mann und winkte ihn durch. »Schröder! Bring den Mann zu seiner Pressegruppe«, rief er einem Kollegen zu, und dieser

führte Hauke an der noch immer Spalier stehenden Menge die inzwischen verwaiste Straße entlang.
»Keine Sorge«, sagte Herr Schröder eifrig, ein Beamter, der mal nicht wie ein Action-Held aussah. »Die haben wir schnell eingeholt. Die bummeln erst mal zum Pferdemarkt und labern da ein bisschen rum. Dann geht's weiter zum Schlossplatz für die Kundgebung. Wollen Sie da gleich hin?«
»Ja«, sagte Hauke, dem inzwischen die ganze Veranstaltung reichte. Piet hatte einiges gutzumachen, wenn er wieder gesund war.
»Kein Problem«, meinte Herr Schröder. »Das ist eh mein Weg.«
Hauke konnte nicht genau sagen, woher Herr Schröder stammte, aber sein Akzent klang ein wenig nach Thüringen.
»Wo kommen Sie denn her«, fragte er interessiert.
»Erfurt. Sind gestern Nacht hier zur Verstärkung eingetrudelt. Irre, oder? Wegen dem kleinen Häuflein.«
»Ja, verrückt.« Mehr fiel ihm dazu auch nicht ein.
»Irgendwie haben die Faschos … äh, die NPD hat ihr Recht auf Polizeischutz eingeklagt. Und der neue Polizeipräsident will da wohl nichts falsch machen.«
»Wie viele Kollegen sind denn hier?«
»Dreitausend.«
»Und wie viele Demonstranten?«
»Von der NPD?«
Hauke nickte.
»Knapp hundert, würde ich sagen.«
»Ist das nicht ein bisschen übertrieben?«
»Wenn Sie mich fragen, ist das total daneben. Ja, regelrecht widerwärtig, dass man der Brut überhaupt Polizeischutz gibt. Die lachen doch über uns.«

»Geht das vielen Kollegen so?«

»Unterschiedlich, würde ich sagen. Ich kenne einige, die sind sauer auf die Gegendemonstranten. Wären die nicht hier, wären wir auch nicht hier.«

»Aber es ist doch mehr als verständlich, dass man gegen die NPD demonstriert, oder?«

»Ich verstehe das wohl. Aber unser Auftrag ist es, dafür zu sorgen, dass die Demonstration ohne Zwischenfälle durchgeführt werden kann.«

Hauke konnte sich nicht des Eindrucks erwehren, dass Herr Schröder ein wenig herumlavierte. Ein bisschen mehr Bekenntnis wäre für ihn als Reporter vor Ort ganz brauchbar. »Ich habe bloß das Gefühl, dass einige Ihrer Kollegen … wie soll ich es sagen … ganz schön aggressiv sind.«

»Klar«, erwiderte Herr Schröder ohne Umschweife. »Die wären lieber zu Hause geblieben. Da gibt's schon ein paar, die sich hier austoben wollen.«

Schweigend liefen sie weiter. Außer den wie für einen Krieg gerüsteten Polizisten waren keine Menschen auf der Straße. Die Polizei hatte die Fußgängerzone im Herzen der Stadt vollständig eingekesselt, so dass Gegendemonstranten ebenso wie kaufwillige Besucher des vom ToFOU »Einkaufszentrum Oldenburg City« benannten Areals hinter den Absperrungen verweilen mussten. Da die Marschroute der Demonstranten einmal um die ganze Innenstadt herumführte, war konsequenterweise die Innenstadt komplett abgeriegelt.

Vor dem Berliner Platz blieb Hauke stehen. Eine größere Schar Gegendemonstranten hatte sich auf der grünen Verkehrsinsel versammelt und wartete auf den Zug der NPDler.

»Ich glaube, ich bleibe hier«, sagte Hauke, der spontan seine Meinung geändert hatte, zu seinem Begleiter.

»Wie Sie meinen. Aber wenn Sie zum Schlossplatz wollen, sollten Sie lieber mitkommen. Ob die Kollegen Sie da nachher noch hinlassen, kann ich nicht sagen.«
»Ich will gar nicht hören, was die zu sagen haben. Ist ja hinreichend bekannt.«
»Das stimmt. Na, dann viel Glück«, verabschiedete sich Herr Schröder mit Handschlag.
»Ihnen auch. Und danke«, sagte Hauke.
»Keine Ursache.«
Hauke sah sich ein wenig um, nachdem der Erfurter sich weiter durch Oldenburg kämpfte. Er entschied sich für die Rolle des stillen Beobachters und begab sich in Richtung des alten Hallenbads. Noch stand es da in seinem verfallenen Zustand, aber bald schon würde es abgerissen werden. Auf diesem Gelände sollte die Mall entstehen. Er stellte fest, dass an dieser Stelle der Zugang zur Innenstadt nicht abgeriegelt war. Warum, überlegte er. Eine passende Erklärung fiel ihm nicht ein.
Die Stimmung unter den Gegendemonstranten war angesichts des martialischen Aufgebots an Gesetzeshütern angespannt. Aber sie schienen fest entschlossen, nicht von ihrer Verkehrsinsel zu weichen.
Auf einmal fuhren gut dreißig Fahrzeuge der Bereitschaftspolizei in atemberaubendem Tempo an Hauke vorbei in Richtung Schlossplatz. Nachdem der letzte Wagen vorbei war, sprangen Polizisten hinter dem Hallenbad hervor und errichteten in Windeseile Absperrungen. Anschließend stellten sie sich davor, etwa die Hälfte von ihnen mit gezückten Schlagstöcken.
Der Karnevalszug der Nationaldemokraten kam in diesem Moment um die Ecke, was die Demonstranten dazu veranlasste, in lautes Skandieren auszubrechen. Es waren die typischen Parolen gegen rechts. Daher dauerte es einen Augenblick, bis die

Ersten von ihnen die von hinten heranstürmende Hundertschaft der Polizei bemerkten.
Mit vorgehaltenen Schilden, heruntergelassenen Visieren und Schlagstöcken in der Hand bewies die Bereitschaftspolizei, dass Deeskalation nicht auf der Agenda stand. Die Demonstranten rannten vor ihnen her, aus gutem Grund, wie diejenigen, die sich nicht rechtzeitig in Bewegung setzten, am eigenen Leib zu spüren bekamen. Scheinbar ziel- und wahllos griff die Polizei sich einige der Flüchtigen und rang sie zu Boden. Danach standen meist drei der Ordnungshüter um den Gefassten herum, während ein vierter auf dessen Rücken kniete und den anderen das vorschriftsmäßige Verdrehen von Armen und Beinen vorführte. Die einzige Fluchtmöglichkeit bestand darin, sich von der Innenstadt und damit vom Protest zu entfernen. Hauke gelang es, unbemerkt einige Fotos zu schießen, bevor er sich von diesem Endzeitbild abwandte und Richtung Marktplatz ging. Eventuell konnte er von dort doch noch einen Blick auf den angrenzenden Schlossplatz erheischen.

Als Hauke etwas später im Büro saß, um seine ersten Gedanken über dieses verstörende Schauspiel niederzuschreiben, trieb ihn hauptsächlich eine Frage um: Was sollte das? Er verstand zwar die juristischen Feinheiten, von wegen Versammlungsfreiheit und Anspruch auf Schutz vor Störenfrieden, aber irgendwie passte das alles nicht zusammen. Das, was da Kundgebung genannt wurde, war eine geschlossene Veranstaltung, von der Polizei beinahe hermetisch abgeriegelt. Es hatte offenbar gar keine Möglichkeit gegeben, sich auf den Schlossplatz zu stellen, um sich anzuhören, was die NPD zu sagen hatte. Genauso gut hätten sich die hundert Anhänger dieser programmatisch unterbelichteten Partei auch in irgendeiner Halle treffen können. Stattdessen führten Tausende von Polizisten die gedanklich Verirrten um die Innenstadt herum und ließen sie zum Abschluss das Deutschlandlied in allen Strophen singen. Und zum seelischen Ausgleich vermöbelten die Polizisten ein paar Demonstranten. Das war wirklich verrückt!

Hauke schrieb noch ein paar Eindrücke nieder, wobei ihm der Gesang eines kleinen Mädchens in den Sinn kam.

»Nazis weg, hat kein Zweck«, hatte es gerufen, immer und immer wieder.

Und in der Tat war das eine in ihrer Einfachheit kaum zu überbietende Zusammenfassung der Ereignisse.

Das hatte alles überhaupt keinen Zweck gehabt, dachte er und tippte den Reim als vorläufige Überschrift seines Artikels ein. Danach griff er zum Telefon, um Herrn Buhlmann zu einem Gespräch zu überreden. Als gelegentlicher Kunde des Tabakgeschäfts wusste er, dass dieses seit einer knappen halben Stunde geschlossen war, so dass ein Anruf gute Aussichten auf Antwort hatte.

»Buhlmann«, meldete sich eine Stimme am anderen Ende.

»Moin, Herr Buhlmann. Hauke Nöhlert, *Oldenburg Report.* Ich rufe Sie an, weil ich mich gerne mit Ihnen über die Errichtung eines Einkaufszentrums auf dem Berliner Platz unterhalten möchte.«

»Aha.«

»Ich war gestern auf der Pressekonferenz im Rathaus, und einige der Dinge, die Sie da gesagt haben, haben mich nachdenklich gemacht.«

»Aha.«

»Der Oberbürgermeister hat Ihre Einwände ja eiskalt abgebürstet, und ich finde, dass es schon wichtig ist, wie der Einzelhandel über die Mall denkt.«

»Kommen Sie am Montag um zehn ins Geschäft. Dann reden wir.«
»Montag um zehn? Wunderbar. Schönes Wochenende.«
»Ebenso«, sagte Herr Buhlmann und legte auf.
Etwas wortkarg, der Gute, dachte Hauke. Er sammelte seine Artikel für die morgige Sonntagsausgabe zusammen und schickte eine Kopie von ihnen dem Layouter des Blatts. Dann sammelte er seine Sachen zusammen, einschließlich einiger Analysen vergangener Basketballspiele, die er beim Essen lesen wollte. Er seufzte. Er hatte ja sonst nichts Besseres zu tun.

* * *

Nach einem durch und durch mittelmäßigen Spiel schloss Hauke gegen zehn Uhr abends endlich seine Haustür auf. Für Basketball hatte er einfach nichts übrig. Er verstand nicht den Reiz an diesem viel zu schnellen Spiel, das ständig abgepfiffen wurde und bei dem man kaum sehen konnte, was auf dem Spielfeld eigentlich passierte. Er war schlicht nur froh, dass er es hinter sich gebracht hatte.
Hauke legte seine Sachen im Flur ab, holte sich ein Glas Wasser aus der Küche und ließ sich in seinen Sessel neben der Balkontür fallen. Herr Turrturr sprang mit einem gezielten Satz auf seinen Schoß und machte es sich dort bequem. Hauke streichelte mit der einen Hand das seidige Fell, streckte zeitgleich den Arm der anderen Hand aus und drückte die Abspieltaste seines blinkenden Anrufbeantworters. Im nächsten Moment erfüllte eine schrille Stimme das Wohnzimmer.
»Das ist ja mal wieder so typisch von dir. Ich kriege fast ein Baby – dein Baby –, und du hältst es nicht einmal für nötig, dich bei mir zu melden. Du bist so ein Egoist. Wie habe ich mich nur so in dir täuschen können.«

Hauke löschte Connys Nachricht und freute sich einmal mehr über das Gerät. Er musste jetzt nur noch ein, zwei Tage warten, bis Connys menstrual bedingter Irrsinn sein Ende gefunden hatte. Dann konnte er ihr den Laufpass geben. Er fand sein Leben auch ohne Conny aufregend genug.

Während er Herrn Turrturr weiter streichelte, überlegte er, ob er Conny überhaupt leiden konnte. Sie hatte bei ihrer ersten Begegnung in irgendeiner Kneipe eine unbändige Sexualität an den Tag gelegt, die Hauke in stark angeheitertem Zustand fast um den Verstand gebracht hatte. Und da sie keinen Zweifel an ihm als dem Objekt ihrer Begierde hatte aufkommen lassen, hatte er sich ihrem Willen gefügt. Es war ihm im Grunde gar keine andere Wahl geblieben. Sie hatten eine rauschende Nacht verbracht, an die er sich allerdings nur schemenhaft erinnern konnte. Im weiteren Verlauf ihrer Bekanntschaft – Beziehung mochte Hauke das nicht nennen, obwohl ihm im Laufe der Zeit klarwurde, dass Conny das anders sah – hatte sich dieses extreme sexuelle Verlangen als ihr vorherrschendes Charaktermerkmal herausgestellt, was Hauke ein wenig dürftig fand.

Ich hätte mich gar nicht auf sie einlassen sollen, dachte er jetzt und fragte sich, ob er sich überhaupt darauf eingelassen hatte. Vielleicht hatte ich ja hierbei auch gar keine Wahl gehabt. Ein beängstigender Gedanke, überlegte er, ich bin ein willenloses Opfer meiner Triebe.

Herr Turrturr begann sich zu putzen, besonders intensiv an den Stellen, wo Hauke ihn gestreichelt hatte. Als hätte er ihn beschmutzt. Herr Turrturr machte dabei unanständige, schmatzende Geräusche.

»Undankbares Viech«, sagte Hauke und setzte den fauchenden Kater ab. Er ging nochmals in die Küche und fragte sich, was er da eigentlich schon wieder wollte. Er fühlte sich erschöpft und

gleichzeitig ruhelos, ins Bett mochte er deshalb noch nicht gehen.
»Vielleicht sollte ich ausgehen«, überlegte er und griff im selben Moment nach seiner Jacke. Wenige Minuten später stand er auf der Straße und lief planlos Richtung Innenstadt.

Seine Füße trugen ihn wie von selbst ins Mozart. Die Diskothek im Herzen des designierten »Einkaufszentrum Oldenburg City« war kurz vor Haukes sechzehntem Geburtstag eröffnet worden und somit ein nicht mehr wegzudenkender Teil seiner Adoleszenz. Während er jedoch damals ein – wie er fand – wichtiger Bestandteil des verschwitzten Getümmels war, so fühlte er sich jetzt nur noch wie ein neutraler Beobachter. Er stand wie die anderen Ü-Dreißigjährigen Bier schlürfend an die Wand gedrückt und beobachtete bärtige Hipster, Unterarmtätowierte und junge Frauen in weiten Sweatshirts, die sich auf der Tanzfläche zu Jan Delay und anderen Hip-Hoppern bewegten.
Auf einmal dröhnten aus den gewaltigen Lautsprecherboxen die Anfangsklänge von »Everything Counts« von Depeche Mode, was zu einer unangemessenen Heiterkeit auf der Tanzfläche führte. Kurz darauf verließ das Gros der Tanzenden das Herzstück der Diskothek und machte Platz für die nostalgisch berührten älteren Semester. Die konnten nun zeigen, was sie in ihrem Alter noch alles draufhatten. Hauke befand sich unter ihnen und fühlte sich, nun ja, irgendwie cool. Zwar entging ihm nicht, dass sich das Hauptklientel des Etablissements über die Darbietungen der Altvorderen ungemein amüsierten, aber das Gefühl seiner Coolness entsprang seiner Gleichgültigkeit ob der Tatsache, ihrem Spott ausgesetzt zu sein. Und so tanzte er sich wie ein Besessener durch den kompletten Nostalgie-

Block. »Land Of Confusion« von Genesis, »Sternenhimmel« von Hubert Kah, gefolgt von »Knockin' On Heaven's Door« von Guns N' Roses, zu dem einige von den gesetzteren Tanzenden in einen hochnotpeinlichen Luftgitarrenwettbewerb verfielen, der sich auch während des nächsten Lieds, »Westerland« von den Ärzten, fortsetzte. »Son Of A Preacher Man« von Dusty Springfield kam als Nächstes. Erstaunlicherweise lockte dieser Song auch wieder jüngere Menschen auf die Tanzfläche. Danach gab es Bobby Womacks »Across 110th Street«, »Learning To Fly« von Pink Floyd und zum Abschluss noch einmal Depeche Mode, diesmal »Shake The Disease«, bevor der DJ die erschöpften Nostalgiker entließ, die nun alle dem Ausgang entgegentaumelten, um frische Luft zu schnappen. Hauke spürte noch, wie ein Gefühl der Empörung in ihm aufkeimte, weil das Lied, welches der Herr der Platten zum Generationenwechsel erwählt hatte, ausgerechnet eine Coverversion von einem seiner Lieblingssongs war: »Wish You Were Here«, nur in diesem Fall nicht von Pink Floyd, sondern von diesem Hip-Hopper mit dem englisch-französischen Namen.

Das gute Dutzend seiner Mitstreiter, die er während des Tanzens nicht wahrgenommen hatte – er hatte die Augen geschlossen gehabt –, lehnte sich an die Hauswände oder ließ sich am Straßenrand nieder. Hauke entschied sich für die Hauswand, doch etwas abseits von den anderen. Er war überrascht, dass er die meisten von ihnen vom Sehen her kannte. Er selbst mied das Mozart ansonsten wie der Teufel das Weihwasser, außer zuzeiten, wenn das Gefühl einer verlorenen Jugend in ihm aufkeimte und er, so wie heute, unruhig und melancholisch wurde. Das geschah etwa zweimal im Jahr, wenn ihn die Erinnerung an die Musik seiner Jugend umtrieb. Komischerweise schien es den anderen Vertretern seiner Generation immer zur gleichen

Zeit ähnlich zu ergehen. Da waren die drei Sauffreunde, die Hauke tagsüber hinter einem Bankschalter verortete, die, obwohl Samstagnacht war, Krawatten umgebunden hatten – zu Polohemden und Jeans. Sie frönten einem offenbar genetisch verankerten, kraftvollen Tanzstil, breitbeinig stampften sie dabei von einem Fuß auf den anderen, möglichst ohne Rhythmusbezug, und vollführten dabei mit den Händen frühkindliche Dampflokimitationen. Aus irgendeinem Grund musste Hauke bei ihnen an Jan-Ole denken, obwohl er gar nicht wusste, ob dieser so tanzte.

»Hauke?«

Jemandem war es gelungen, einen noch dunkleren Platz zu ergattern. Es war aber nicht Jan-Ole, wie er zunächst befürchtet hatte. Die Stimme gehörte einem anderen. Nur wem?

»Hey, hallo«, sagte er deshalb ganz unverbindlich.

Der Fremde war ein hoch aufgeschossener Zeitgenosse mit einer geierähnlichen Nase. »Wir haben uns ja ewig nicht mehr gesehen, was?«

»Ja, stimmt. Ewig nicht. Das ist doch bestimmt … wie lange mag das her sein?«, druckste Hauke weiter, weil der Unbekannte noch immer unbekannt war.

»Seit der Abi-Feier, würde ich sagen.«

Abi-Feier, Schulkamerad, groß, dünn und geiernasig – Herbert!

»So lange ist das her? Mensch, Herbert, das ist ja 'n Ding. Was machst du denn so?«

»Ach, ich hab den Laden von meinem Alten übernommen.«

»Das Fahrradgeschäft? Ist doch gar nicht schlecht.«

»Ja. Mein Vater schafft das nicht mehr, er ist ziemlich krank.«

»Das tut mir leid.«

»Kann man nicht ändern. Musste deswegen aber Berlin verlassen, wo ich die letzten Jahre war.«

»Berlin, wow! Was hast du da gemacht?« Wäre er selbst gern nach Berlin gegangen? Als Redakteur beim *Berliner Tagesspiegel?* Sollte er den Traum einmal gehabt haben, er hatte ihn inzwischen vergessen. Seine Heimat war Oldenburg.
»Erst mal studiert. Und dann mit Kumpels auch ’nen Fahrradladen eröffnet.«
»Und? Lief gut?«
»Nee, überhaupt nicht. Zu viel für lau gemacht. So kleine Reparaturen und so. Ist dann voll den Bach runtergegangen. Genau zu dem Zeitpunkt, als es meinem Vater nicht so gut ging.«
»Blöd.«
»Ja.«
»Hm.«
»Echt.«
»Na ja, jetzt biste ja wieder hier.«
»Ja.«
»Und? Wie ist das so?«
»Wieder hier zu sein?«
»Ja.«
»Komisch. Aber auch ganz witzig. Und du? Was machst du so?«
»Ich bin beim *Oldenburg Report.*«
»Ach komm. Wirklich?«
»So ist es.«
»Anzeigen verticken, oder wie?«
»Ich schreib Artikel.«
»Cool. Worüber denn so gerade?« Herbert fasste sich an seine Nase – Hauke wusste nicht, ob es ein Zeichen dafür war, ob es ihn wirklich interessierte, oder ob er nur so tat.
»Na ja, was so passiert in der Stadt. Nazi-Demo, Einkaufszentrum am Berliner Platz.«
»Die Mall? Da geht’s ja voll ab. Erst heute Morgen waren ein

paar seltsame Gestalten bei mir. Ich kann dich nur warnen. Misch dich da bloß nicht ein, die haben Dreck am Stecken, die wollten …«

Jemand hatte sich von hinten angeschlichen und seine Hände vor Haukes Augen gelegt.

»Na, wer ist denn da?«, fragte eine angetrunkene Frauenstimme.

Jetzt bloß nichts Falsches sagen, dachte Hauke. So was kann schnell in die Hose gehen. Conny ist es nicht, ihre Stimme klingt anders, obwohl … Aber sie kann es nicht sein, sie sitzt bestimmt zu Hause herum und labert meinen AB voll. Aber wer kommt sonst noch in Frage?

»Kommst nicht drauf, Johnny?«

Johnny? Cusacks Spitzname? Sollte das die Möglichkeit sein?

»Wiebke?«

»Erraten«, jubelte Wiebke und fiel ihm, nachdem er sich umgedreht hatte, um den Hals.

»Mensch, seit wann bist du denn wieder im Lande?« Hauke musterte seine ehemalige Freundin von oben bis unten. Sie hatte sich kaum verändert. Hübsch war sie, auf eine harmlose Weise. Ihre sommerblonden Haare hatte sie zu einem hohen Pferdeschwanz gebunden, der bei jeder Bewegung hin und her wippte. Manchmal streifte er sogar ihre Perlohrringe, die seltsam edel zu ihren abgewetzten Jeans und ihrem weiten bunten Pullover wirkten. Sie war fast ein wenig größer als er, was aber nur an ihren todschicken Glimmer-High-Heels lag.

»Seit heute Mittag. Und gleich treff ich dich. Zufall? Neeeein. Zwei Jahre wie ein einziger Tag.«

»Ich … was … Mann, ich bin sprachlos … Oh, sorry. Herbert? Das ist Wiebke. Wiebke, Herbert.«

»Hi«, sagte Wiebke.

»Hallo«, sagte Herbert.
Dann standen sie alle drei einen Augenblick schweigend herum.
»Tja, ich geh mal wieder rein«, sagte Herbert, dem zuerst auffiel, was an der veränderten Besetzung nicht stimmte. »Wird ein bisschen frisch. Vielleicht schaust du ja mal im Laden vorbei.«
»Ja, mach ich gern. Bist du am Montag da?«
»Ich bin immer da.«
»Dann guck ich Montag mal rein.«
»Gut. Hat mich riesig gefreut, dich zu sehen«, sagte Herbert und ging wieder ins Mozart hinein.
Wiebke packte Hauke am Kragen und gab ihm einen ziemlich feuchten, ziemlich langen Kuss. Sie schmeckte nach Cuba Libre.
»Und was machen wir zwei jetzt noch?«, lallte sie.

* * *

Es war noch dunkel, als Hauke erwachte. Wiebke lag neben ihm, leise schnarchte sie, das blonde Haare lag strubbelig um ihren Kopf drapiert, von ihrem Gesicht war kaum etwas zu sehen. Einzig ein vom Lippenstift rot verschmierter Mund. Irgendwie fand er das ganz nett, das mit Wiebke. Sie war nicht so ungebremst wie Conny, ein wenig anschmiegsamer. Das hatte er überhaupt schon immer an ihr gemocht.
Er sah sich ein wenig um, bis er die rötlich funkelnden Ziffern eines Radioweckers erspähte. Viertel nach fünf? Da habe ich ja fast eine halbe Stunde geschlafen, dachte er irritiert. Dann merkte er, dass da eine Melodie in seinem Hirn herumschallte, diese Coverversion von »Wish You Were Here«. Ist eigentlich doch gar nicht so schlecht, fand Hauke.

Er erhob sich vorsichtig, um Wiebke nicht zu wecken. Seine Klamotten waren ums Bett verstreut, und während er sie aufsammelte, fragte er sich, warum er nicht wieder zu ihr unter die warme Decke kroch. Er riskierte noch einen Blick auf die Schlafende und fand, dass sie ganz entzückend aussah. Ihre grünblauen Augen hatten ihn draußen vor der Disko so angestrahlt, das war schon was fürs Herz.

Er zog sich im Flur an, wobei er immer noch mit sich haderte. Eigentlich wollte er sich am liebsten wieder zu ihr legen, sich an sie kuscheln und von ihr träumen. Er hatte in den letzten zwei Jahren gar nicht bemerkt, dass er sie vermisste, aber nun war er sich da nicht mehr so sicher.

Da muss ich wohl noch mal drüber nachdenken, sagte er sich, während er auf einen Zettel seine sämtlichen Telefonnummern schrieb. Sie konnte ihn auf dem Handy, zu Hause oder im Büro erreichen – es war nicht selbstverständlich, dass er einer Frau so viel Zugriff auf ihn erlaubte. Anschließend schlich er, so leise wie es ihm nur möglich war, aus der Wohnung.

4

SONNTAG, 24.04.

Herr Turrturr saß auf Haukes Brust und atmete ihm ins Gesicht. Dämmriges Licht fiel durch die halb geöffneten Vorhänge seines Schlafzimmers, wo er bekleidet auf dem Bett lag. Er fühlte sich eigenartig elend. Er musste etwas dagegen unternehmen. Mit einem Ruck stand er auf, glaubte, in einen unendlichen Nebel geraten zu sein, und kämpfte gegen sein Schwindelgefühl an. Zwanzig Uhr dreißig zeigte sein Wecker. Ich hab den ganzen Tag verpennt, dachte Hauke. Kein Wunder, dass ich mich so verklebt fühle.

Er ging in die Küche und suchte nach etwas Essbarem. Aber außer trockenem Brot und Aufschnitt, der schon bessere Tage gesehen hatte, war da nicht viel. Mist! Er erinnerte sich daran, dass er letzte Woche den Stapel an Faltblättern von diversen Lieferdiensten entsorgt hatte. Seitdem war erst wieder eine neue Speisekarte in seinem Briefkasten gelandet, die er zu spaßig gefunden hatte, um sie sofort in den Müll zu werfen. Es handelte sich um die Menükarte einer experimentierfreudigen Pizzeria, bei der es etwa Pizzen mit Mandarinen oder mit Knoblauchwurst und Erbsen gab. Daneben fand sich noch so manch andere verwegene Kombination, die Hauke nur schwerlich mit Nahrung in Verbindung bringen konnte. Aber mangels Alternativen rief er trotzdem an und bestellte eine Pizza mit Gorgonzola und Bananen. Dann beschloss er, die Zeit bis zum Eintreffen seiner Käse-Frucht-Variante unter der Dusche zu verbringen.

Nach Abschluss einer ausgiebigen Körperpflege klingelte das

Telefon. Hauke spürte, wie sein Herz zu pochen begann, denn er hoffte, es wäre Wiebke.
»Nöhlert«, rief er beschwingt.
»Wenn du nichts mehr von mir wissen willst, dann sei gefälligst Manns genug und sag es mir ins Gesicht.«
»Hallo, Conny«, sagte er resigniert. »Schön, von dir zu hören.«
»Wenn du's so schön findest, warum rufst du nicht mal an?«
»Tja, das ist eine gute Frage. Muss ich drüber nachdenken.«
»Du bist ein Arsch.«
»Aha. Und warum?«
»Das weißt du ganz genau.« Connys Stimme hatte eine noch höhere Tonlage angenommen.
»Nee, weiß ich nicht.« Hauke atmete tief durch. »Aber wo du gerade dran bist ...«
»Du willst Schluss machen«, unterbrach ihn Conny entsetzt.
»Das kommt darauf an.«
Conny fing an zu schluchzen. »Am Telefon. Du hast nicht mal den Mut, es mir ins Gesicht zu sagen. Nach all der Zeit, die wir zusammen waren.«
»Ich finde ja nicht, dass wir wirklich zusammen waren, Conny.«
»Ich fass es nicht. Was bist du nur für ein Dreckskerl. Was bin ich denn für dich? Nichts anderes als ein kleines Fickfröschchen?«
»Das hätte ich jetzt anders formuliert, aber es kommt dem Kern der Sache recht nahe. Ich sehe nicht mal eine Basis dafür, was man im klassischen Sinn als *Schluss machen* bezeichnen könnte.«
»Du hast eine andere.«
»Eine andere was?«
»Du mieser Typ. Wir haben beinahe ein Baby bekommen, und schon vögelst du mit einer anderen rum.«

»*Beinahe?* Also hast du deine Tage gekriegt?«
»Ja, hab ich«, fauchte Conny in den Hörer.
»Somit haben wir nicht beinahe ein Baby bekommen. Du hast geglaubt, dass du schwanger bist – und hast dich getäuscht. Das ist was anderes. Ganz was anderes.«
»Trotzdem vögelst du mit einer anderen rum.«
»Ich glaube nicht, dass dich das etwas angeht.«
»So was kannst du mir nicht am Telefon sagen.«
»Du wolltest mir am Telefon sagen, dass du ein Kind von mir erwartest.«
»Tu ich ja gar nicht.«
»Aber du hast es geglaubt.«
»Ja und?«
Es ist zwecklos, dachte Hauke. Die Frau ist vollkommen von Sinnen, dabei hatte sie ihre Periode gekriegt und hätte wieder bei Verstand sein müssen.
Da klingelte es an der Tür.
»Conny, ruf mich bitte nie wieder an«, sagte Hauke und legte auf, um dem Pizza-Mann die Tür zu öffnen.
»Einunddreißig Minuten seit Ihrem Anruf«, begrüßte ihn der junge Mann. »Da gibt es eine Flasche Wein zur Pizza.« Er reichte Hauke einen Chianti und wühlte danach einen Pizzakarton aus der großen Isolierbox. »Fünf fuffzig, bitte.«
Hauke überreichte ihm sieben Euro, was den Pizza-Mann nicht weiter überraschte.
»Schönen Abend noch«, sagte er und polterte mit seiner Isolierbox die Treppe hinunter.
Hauke schloss die Tür und ging mit der Pizza und dem Wein in die Küche. Er nahm ein scharfes Messer und schnitt seine Gorgonzola-Bananen-Pizza in acht handgerechte Stücke. Während er die Weinflasche öffnete, fragte er sich, was er von dem

Geruch, den die überraschend heiße Pizza verströmte, zu halten hatte. Auch war er nicht sonderlich angetan vom Gorgonzola, seine Konsistenz war die einer blaugrünen Suppe, die sich bereits aggressiv durch den Pappboden des Kartons gefressen hatte.

Hauke, bewandert in dem, was das Verspeisen von flüssigem, weil heißem Käse anging, trank zuerst einen Schluck Rotwein. Na ja, dachte er und drehte die Flasche wieder zu, um den Wein eventuell zum Kochen zu verwenden. Vielleicht würde er sie aber auch in ein paar Monaten entsorgen. Geschäftstüchtig ist das nicht, dachte er, so ein Gesöff zu verschenken. Der macht wenig Lust auf mehr. Kopfschmerzgefahr.

Er nahm eine Flasche Rosé aus dem Kühlschrank, und während er beim Öffnen der langsam erstarrenden Schimmelmasse auf seiner Pizza zusah, dachte er an Wiebke und ob sie sich wohl bei ihm melden würde. Nach dem ersten Schluck vom Rosé probierte er ein Stück der Gorgonzola-Bananen-Kreation und war überrascht, dass sie gar nicht so übel schmeckte.

Kauend transportierte er Wein und Pizzateile auf den Balkon und blickte in den Abendhimmel. Es war fast sommerlich mild, erstaunlich für diese Jahreszeit. Aber er hatte das schon einige Male erlebt, im Mai gab es dann einen Temperaturabsturz.

Warum ruft sie nicht an?, fragte er sich. Und warum frage ich mich das andauernd? Ich sollte was arbeiten, bevor ich den Rest der Nacht auf das Telefon starre.

Er ging wieder hinein, um einen Pullover, seinen Laptop und ein paar Notizen zu holen. Dann machte er es sich auf dem Balkon bequem und tippte bis kurz vor Morgengrauen auf der Computertastatur herum.

5

MONTAG, 25.04.

Hauke fühlte sich arg neben der Spur, als er am Montagmorgen den Tabakladen betrat. Jetlag, dachte er. Genauso fühlte es sich an.

Herr Buhlmann stand hinter dem Tresen und las Zeitung, während einer seiner Angestellten damit beschäftigt war, Zigarettenpackungen einzusortieren.

»Moin, Herr Buhlmann«, sagte Hauke.

»Herr Nöhlert?«, erwiderte Herr Buhlmann.

»Genau. Schön, dass Sie Zeit für mich haben.« Hauke reichte ihm die Hand.

»Kommen Sie.« Herr Buhlmann deutete auf eine Tür im hinteren Bereich des Ladens. Hauke folgte ihm.

Sie betraten eine verräucherte Kammer, deren Wände aussahen, als wären sie mit Asche getüncht. Auf einem Schreibtisch stapelten sich Bestellzettel, Kataloge, Aktenordner, Zigarrenkisten und vieles mehr. Eigentlich war es nicht mehr als eine Annahme, dass dort ein Schreibtisch unter dem ganzen Krimskrams stand, denn erkennen konnte man keinen. Herr Buhlmann legte einige Kisten irgendwo beiseite und brachte so zu Haukes Überraschung einen Stuhl zum Vorschein.

»Nehmen Sie Platz«, forderte ihn Herr Buhlmann auf.

Während Hauke sich setzte, durchforstete der Tabakhändler den kleinen Raum nach einer weiteren Sitzgelegenheit. Ein Hocker wurde erspäht und freigeschaufelt. Schließlich saß auch Herr Buhlmann und sah Hauke an.

»Schießen Sie los.«
»Ja, äh … Sie haben auf der Pressekonferenz ein paar Sachen gesagt, die mich sehr irritiert haben.«
»Und was?«
»Das mit den Gutachten. Als der Oberbürgermeister von qualifizierten Gutachten sprach, da haben Sie gesagt … so genau weiß ich's jetzt auch nicht mehr, aber Sie haben da gesagt …«
»… dass die positive Beurteilung des Vorhabens das einzige Qualifikationskriterium war«, ergänzte Herr Buhlmann. »So ist es gewesen.«
»Also gab es noch andere Gutachten?«
»Einige, ja.«
»Die das Vorhaben nicht so positiv beurteilen?«
»Wenn Sie sich die Sache mal genau ansehen, dann ist auch diese Verträglichkeitsstudie, die sie da in dem Bebauungsplan … also dafür … herbeizitieren …« Herr Buhlmann hatte lange angestrengt über seine Wortwahl nachgedacht, wie Hauke bemerkte. Er beobachtete häufig, wenn er lokale Persönlichkeiten interviewte, dass diesen, im Bemühen, druckreif zu klingen, jegliche Sprachkompetenz abhandenkam. »Doch nicht jeder beurteilt das Vorhaben positiv. Die Zahlen sprechen eine andere Sprache. Da ist von einem wirtschaftlichen Super-GAU für die Region die Rede.«
»Das müssen Sie mir mal näher erklären.«
Herr Buhlmann wirkte ein wenig genervt, als er antwortete. »Wirtschaftsprüfer.«
»Das verstehe ich jetzt auch nicht«, sagte Hauke wahrheitsgemäß.
Herr Buhlmann verdrehte die Augen. »Der andere Gutachter, ein Wirtschaftsprüfer, rechnet mit Umsatzeinbußen des Innenstadteinzelhandels von weit über zwanzig Millionen Euro.«

»Zwanzig Millionen?«
»Sogar mehr als zwanzig Millionen, ja.«
»Das ist aber eine ganze Menge, oder?«
Herr Buhlmann verzog das Gesicht. »Nehmen Sie zum Beispiel einen Laden mit einem Tagesumsatz von fünftausend Euro. Der hätte im Jahr einen Umsatz von rund 1,5 Millionen. Fünfzehn solcher Läden frisst die Mall pro Jahr, wenn die Zahlen stimmen. Wenn Sie sich allerdings Geschäfte mit einem Tagesumsatz von tausend oder weniger Euro ansehen, kommen wir da schnell auf siebzig bis hundert Läden. Und das nennen die dann verträglich.«
»Woher stammen denn die Zahlen der Gegenseite?«
»Ausgewürfelt. Passantenbefragungen, Ladenbewertungen, Knochen werfen, was weiß denn ich. Jedenfalls basieren die offiziell verbreiteten Zahlen auf der Annahme, dass die Mall mehr Kunden in die Stadt locken wird – was wir wohl bezweifeln dürfen.«
»Da glauben Sie also nicht dran?«
»Woher sollen die denn kommen? Aus der Neuen Welt?«
»Von außerhalb, würde ich sagen.«
»Die karren doch schon jedes Wochenende busweise die Käsköppe hier rüber, aus Groningen und Umgebung. Woher sollen die sonst noch kommen?«
»Das weiß ich auch nicht«, sagte Hauke abwehrend.
»Aus Paris? Madrid?«
»Sicher nicht.«
»Sehen Sie.«
»Ja.«
Herr Buhlmann steckte sich ein Zigarillo an, und Hauke versuchte sich zu erinnern, wie er in diesen Dialog geraten war.
»Und diese anderen Gutachten kommen allesamt auf andere Zahlen?« Ihm war es wieder eingefallen.

»Teilweise. In jedem Fall kommen sie zu anderen Schlüssen.«
»Und zwar?«
»Da frag ich Sie jetzt mal was: Finden Sie es wirtschaftlich verträglich, wenn hier jedes Jahr fünfzehn Läden dichtmachen?«
»Nein, eher nicht.«
»Sehen Sie!«
»Was Sie sagen, leuchtet mir ein. Aber was wollen Sie denn dagegen unternehmen?«
»Was soll das denn heißen?« Herr Buhlmann wirkte nun sehr gereizt, hektisch stieß er Rauch aus, nachdem er gerade einen Zug von seiner dünnen Zigarre genommen hatte.
»Na, ich hatte den Eindruck, dass die ganze Angelegenheit bereits beschlossene Sache ist. Sehen Sie da noch irgendwie eine Möglichkeit, den Bau zu verhindern?«, fragte Hauke vorsichtig.
»Sie waren doch dabei. Sie haben gehört, was der Oberbürgermeister gesagt hat.«
»Ja, genau deswegen hake ich nach.«
»Unsere Gutachten werden nicht zugelassen. Mithin können wir nichts mehr machen.«
»Haben Sie denn alternative Konzepte vorgelegt? Ich meine, bevor die NKE die Mall ins Spiel gebracht hat?«
»Bin ich jetzt hier Stadtplaner, oder was?«
»Nein, nein. So habe ich das doch gar nicht gemeint, Herr Buhlmann.« Hauke gefiel die Richtung, die dieses Gespräch nahm, überhaupt nicht. »Viel mehr interessiert mich, ob es seitens der Einzelhändlerinitiative Konzepte zur Verbesserung des Einkaufserlebnisses in der Fußgängerzone gibt. Gegenentwürfe, die der Profilierung der Oldenburger City dienlich sein könnten und aufzeigen, dass die Stadt unter der Mall nicht nur wirtschaftlich, sondern ganz allgemein leiden wird.«

»Was unterstellen Sie mir hier eigentlich?« Der Tabakwarenladenbesitzer drückte verärgert seine Rauchware in einem wo auch immer gefundenen und randvoll gefüllten Aschenbecher aus.
»Gar nichts. Im Grunde will ich nur darauf hinaus, dass die Fußgängerzone von Jahr zu Jahr uninteressanter und langweiliger wird.«
»Soll ich ein Karussell vor den Laden stellen?«
»Gott bewahre. Nein, natürlich nicht.«
»Na bitte!«
»Ich meine was ganz anderes.« Hauke raufte sich gedanklich die schwarzen Haare. »Mir geht es um die Zunahme an Leerständen oder wie bei der Fassadengestaltung mit der Bausubstanz und dem Stadtbild umgegangen wird.«
»Dafür wollen Sie mich jetzt auch noch verantwortlich machen, oder wie?«
»Keineswegs. Aber wäre eine attraktivere Innenstadt nicht im Sinne der ansässigen Einzelhändler?«
»Ich bin Kaufmann, kein Zirkusdirektor.«
»Ja, schon klar.«
»Dass Sie sich gar nicht schämen«, sagte Herr Buhlmann vorwurfsvoll, während er nachdenklich den überquellenden Aschenbecher betrachtete.
»Wie meinen Sie das?« Hauke war mal wieder irritiert.
»Am Telefon lassen Sie den verständigen Reporter raus, und dann wollen Sie mich für die hiesigen Missstände verantwortlich machen. Glauben Sie, ich hätte diesen Stuss noch nie gehört? Dass wir Kaufleute dafür selbst verantwortlich sind, dass diese Mall gebaut wird?«
»Das sage ich gar nicht. Ich bin …«
»Vielen Dank. Ich habe genug gehört. Mit der Tiefgarage ist der

ganze Quatsch vielleicht endlich vom Tisch«, blaffte Herr Buhlmann und deutete zum Ausgang. »Da ist die Tür.«
Hauke nahm seinen Notizblock und stand auf. »Sie verstehen mich falsch. Ich bin auf Ihrer Seite.«
»Machen Sie, dass Sie hier rauskommen«, brüllte Herr Buhlmann.
Gesenkten Hauptes verließ Hauke den Laden.

Was hat er bloß mit der Tiefgarage gemeint?, fragte er sich, während er in Richtung von Herberts Fahrradladen schlenderte. Das anstrengende Erlebnis mit dem Tabakmann wich einem Gefühl großer Ratlosigkeit.
Vor einer Buchhandlung drängten sich Schaulustige, etwas musste sich dort zugetragen haben. Ein Polizist zog einen Mann durch die geborstene Fensterscheibe. Hauke beschleunigte seine Schritte, als er erkannte, dass es sich bei dem Polizisten um Jan-Ole handelte.
Der hat mir gerade noch gefehlt, dachte er und bog in die Straße ab, in der sich Herberts Laden befand. Ansonsten hätte er sich bemüht herauszufinden, was passiert war. Ein Raub in einer Buchhandlung konnte immerhin schlagzeilenverdächtig sein.
Als Hauke im Fahrradgeschäft ankam, fand er Herbert im Hinterhof vor. Der war gerade damit beschäftigt, einem kleinen Mädchen auf ein Fahrrad zu helfen, während die Mutter aus großen Augen verzückt zusah. Jauchzend rollte das Kind über den Asphalt, und Herbert ließ sogar ab und zu los, was die Kleine aber gar nicht bemerkte. Die Mutter war nach dieser Testfahrt derart überglücklich, dass sie augenblicklich ihr Portemonnaie aus der Handtasche zückte. Herbert erklärte daraufhin, dass ein Mechaniker das Rad aber erst noch durchsehen müsste, um Schrauben eventuell festzuziehen und genauestens

das Licht zu überprüfen. Erst in einer Stunde könne man es abholen.

»Möchtest du das Rad denn haben, mein Schatz?«, fragte die Mutter daraufhin ihre Tochter.

»Ja. Will Rad fahren«, antwortete die Kleine.

»In einer Stunde, sagten Sie?«, fragte die Mutter Herbert.

»Ja, in einer Stunde haben wir alles durchgecheckt.«

»Na gut. Soll ich gleich bezahlen?«

»Nein. Sagen Sie mir nur Ihren Namen, damit wir das Rad richtig zuordnen.«

»Timmermann«, erwiderte die Frau und nahm ihre Tochter an der Hand. »Komm, Liebes. Wir gehen jetzt noch ein bisschen in die Stadt.«

»Ich will das Fahrrad!« Die Kleine brüllte wie am Spieß.

»Du bekommst es auch. In einer Stunde können wir es abholen.«

»Ich will das Fahrrad jetzt!« Die Stimme des Mädchens überschlug sich fast.

»Das Fahrrad muss noch ein bisschen schöner werden. Aber gleich kannst du es mit deiner Mama abholen, okay?«, sagte Herbert, nicht ohne sich an seiner Geiernase zu fassen, als müsste er sie zwicken.

»Gleich?«, schluchzte das Kind.

»Ja, gleich. Wir müssen es auch noch schneller machen.«

»Schneller?« Die Augen des Mädchens weiteten sich.

»Klar. Schneller.«

»Mami, wir holen das Rad gleich ab.« Die Kleine zog ihre Mutter mit sich.

Herbert winkte Hauke zu.

»Warte, bin sofort für dich da«, sagte Herbert und schob das Kinderrad in die Werkstatt.

Gleich darauf tauchte er wieder auf. Kurz warf Herbert einen Blick ins Geschäft, bevor er sich endgültig Hauke zuwandte.
»Wollen wir einen Kaffee trinken?«
»Gerne«, sagte Hauke.
Sie machten sich auf den Weg zu einem kleinen Café in der Nähe.

»Und? Wie war dein Wochenende noch?«, fragte Herbert augenzwinkernd, als sie jeweils vor einer Latte macchiato saßen.
»Kann nicht klagen. Viel zu tun.«
»War das deine Freundin?«
»Wer? Ach, Wiebke? Nee. Weiß nicht. Wir waren mal zusammen. Dann ging sie in die USA, um dort zu studieren. Sie ist am Samstag in die Heimat zurückgekehrt.«
»Süß ist die.« Herbert grinste.
»Findest du?«
»Bist du blind?«
»Nee, hast ja recht. Ich ... ach, ich weiß auch nicht.«
»Bist ein bisschen durch den Wind, was?«
»Das kannst du wohl laut sagen.«
»Zu viel Arbeit?«
»Auch. Im Moment ist die Hölle los. Ein Kollege ist krank, und jetzt muss ich seine Arbeit übernehmen. Dazu diese Mall-Geschichte. Da muss ich 'ne Menge recherchieren.«
»Ist das nicht der totale Wahnsinn?«, fragte Herbert. »Mein alter Herr hat mir stundenlang Vorträge darüber gehalten. Ich kapier es nicht.«
»Was jetzt genau?«
»Was das mit der Mall soll. Also, kapieren tu ich's schon. Da ist 'ne Menge Kohle im Spiel. Aber es ist so sinnlos. So offensichtlich sinnlos.«

»Wieso wird das Ding dann gebaut?« Hauke wurde neugierig. Herbert antwortete nicht, sondern zeigte auf das große Parkhaus auf der gegenüberliegenden Straßenseite.
»Da lag früher das Dänische Viertel. Der letzte intakte Stadtteil aus dem 17. Jahrhundert. Das haben die abgerissen, um das Parkhaus dorthin zu setzen. Kannst du dir vorstellen, was das Dänische Viertel für eine geile Touri-Attraktion gewesen wäre? Enge Gässchen, alte Häuser, ein besonderes Flair?«
»Tja, das wäre was, in der Tat.«
»Dieser Teil der Stadt hat im Zweiten Weltkrieg nichts abbekommen. Rein gar nichts. Und trotzdem stehen hier Gebäude aus den fünfziger, sechziger und siebziger Jahren. Die konnten nur gebaut werden, weil man die Stadt aufgerissen hat. Ohne Not.«
»Und warum?«
»Denk doch mal nach.«
»War wahrscheinlich gut fürs Baugewerbe, oder?«
»Nicht schlecht. Da hast du auch gleich die Antwort auf deine Frage, warum die Mall gebaut wird.«
»Ist das der einzige Grund?«
»Mir fällt kein anderer ein. Wirtschaftliche Gründe gibt es ja nun wirklich nicht.«
»Was sagen die Gutachter dazu? Ich meine, die Wirtschaftsleute werden doch Zahlen vorgelegt haben. Steuerzugewinne und so.«
»Das kannst du vergessen. Einige der Läden, die da rein sollen, sind bereits in der Stadt ansässig. Die ziehen einfach um. Und dann steht wieder was leer. Dazu wird das Ding einen Haufen Läden plattmachen. Ich glaube nicht, dass die Stadt irgendwas davon hat.«
»Aber warum treiben die das denn voran?« Hauke fand die

Geschichte immer merkwürdiger. Sein Gefühl, dass hier was faul war, das er beim Lesen des Memos verspürt hatte, schien sich mehr und mehr zu bestätigen. Er war nicht jemand, der gern das Böse im Menschen sah, aber ab und zu durfte man nicht die Augen davor verschließen, besonders wenn es um Gerechtigkeit ging.

»Ich habe nicht gesagt, dass in der Stadtverwaltung niemand was davon hat.«

»Bestechung?«

»Das hast du gesagt.«

»Und du hast es gemeint.«

Herbert lehnte sich nach vorne und sprach leise weiter.

»Hauke, du solltest das besser nicht weiterverfolgen. Ich habe dir schon gesagt, dass da bei mir im Laden so Schlägertypen aufgetaucht waren. Du legst dich da mit Leuten an, denen du nicht gewachsen bist. Ruck, zuck bist du ohne Job und wirst in dieser Stadt auch keinen mehr finden. Lass lieber die Finger davon.«

»Du solltest dir mal zuhören, Herbert. Ich recherchiere doch nicht undercover gegen die Mafia. Jetzt bleib mal auf dem Teppich.« Selbst wenn hier was faul war – jetzt übertrieb Herbert ja wohl.

»Ich meine das ernst, Hauke. Du wirst nichts finden, was du gegen sie verwenden kannst. Niemand sagt gegen die aus. Das hat schon mal jemand versucht, in den Achtzigern. Da hat jemand eine Studie zu den Verflechtungen von Politik und Baugewerbe in Oldenburg angefertigt.«

Hauke konnte kaum glauben, was er da hörte. »Wieso kenne ich die nicht?«

»Die kennt niemand.«

»Und woher weißt du dann davon?«

Herbert seufzte. »Alte Verbindungen. Kannte den Mann, der

die Studie in Auftrag gegeben hatte. Er konnte keine juristisch verwertbaren Beweise anführen, in der Folge gab es eine Unterlassungsklage, und damit war das Ganze vom Tisch.«

»Aber von dieser Studie muss es doch noch das eine oder andere Exemplar geben?«

»Such nur, aber du wirst nichts finden. Also lass es lieber sein.«

Hauke pfiff durch die Zähne. Das klang ja besser, als er zu hoffen gewagt hatte. Endlich konnte er mal investigativ tätig werden. Erstaunlich war dennoch, dass Herbert so viele Interna wusste, obwohl er einige Jahre weg gewesen war.

»Ich war gerade bei Buhlmann.«

»Oha«, sagte Herbert. »Und?«

»Der hat mich rausgeschmissen, weil er der Meinung ist, ich hätte was gegen den Einzelhandel.«

»Wieso das denn?«

»Ich habe ihn gefragt, ob die hiesigen Geschäftsleute alternative Konzepte zur Mall vorgelegt haben, um Oldenburg attraktiver zu machen.«

»Autsch. Da ist der sicher kiebig geworden.«

»In der Tat. Aber ich versteh's nicht.«

»Die Stadt hat der Initiative genau das vorgeworfen und als Begründung für den Bau der Mall angeführt.«

»Aber ich hatte das doch gar nicht als Vorwurf gemeint.«

»Der Buhlmann ist ein bisschen paranoid. Mach dir nichts draus.«

»Es ist nur … er hat noch was Komisches gesagt, als er mich rausgeworfen hat. Irgendwas von einer Tiefgarage. Weißt du, was er damit gemeint haben könnte?«

»Nicht konkret. Einige Ladenbesitzer haben sich zusammengetan, um Geld für ein anderes Bauprojekt zu sammeln. Ein todsicheres Projekt, um die Mall zu stoppen.«

»Was soll ich mir denn darunter vorstellen?«, fragte Hauke.
Herbert sah sich kurz um und rückte dann noch näher.
»Das verraten sie nicht. Aber sie garantieren eine gute Rendite. Von mir hast du das aber nicht gehört.«
»Und Buhlmann sammelt das Geld?«
»Nicht Buhlmann, nee. Vielleicht ist der deswegen so sauer.«
»Wer denn dann?«
Herbert blickte sich abermals um, und Hauke fühlte sich allmählich wie in einem Agentenfilm. Er spürte, wie sich sein Herzschlag beschleunigte.
»Ahlrich. Dieser Restaurantbesitzer, der sich auf Steaks spezialisiert. Steak Frites heißt es, glaube ich. Soll französisch sein.«
»Aha. Und wer gibt da alles Geld?«
»Soweit ich weiß, beinahe alle.«
»Du auch?«
»Glaubst du, wir wollen die Mall?«
»Verstehe«, sagte Hauke.
»Von mir weißt du nichts.«
»Geht klar. Trotzdem danke.«
»Kein Thema. Ich muss dann mal wieder«, sagte Herbert und kramte nach seiner Brieftasche.
»Lass mal«, sagte Hauke. »Ich mach das.«
»Danke. Schau mal wieder rein.«
»Mach ich.«
Herbert ging eiligen Schritts zu seinem Fahrradladen zurück.

6

MONTAG, 25.04.

Hauke tippte gerade, als das Telefon klingelte. Er war noch immer allein in der Redaktion – Piet war so freundlich gewesen, ihm mitzuteilen, dass er noch bis mindestens Mittwoch krankgeschrieben sei –, also ging er ran.

»*Oldenburg Report,* Nöhlert, guten Tag.«

»Guten Tag. Hier Pimmelmann vom 2. Revier. Sind Sie der Halter des Fahrzeugs mit dem amtlichen Kennzeichen OL HN-123?«

»Äh, ja.«

»Na, da ziehen Sie sich mal warm an.«

»Äh, worum geht's denn, Herr …«

»Pimmelmann.«

»Pimmelmann«, prustete Hauke ungewollt los.

Am anderen Ende der Leitung brach der Anrufer ebenfalls in Gelächter aus, so ein blechernes, mechanisches Lachen.

»Jan-Ole?«, dämmerte es Hauke.

»Nöhlert, Alter. Was für'n Spaß.«

»Ja, ja«, sagte Hauke, angesichts der Tatsache, dass Jan-Ole ihn gefunden hatte, leicht genervt.

»Was machst du denn morgen Abend?«

»Morgen? Das weiß ich noch nicht so genau.«

»Dann treffen wir uns in der Ule. Ist halb neun okay für dich?«

»Halb neun? Ja, ich …«

»Bis dahin.« Und schon hatte er aufgelegt.

Na super, dachte Hauke. Ein Abend mit dem Trottel.

Das Telefon klingelte erneut.
»*Oldenburg Report,* Nöhlert, guten Tag.«
»Das höre ich gern, Hauke«, ertönte die Stimme seines Chefs.
»Hallo, Wilfried«, sagte Hauke.
»Da meldet sich gleich jemand bei dir. Peter irgendwas oder Patrick. Piets Praktikant. Der fängt morgen an, und weil Piet ja noch bis Mittwoch ausfällt …«
»… soll ich mich um den kümmern.« Hauke seufzte.
»Das wuppst du doch, oder?«
»Klar doch. Ich weiß aber noch nicht genau, wann ich morgen in die Redaktion komme.«
»Deswegen ruft der ja gleich bei dir an.«
Hauke seufzte erneut.
»Wir sehen uns am Donnerstag?«, fragte noch sein Chef.
»Ich bin hier. Wie ich eigentlich jeden Tag hier bin.«
»Mittwoch machst du dir aber mal 'nen Ruhigen, nicht wahr?«
»Ich will's versuchen.«
»Machet jut.«
Ein Praktikant. Auch das noch, dachte Hauke, während er seine Datei unter »bauplatz-inoff-01.doc« speicherte, damit sie nicht mit seiner offiziellen Version kollidierte. Er kam sich richtig verwegen vor, nachdem er diese geheime Datei gesichert hatte.
Abermals läutete das Telefon.
»*Oldenburg Report,* Nöhlert, guten Tag.«
»Hallo, Jonny«, flötete eine hübsche helle Stimme.
Schlagartig schoss Hauke das Blut in den Kopf, und er begann zu schwitzen. Das war eindeutig *nicht* der Praktikant.
»Wiebke?«, sagte er etwas atemlos. »Das ist ja schön.«
»Freust du dich?«
»Total.«

»Ich wollte mich ja gestern schon bei dir melden, aber ich habe bis heute Morgen durchgeschlafen. Jetlag.«

»Ich weiß genau, was du meinst.«

»Wie süß«, sagte Wiebke. »Was machst du denn heute Abend?«

»Nichts«, erwiderte Hauke hastig und ärgerte sich ein wenig darüber, dass er keinerlei Kontrolle mehr über sich zu haben schien.

»Wollen wir etwas zusammen essen?«

»Gerne«, antwortete Hauke wie aus der Pistole geschossen.

»Perfekt«, sagte Wiebke. »Halb sieben im Steak Frites?«

»Halb sieben?«

»Zu früh? Wir können auch später. Ich hab nur einen ziemlichen Bärenhunger.«

»Ich auch, jetzt, wo du's sagst. Halb sieben ist super.« Mittag war doch noch gar nicht lange vorbei, aß Wiebke denn den ganzen Tag nichts? Ach ja, Jetlag.

»Schön. Ich freu mich auf dich. Bis nachher.« Wiebke hauchte noch ein Küsschen durch die Leitung.

Hauke legte auf und bemerkte dabei, dass sein Hemd unter den Armen durchgeschwitzt war. Wieso bin ich eigentlich so aufgeregt?, fragte er sich. Wie ein verliebter Teenager. Völlig bekloppt. Während er darauf wartete, dass das Pochen in seinen Schläfen wieder verschwand, überlegte er, ob Wiebke auch nervös gewesen war. Leider hatte er davon nichts gemerkt. Aber immerhin hatte sie sich bei ihm gemeldet. Das verhieß Gutes. Er starrte noch eine Weile ohne Sinn und Verstand auf den Bildschirm, so dass er sich beim nächsten Telefonklingeln halb zu Tode erschrak.

»*Oldenburg Report*, Nöhlert, guten Tag.«

»Hallo. Hier ist der Johannes. Ich soll Sie ... ich sollte mal mit Ihnen ... also wegen ... der Piet ist ja krank und so ...«

»Worum geht es denn genau?«
»Ich fang ja morgen beim *Oldenburg Report* ein Praktikum an, und der Piet ist ja krank, und da hat der Chef, der Herr Seltken, gesagt, ich soll das mit … Ihnen absprechen.«
Der junge Mann fühlte sich hörbar unwohl, da er nicht wusste, ob er Hauke duzen oder siezen sollte.
»Du bist also Peter oder Patrick?«
»Nee, Johannes. Ich bin der Johannes.«
»Ich bin Hauke, hallo.«
»Hallo.« Nun klang der Anrufer erleichtert.
»Wann willst du denn morgen reinkommen?«
»Na ja, ich weiß nicht. Wann fangt ihr denn an?«
»So wie es aussieht, sind wir beide morgen alleine hier. Ich schaffe es wohl nicht vor zwölf. Passt dir halb eins?«
»Halb eins? Halb eins ist cool. Und wie lange geht das dann?«
»Das kommt drauf an. Ich bin sicher bis acht hier, aber so lange musst du nicht bleiben.«
»Das geht schon klar. Dann bis morgen.«
»Bis morgen«, sagte Hauke und legte auf.
Nach diesem Telefonat tippte er noch ein paar Sachen in die offizielle Datei zum Bauvorhaben der NKE, bevor er seinen Basketball-Artikel in die druckfertige Fassung umschrieb und die üblichen Telefonate mit den Pressestellen der Polizei, dem Technischen Hilfswerk und der Feuerwehr führte, auf dass die Zeitung voll würde.

Hauke hatte gerade noch Zeit gehabt, um sich zu duschen und ein sauberes Hemd anzuziehen, bevor er sich auf sein Fahrrad schwang und zum Rendezvous ins Steak Frites fuhr. Es erstaunte ihn, dass Wiebke dieses Lokal vorgeschlagen hatte. Keiner seiner bisherigen Freundinnen hatte gern Steak gegessen. Und bei Wiebke war das vor zwei Jahren auch nicht der Fall gewesen. Hatte sich das seit ihrem Aufenthalt in den Staaten vielleicht verändert? Vielleicht steht sie ja eher auf das Salatbuffet, dachte er, während er in Richtung Innenstadt radelte. Außerdem ist ja noch gar nicht geklärt, ob sie wirklich meine Freundin ist, überlegte er weiter. Also, noch nicht zweifelsfrei.

Als er sein Fahrrad abschloss, kam ihm Wiebke aus dem Restaurant entgegen und begrüßte ihn mit einem langen, leidenschaftlichen Kuss.

»Das ist so wunderbar, dass du da bist. Beeil dich, wir warten schon auf dich«, erklärte sie schließlich.

»Ich komme, ich komme«, sagte Hauke, während er fieberhaft überlegte, wen Wiebke wohl mit *wir* gemeint haben könnte.

Die Antwort erhielt er just in dem Augenblick, als sie das dunkle, rustikale Lokal betraten. Wiebkes Vater, den Hauke noch von früher kannte, erhob sich und ging freudestrahlend auf die beiden zu. Er war ein schlanker, nicht besonders großer Mann, sonnengebräunt, mit gepflegter vollständiger Glatze und jeder Menge Charme.

»Hauke!«, rief er und breitete die Arme aus, die in einem perfekt sitzenden silbergrauen Anzug steckten. Bestimmt maßgeschneidert.

»Hallo, Herr Heidkrog«, erwiderte Hauke unsicher.

»Mensch, mal nicht so förmlich. Peter«, sagte Peter Heidkrog und drückte Hauke fest an sich.

»Tja, Peter«, sagte Hauke und drückte ein wenig zurück.

»Setz dich, mein Junge. Was willst du trinken? Wir haben uns ja schon ewig nicht mehr gesehen.«

»Ja, das ist schon eine Weile her.«

»Seit meine Kleine nach Amiland abgedüst ist, was? Trinkst du Rotwein? Einen Bordeaux?«

»Ja und ja.«
»Stefan!«, rief Peter laut in Richtung Theke, während Hauke sich setzte.
Wiebkes Vater nahm ihm gegenüber Platz, Wiebke ließ sich auf einem Stuhl an der Tischseite nieder.
»Hey«, sagte der Mann, der eben noch hinter der Theke gestanden hatte, und reichte Hauke die Hand. »Stefan Ahlrich«, stellte er sich mit tiefer, sonorer Stimme vor.
»Hauke Nöhlert.« Hauke erhob sich kurz und bemerkte dabei, dass sein Gegenüber mindestens zehn Zentimeter größer war als er. Blonde Haare, die zu einem hippen Pferdeschwanz zusammengehalten waren, wohl auch leicht gesträhnt. Nicht ein Barthärchen zeigte sich, als hätte er sich gerade eben erst rasiert. Das Alter war schwer zu schätzen, um die vierzig. Das war also der Mann, von dem Herbert geredet hatte.
»Bleib sitzen.« Stefan Ahlrich lachte laut. »Reicht doch, wenn einer steht.« Dabei klopfte er Hauke auf die Schulter. »Was kann ich euch bringen?«
»Rotwein. Einen Bordeaux«, sagte Peter Heidkrog.
»Eine Flasche?«
»Erst mal eine.« Peter lachte noch lauter als der Restaurantbesitzer. »Und dann noch eine. Wir sind ja nicht zum Spaß hier.«
»Wird sofort serviert«, sagte Stefan.
»Sind wir nicht?«, fragte Hauke.
»Was sind wir nicht?« Wiebkes Vater betrachtete ihn leicht irritiert.
»Zum Spaß hier?«
Peter Heidkrog sah seine Tochter kurz an, dabei grinste er. Dann zeigte er mit dem Finger auf Hauke und sagte: »Du bist mir ja einer.«
»Papa hat sich spontan eingeklinkt, als ich ihm sagte, dass ich

mit dir ausgehe«, erklärte Wiebke und legte dabei ihre Hand auf die von Hauke.
»Ich habe meinen Engel seit Weihnachten nicht mehr gesehen. Landet am Samstag und trifft sich erst mal mit ihrem geliebten Hauke, anstatt bei ihrem alten Vater reinzuschauen. Den ganzen Sonntag habe ich auf einen Anruf gewartet – vergeblich.«
»Papa. Ich habe geschlafen.«
»Den ganzen Tag, na klar doch. Aber Schwamm drüber. Ich freu mich jetzt, mit euch beiden hier zu sein.«
Stefan Ahlrich setzte sich auf den freien Stuhl rechts neben Hauke und stellte ein Tablett mit einer Flasche Bordeaux, einem leeren Glas und vier vollen Grappa-Gläsern auf den Tisch. Peter und Wiebke hatten bereits leere Weingläser vor sich stehen.
»Trinken wir erst mal einen Kleinen aufs Haus«, brummte Stefan freundlich. Er hob sein Glas mit dem strohgelben Inhalt, und sie stießen an.
»Mmmmh«, sagten sie alle vier unisono.
»Das ist ein lecker Stöffchen, was?«, sagte der Oldenburger Brad-Pitt-Verschnitt schwärmerisch.
»Wow«, meinte Hauke, der sich eigentlich nicht viel aus Grappa machte.
»Das ist ein Barolo-Grappa. Ich kenne den Winzer persönlich. Nach dem Brand liegt der acht Jahre in alten Port-Fässern. Sagenhaft«, klärte Stefan sie auf. »Deshalb auch der Goldschimmer.« Dann leerte er sein Glas mit einem zweiten Schluck. »Wollt ihr auch was essen?«
»Sicher. Was empfiehlst du uns?«, fragte Peter.
»Der Küchenchef hat am Samstag eine Charge vom Charolais-Rind reinbekommen, er macht euch Côte de bœufs, dass euch Hören und Sehen vergeht. Dazu würde ich euch die

hausgemachten Fritten mit unserer Knoblauchmayonnaise vorschlagen.«

»Das nehm ich«, sagte Wiebke fröhlich.

»Ich schließe mich da an«, befand Hauke.

»Wenn du das empfiehlst, Stefan, dann kann ich nicht anders«, sagte Peter und trank seinen Grappa ebenfalls aus.

»Dreimal Côte de bœufs mit Fritten. Wird gemacht. Dauert aber, wisst ihr ja. Salat nehmt ihr euch selbst.« Stefan schenkte seinen drei Gästen noch Wein ein, bevor er sich zurück zur Theke begab.

»Du bist wohl öfter hier?« Hauke wandte sich an Peter.

»Stefan ist mein Schwager. Hat meine kleine Schwester geheiratet, letztes Jahr. Ist ihre zweite Ehe, seine erste.«

»Ach so, das erklärt vieles«, sagte Hauke, der mit einer etwas detailärmeren Antwort gerechnet hatte.

»Was erklärt vieles?«, fragte Peter nach.

»Na ja, dass ihr euch so gut kennt. Und dass ich mit Wiebke früher nie hier war, weil der Stefan und deine Schwester ja erst letztes Jahr geheiratet haben und ich Wiebke jetzt zwei Jahre nicht gesehen habe. Damals kannte sie Stefan ja noch nicht.«

Peter lachte übertrieben. »Scharf beobachtet. Ich mag dich. Mochte dich schon immer.«

»Ach ja?«

»Mensch, ich find das gut, dass ihr euch wieder zusammengerauft habt.«

Hauke warf Wiebke einen fragenden Blick zu.

»War ja auch 'ne blöde Nummer von dir«, sagte Peter zu seiner Tochter. »Brichst einfach die Zelte ab und lässt den Freund zurück.«

»So war das gar nicht, Papa. Ich habe Hauke schon erzählt, dass ich weggehe. Er wusste davon.«

»Und du hast sie einfach gehen lassen?«, fragte Peter Hauke. Soweit Hauke das beurteilen konnte, teilten Wiebke und Peter eine ihm gänzlich fremde Sicht der Dinge hinsichtlich seiner Liaison mit Wiebke. Aber er hielt es für unklug, das hier und jetzt klarzustellen.
»Was hätte ich denn machen sollen?«, erwiderte er stattdessen und nahm einen tiefen Schluck Wein.
»Da wäre mir sicher was eingefallen«, sagte Peter verschwörerisch. »Aber egal. Du bist bei der Zeitung?«
»Nun ja, beim *Oldenburg Report.*«
»Hno?«
»Ja, das ist mein Kürzel.«
»Und behandelt der alte Seltken dich gut?«
»Ich kann nicht klagen. Kennt ihr euch?«
»Und ob! Wir sind gute Kunden bei eurem Blatt.«
»Ach was!«, sagte Hauke und überlegte krampfhaft, was Wiebkes Vater beruflich so trieb. Er kam nicht drauf.
»Papa arbeitet für die Hurrelmann AG«, klärte Wiebke ihn auf, als hätte sie seine Gedanken lesen können.
»So isses«, bekräftigte Peter und schenkte Hauke und sich Wein nach.
»Im Baugewerbe gibt's ja genug zu tun, wie man so hört. Und was machst du bei Hurrelmann?«
»Bauleiter«, antwortete Wiebke für ihren Vater.
»Hui«, sagte Hauke, weil ihm nichts Besseres einfiel.
»Und mein kleines Engelchen fängt auch bald bei uns an.«
»Ich habe das noch nicht entschieden«, protestierte Wiebke. »Vielleicht mach ich auch was anderes.«
»Tja, da kann man nichts machen.« Peter lachte dröhnend. »Mit einem MBA-Abschluss in Harvard kann man sich die Stellen aussuchen.«

Hauke war dankbar, dass er endlich wieder wusste, was Wiebke in den Staaten genau getrieben hatte. Danach zu fragen hätte zu peinlichen Verwicklungen führen können.

»Du willst doch sicher auch nicht ewig bei diesem Blatt arbeiten, oder?«, fragte Wiebke plötzlich.

»Äh, wie jetzt?«

»Na ja, ich will das ja nicht kleinreden, aber so ein Provinzblatt ist auf Dauer sicher sehr unbefriedigend.«

»Nun, in der Provinz gibt es Provinzblätter. Das ist fast so etwas wie ein Naturgesetz.« Hauke spürte, dass ihm der schwere Rotwein bereits zu Kopf gestiegen war.

»Ein Grund mehr, nicht hierzubleiben«, sagte Wiebke zu ihrem Vater gewandt.

»Verstehe ich doch alles, mein Engelchen. Aber habt ihr denn anderswo die Sicherheit, die ihr hier hättet? Das müsst ihr euch auch mal überlegen.«

Hauke nahm noch einen Schluck Wein und fragte sich, ob er in jüngster Zeit einen Filmriss gehabt hatte. Sollte er tatsächlich mit Wiebke Pläne geschmiedet und diese vergessen haben? Dafür kam aber nur Samstagnacht in Frage, und an die konnte er sich äußerst detailliert erinnern, wie ihm das Kribbeln in seinen Lenden bestätigte.

»Ich geh mir mal Salat holen«, sagte Hauke. »Also, ich geh zum Buffet.« Er musste aufpassen, dass er nicht zu viel von dem Rotwein trank, sonst würde er bald kein klares Wort mehr herausbringen.

»Ich auch.« Wiebke erhob sich ebenfalls. »Sollen wir dir was mitbringen, Papa?«

»Nee, kein Karnickelfutter für mich.«

Wiebke legte ihren Arm um Haukes Hüfte, und gemeinsam schwankten sie zum Salatbuffet.

»Tut mir leid, das mit Papa«, flüsterte Wiebke, als sie die Schalen mit der schier unfassbaren Menge an Salaten begutachteten. »Er hat sich einfach eingeklinkt. Ist nicht so schlimm, oder?«
»Nee, ach was. Ist doch nett«, sagte Hauke, während er ehrfürchtig auf die durchweg frisch aussehenden Pflanzenreste starrte.
»Wir können ja nachher zu dir gehen«, flüsterte ihm Wiebke ins Ohr, und wo sie schon mal da war, knabberte sie auch gleich ein bisschen dran herum.
»Wär schön«, sagte Hauke, wieder etwas nüchterner geworden. »Aber ich muss morgen arbeiten.«
»Ich schlaf einfach weiter, und wenn du nach Hause kommst, bin ich vielleicht noch da. Dann machen wir uns einen richtig schönen Abend.«
»Klingt gut.« Doch plötzlich stutzte er. »Mist. Morgen Abend kann ich nicht. Da treffe ich mich mit Jan-Ole.«
»Wer ist denn Jan-Ole?«
Ja, wer ist das eigentlich? »Ein alter Schulfreund. Haben uns letzten Samstag nach langer Zeit zufällig getroffen.« Das mit der Nazi-Demo erschien ihm als Erklärung zu umständlich. »Er hat heute angerufen, und wir haben uns für morgen verabredet.«
»Dann vielleicht am Mittwoch?«
»Mittwoch ist super. Da hab ich frei.«
Wiebke quiekte kurz und gab ihm einen Kuss. Dann beluden sie ihre Teller mit Salat und kehrten zu Peter und der zweiten Flasche Wein zurück.

Hauke war völlig erschöpft. Er sackte auf seinem Stuhl etwas tiefer und beobachtete Wiebke. Wie kann diese schlanke Frau nur so viel essen?, fragte er sich. Hoffentlich ist sie nicht so eine, die sich nach dem Essen den Finger in den Hals steckt.

Er selbst hatte mit seinem Steak, einer unglaublichen Menge unglaublich köstlichen Fleisches, hart kämpfen müssen. Wiebke hatte sowohl ihm als auch ihrem Vater bei den Fritten geholfen und sich dann noch eine Riesenportion Mousse au Chocolat bestellt, von der sie gerade das letzte Löffelchen in ihrem Mund verschwinden ließ.

»Ich muss mal kurz für kleine Mädchen«, verkündete sie plötzlich und erhob sich.

»Noch einen Grappa?«, fragte Stefan, der scheinbar aus dem Nichts aufgetaucht war, um Wiebkes Teller abzuräumen und die vierte Flasche Bordeaux auf den Tisch zu stellen.

»Ist der Papst katholisch?«, erwiderte Peter.

»Nee, tot«, sagte Stefan trocken, und Wiebkes Vater brüllte vor Lachen.

Das Lokal war für einen Montagabend gut gefüllt gewesen, leerte sich aber zusehends. Hauke schätzte, dass es auf zweiundzwanzig Uhr zuging. Er war ziemlich betrunken, aber überhaupt nicht mehr müde. Beim Essen wäre er beinahe eingeschlafen, aber nun hatte er diesen toten Punkt scheinbar überwunden.

Wiebke kam von der Toilette zurück und küsste ihn. Sie schmeckte nach Rotwein, Mousse au Chocolat und Knoblauchmayonnaise, wie Hauke erleichtert feststellte, und nicht nach Erbrochenem oder Menthos oder so.

»Kriegen wir noch ’nen Grappa?«, fragte sie Stefan.

»Ich komm gleich zu euch«, sagte er. »Wir machen noch schnell die Tische fertig, und dann schließ ich den Laden ab.«

»Wie spät ist es denn?«, fragte Hauke erschrocken.

»Viertel elf«, sagte Stefan.

»Viertel nach elf oder Viertel vor elf?«, fragte Hauke, woraufhin Peter erneut lauthals lachte. Stefan ging einfach weg.

»Viertel nach zehn«, erklärte Wiebke und tätschelte ihm die Hand.
»Aber er hat doch …«, begann Hauke, bis er seinen Fauxpas bemerkte. Seine Großmutter hatte auch immer so die Zeit durchgegeben. Viertel zehn, halb zehn, dreiviertel zehn und so weiter. Seither hatte er nie wieder jemanden getroffen, der das tat, aber ihm war zu Ohren gekommen, dass diese mathematisch korrekte Art der Zeitansage in manchen Teilen der Republik durchaus üblich war.
»Willst du eigentlich weiter was bei einer Zeitung machen?«, riss Peter ihn aus seinen Gedanken. Auch ihm bereitete das Sprechen deutliche Mühen.
»Ob ich das ewig machen will, weiß ich natürlich auch nicht. Aber im Moment ist das schon ganz okay.«
»*Ganz okay, ganz okay*«, wiederholte Peter und nahm kopfschüttelnd einen weiteren Schluck Wein zu sich. »Das Leben ist zu kurz für *ganz okay.* Gas geben, durchstarten und dann an die Spitze. Wenn du da erst mal bist, kann dir keiner mehr was.«
»Ich weiß nicht, ob ich so der Typ dafür bin«, sagte Hauke wahrheitsgemäß.
»Mit so einer Einstellung wird das natürlich nichts«, entgegnete Peter streng und schüttete sich erneut Wein ins Glas. Dann schwenkte er es vor seinen leicht schielenden Augen und starrte auf die rote Flüssigkeit, als würde er darin nach etwas Verborgenem suchen.
»Stefan«, rief er plötzlich. »Der Wein wird mir zu schwer. Wir brauchen einen leichteren.«
»Kommt sofort«, rief Stefan, während Hauke nach einem Gesprächsthema suchte. Wobei er nicht lange suchen musste; Herbert hatte ihm schon die passenden Stichworte geliefert.
»Seid ihr dabei, wenn die Mall gebaut wird?«

Einen Moment lang glaubte Hauke, Peter wäre eingeschlafen, weil seine Augen halb geschlossen und seine Wangen aufgebläht waren. Plötzlich lachte er laut auf.

Hauke wartete einen Moment, aber mehr kam nicht. Stefan brachte unterdessen einen Beaujolais und neue Gläser.

»Ich bin gleich fertig«, sagte er und verschwand wieder.

»In dieser Stadt baut niemand irgendwas ohne uns«, verkündete Peter plötzlich. »Niemand. Keine Mall, keine Tiefgarage, keine Schule … nichts … Niemand!«

»Und in diesem Lokal trinkt niemand mehr irgendwas nach halb elf ohne mich«, warf Stefan ein, der wieder aufgetaucht war, und klopfte Hauke auf die Schulter. »Niemand.« Dann setzte er sich und tätschelte Peter das Knie.

»Aber sicher ist noch nichts«, sagte Wiebkes Vater und zwinkerte Stefan auffällig zu. »Nichts ist sicher.«

»Papa, ich glaub, du hast genug?«

Aus halb geöffneten Augen sah Peter zu seiner Tochter. Die Zunge hing ihm dabei ein wenig aus dem Mund.

»Ich verdaue gerade, Engelchen. Verdammte Hacke, war das ein Steak! Was? Das war doch mal ein Steak. Ich brauch noch ’nen Grappa.«

»Augenblick«, sagte Stefan. Dann drehte er sich um und rief: »Pierre? Bring doch bitte den Grappa.«

»Bien sûr. Natürlich.«

»Pierre ist mein Küchenchef. Keiner geht mit Fleisch so grandios um wie die Franzosen.«

»Die Steaks in den USA sind auch nicht schlecht«, sagte Wiebke. »Aber das hier war wirklich große Klasse. Ist irgendwas?« Sie hatte sich ganz unvermittelt zu Hauke gedreht.

»Wie, was? Was soll denn sein?«

»Du hast mich so angeguckt.«

»Wie denn?«
»Weiß ich ja auch nicht.«
Hauke merkte, dass Wiebke plötzlich unruhig war, aber er konnte den Grund dafür nicht herausfinden.
»Vielleicht kann ich nur mein Glück nicht fassen.« Er sprach den ersten Gedanken aus, der ihm in den Sinn gekommen war, obwohl er nicht wusste, ob er das für eine gute Idee halten sollte.
Wiebke lächelte ihn an, lehnte sich zu ihm und küsste ihn lange.
»Hahahahaha«, tönte Peter.
Auf einmal hörte Hauke schwere Schritte nahen, und ein Koloss von einem Mann, ein Fleischberg, der ihm unweigerlich das Steak wieder ins Gedächtnis rief, ließ sich neben Wiebkes Vater nieder.
»Der Grappa«, sagte er mit schwerem französischen Akzent und einer atemberaubend hohen, beinahe fistelnden Stimme.
Peter hatte versucht, noch etwas Wein zu trinken, aber eine nicht unerhebliche Menge war ihm wieder aus dem Mund geflossen. Er hatte das aber nicht bemerkt und stierte weiter aus halb geöffneten Augen ins Nichts, das ihn, nach seinen Augen zu urteilen, immer enger umschlang.
»Pierre, Hauke. Hauke ist Wiebkes Freund. Wiebke kennst du ja, oder?«, erledigte Stefan die Formalien.
»Mais, non«, sagte Pierre. »Enchanté, Mademoiselle.«
»Wiebke ist Peters Tochter«, erklärte Stefan. »Sie war Weihnachten hier.«
»Excusez-moi, ich erinnere mich nur sehr vage. Incroyable. Wie kann ich mich nicht erinnern an eine so wunderschöne Frau. Du bist ein Glückspilz, mon ami«, sagte er zu Hauke. Dann goss er allen Grappa ein, hob sein Glas und sagte: »Auf die Liebe.«

»L'amour«, wiederholte Stefan, und alle tranken, sogar Peter, dessen Gesichtsausdruck zuletzt wie eingefroren schien.
»So, Engelchen«, sagte er, wieder bei sich. »Ihr zwei Turteltäubchen macht euch jetzt noch einen schönen Abend. Wir hier haben noch ein paar Dinge zu besprechen. Stefan, gib den beiden eine Flasche Schampus mit.«
Stefan ging zum Tresen und holte eine Flasche Champagner aus dem Kühlschrank. Hauke und Wiebke standen auf, um sich von Peter zu verabschieden.
»Wir sehen uns wieder«, sagte er auf einmal erstaunlich klar.
»Tja«, meinte Hauke, als sie beide auf der Straße standen, »das war ja etwas plötzlich. Ich habe mich nicht mal bedankt.«
»Wofür?«
»Für das Essen.«
»Ach, das macht nichts. Papa zahlt das schon.«
»Ja, eben. Dafür bedankt man sich doch.«
»Du bist so süß.«
»Du auch.«
»Schieben wir das Rad, oder nimmst du mich hintendrauf?«
»Dich würde ich sogar auf der Stange sitzen lassen«, entgegnete Hauke, der auf einmal vollkommen von Sinnen vor Liebe für diese Frau war.
»Erst mal fahren wir nach Hause«, grinste Wiebke.
Sie nahm trotzdem auf der Stange Platz, legte ihre Arme um Hauke und ließ sich von ihm durch die Nacht radeln, wobei dieser sich nichts sehnlicher wünschte, als dass es regnen würde, damit er »Raindrops Keep Fallin' On My Head« singen konnte. Aber diesen Gefallen tat ihm der Himmel nicht.

7

DIENSTAG, 26.04.

Wiebke grunzte nur kurz und drehte sich auf die andere Seite, als der Radiowecker klingelte. Hauke stellte ihn aus und erhob sich. Eine Zeitlang saß er auf der Bettkante und sah Wiebke beim Schlafen zu.

Was geschieht hier eigentlich?, fragte er sich nicht zum ersten Mal. Wie ist das nur möglich?

Aber da er weder seine eigene Frage genau verstand noch eine Antwort darauf wusste, ließ er es dabei bewenden und ging ins Bad.

Auch die Dusche verschaffte ihm keine Ablenkung von den wild umherschwirrenden Gedankenströmen in seinem Kopf. Wieso ist sie wieder da? So plötzlich? Wieso ist sie zu mir gekommen? Warum ist sie so unkompliziert? Und so charmant? Und so schön? Und was soll da zwischen uns sein, von dem sie weiß und ich nicht? Und was hat es mit dieser Tiefgarage auf sich?

Schlagartig war er wach. Die Tiefgarage! Buhlmann hatte sie erwähnt, aber der war ja eh nicht ganz bei Trost mit seinen Verschwörungstheorien. Aber Wiebkes Vater hatte ebenfalls davon gesprochen. Obwohl, bei Trost war der auch nicht mehr gewesen, als er das gesagt hatte. Aber dennoch war es ein eigenartiger Zufall, fand Hauke.

Noch auf der Fahrt zu einem Termin kreisten seine Gedanken abwechselnd um Wiebke und die Tiefgarage, aber er kam in beiden Angelegenheiten keinen Schritt voran.

Vor der Tür zur Redaktion stand eine hagere Gestalt, ein junger Mann von vielleicht zwanzig, Johannes, wie Hauke vermutete. Er parkte seinen Wagen, packte seinen Kram zusammen und stieg aus. Der junge Mann sah ihm dabei unschlüssig zu.
»Du bist der Johannes?«, fragte Hauke, als er bei der Tür angelangt war.
»Ja. Kannst ruhig Jojo zu mir sagen.«
»Na, dann komm mal rein, Jojo. Wartest du schon lange?«
»Ja, nee. Bin nur früher los, weil ich nicht wusste, ob ich das gleich finde.«
»Geht mir auch immer so«, sagte Hauke.
»Echt?«
»Klar. So, dann mal hereinspaziert.«
Hauke sah sofort, dass Jojo sich unter einer Redaktion etwas Spektakuläreres vorgestellt hatte als die Klitsche mit den drei Schreibtischen, der kleinen Kaffeeküche und dem mit Jalousien abgetrennten Büro des Chefs.
»Tja, das ist unser kleines Reich.«
»Ja, äh …«
»Du hattest dir da was anderes vorgestellt?«
»Nee, ist cool.«
Jojo ging in die Hocke, um unter die Tische zu schauen.
»Und da haut ihr dann die Zeitung raus, oder wie?«
»Was meinst du?«
Jojo zeigte auf die beiden Laserdrucker.
»Ich mach erst mal Kaffee.« Hauke verfluchte im Stillen Piet.

* * *

»Brauchst du mich noch?«
Ich hab dich den ganzen Tag für nichts gebraucht, du Idiot, dachte Hauke.
»Nee, kannst gehen von mir aus.«
»Morgen wieder um die gleiche Zeit?«
»Morgen ist hier niemand. Morgen ist frei«, sagte Hauke zum ungefähr zweihundertsten Mal.
»Donnerstag dann so?«
»Ja. Donnerstag ist der Chef auch hier.«
»Soll ich dann lieber am Freitag …?«
»Nein, komm am Donnerstag.«
»Is gut. Tschö«, sagte Jojo und trollte sich.
Hauke atmete tief durch. Es war mittlerweile halb sechs, und er hatte nicht einmal die Hälfte von dem geschafft, was er noch zu erledigen hatte, weil er die ganze Zeit damit beschäftigt gewesen war, Jojo nicht anzuschreien.
Was für ein strunzdummer Vollidiot!, dachte er, während er begann, die Pressemitteilungen der Agenturen und Oldenburgischen Institutionen in mehr oder weniger geschliffene Artikel zu verwandeln, was längst passiert wäre, wenn Jojo nicht den ganzen Nachmittag vor Piets Computer gesessen hätte, um sich die Programme anzuschauen, mit denen sie hier arbeiteten. Alle fünf Minuten hatte er irgendwelche dämlichen Fragen gestellt. Danach spielte er dann Minesweeper, den vielen Fragen tat das keinen Abbruch, weil er den Sinn dieses simplen Minenspiels nicht allein zu entschlüsseln vermochte.
Hauke ging in die Kaffeeküche und sah in den Kühlschrank. Außer einer Flasche Prosecco und einem kleinen, verschwitzten Wurstpäckchen konnte er nichts darin entdecken. Er entschied sich für den Prosecco, um die Nerven zu beruhigen.

Dann setzte er sich an seinen Rechner und öffnete die Datei mit seinen geheimen Gedanken zur Mall, um sie um die Tiefgarage zu erweitern. Dabei fiel ihm erneut ein, dass Herbert gesagt hatte, dass Ahlrich vom Steak Frites, also Stefan, Geld für dieses ominöse Mall-Vermeidungsprojekt sammelte. War Stefan nicht an ihren Tisch gekommen, als Peter anfing, über die Tiefgarage zu reden? Zufall war das bestimmt nicht gewesen. Hauke schrieb ein paar Sätze dazu auf und speicherte alles abermals auf seinem persönlichen Laufwerk H:, bevor er sich dem offiziellen Artikel für die morgige Ausgabe widmete. Er war bemüht, seine Version für den *Oldenburg Report* nicht zu kritisch zu formulieren, ließ aber dennoch einfließen, dass sich die Vorteile der Mall auch auf diverse Nachfragen hin niemandem so richtig erschlossen.

Bloß keinem auf die Füße treten, dachte er. Das ist es nicht wert. Noch nicht.

Er schrieb und schrieb, und schließlich, kurz vor acht, schickte er auch den letzten Artikel per Mail an den Setzer. Dann machte er sich auf den Weg, um sich mental auf einen Abend mit Jan-Ole vorzubereiten.

* * *

Um Viertel nach acht traf er im Ulenspegel ein. Wahrscheinlich wäre er gar nicht zu der Verabredung erschienen, wenn Wiebke noch bei ihm gewesen wäre. Aber von ihr hatte er bei seinem kurzen häuslichen Abstecher lediglich einen Zettel mit vielen, vielen Küssen und einer Ankündigung ihres Besuchs zum morgigen Frühstück vorgefunden.

»Abend«, sagte er zu dem Wirt, der bislang allein in dem winzigen Lokal ausharrte. Dieser antwortete mit einem kritischen

Blick, gefolgt von einem Nicken. Anschließend fuhr er fort, Gläser zu putzen.
Hauke setzte sich auf einen Barhocker an einem brusthohen Tisch und studierte die Getränkekarte, bis er merkte, dass der Wirt neben ihm stand und ihn ansah.
»Ich hätte gern ein Guinness«, sagte Hauke.
»Guinness?«
»Ja, bitte.«
»Null-Zwei oder Null-Vier?«
»Null-Vier«, erwiderte Hauke, in der stillen Hoffnung, den Abend so besser ertragen zu können.
Der Wirt nickte und ging zurück hinter die Theke. Plötzlich schrillte Haukes Handy, was ihm in der Stille des Lokals ein bisschen unangenehm war. Auf der Anzeige des Geräts stand »Thomas (Satz)«.
»Nöhlert«, sagte er ins Telefon.
»Hauke, Tommy hier. Du, ich hab da ein Problem mit der letzten Datei von dir. Das Ding für Seite drei.«
»Was ist damit?« Hauke spürte, wie seine Knie weich wurden, aber er wusste nicht genau, warum.
»Das Ding ist korrupt. Ich krieg das nicht geöffnet. Hast du die Datei noch irgendwo liegen?«
»Korrupt? Ach du Scheiße. Ich bin nicht mehr im Büro.«
»Wenn du weißt, wo es liegt, dann saug ich's mir einfach übers Netz.«
»Warte. Im Teamlaufwerk hab ich's abgelegt. ›bauplatz01.doc‹ heißt die Datei. Bist du da gerade?«
»Moment«, sagte Thomas. »Leute, Leute. Da müsst ihr mal aufräumen. Da sieht's ja aus. Wie heißt das Ding?«
»bauplatz01.«
»Hab's. Alles klar. Schönen Abend«, sagte Thomas und legte auf.

»Scheiß-Handys«, ertönte im nächsten Moment die Stimme des Wirts. Er stellte Hauke das Guinness auf den Tisch.
»Entschuldigung. Hab vergessen, es lautlos zu stellen.«
»Scheiß-Handys«, wiederholte der Wirt.
Hauke nahm einen tiefen Schluck des bitteren Gebräus und fragte sich, warum er so nervös war. Schon seit einigen Tagen fühlte er sich wie in Watte gepackt, als wäre er gar nicht wirklich da, sondern gefangen in einem Traum, einem immerwährenden Tagtraum.
»Hauke?«, fragte eine ihm bekannte Stimme, begleitet von einer vor seinen Augen hin und her wischenden Hand.
»Jan-Ole! Mann, ich war gerade voll in Gedanken.«
»Konnte man wohl sehen«, antwortete Jan-Ole mit einem beinahe erleichtert wirkenden Lächeln, das Hauke nicht zu deuten vermochte.
»Hermann. Wie geht's, wie steht's?«, rief Jan-Ole dem Wirt zu.
»Ole, alte Pflaume. Willst du 'n Tee?«
»Klar doch.«
»'n Tee«, kicherte Hauke und nahm einen Schluck Guinness, während Jan-Ole seine Jacke ablegte und sich an den Tisch setzte. Es war das erste Mal, dass Hauke ihn in Zivil sah. Jan-Ole machte auch ohne Uniform eine sehr gute, sportliche Figur. Seine dichten, blonden Haare, die sonst unter der Schirmmütze der Uniform steckten, waren perfekt gestylt.
»Alter. Krass. Muss ich dir erzählen. Samstagabend. Ich lieg im Bett und hol mir einen runter und plötzlich …«
»Will ich das wirklich wissen?«
Jan-Ole fing schallend zu lachen an und schlug sich dabei mit der flachen Hand auf die Schenkel.
»Du bist ja drauf, Alter. Jedenfalls, ich mitten im Gefecht, und plötzlich muss ich lachen. Einfach so. Hat mich erst irgendwie

verwirrt, weil ich gar nicht genau wusste, was mich so amüsiert. Und dann fällt's mir ein. Kunde oder Angestellter?«

»Was?«

»Meyerdierks. Weißt du noch? Ich sag, der ist beim Arbeitsamt, und du so, Kunde oder Angestellter? Wie geil. Ich hab mir fast in die Hose gemacht.«

»Du hattest eine Hose an?«

Jan-Ole schrie laut lachend auf und schlug bestimmt sechsmal mit der Faust auf den Tisch.

Klingt wie ein Blecheimer, fand Hauke.

»Alter, Alter«, befand Jan-Ole, als er sich ein wenig gefangen hatte.

»Dein Tee«, meldete sich Hermann, der Wirt. »Gehört der zu dir?«, fragte er Jan-Ole, als wäre Hauke gar nicht da.

»Ja, klar. Das ist Hauke. Ist bei der Zeitung.«

»Zeitung?«

»Oldenburg Report«, erklärte Jan-Ole und fing wieder an zu lachen. Hermann stimmte aus voller Brust ein.

»Du trinkst ja wirklich Tee«, bemerkte Hauke.

»Ja, ich vertrag keinen Alkohol.«

»Gar nicht?«

»Nee. Hab dann immer 'n dicken Kopf am nächsten Tag, komm schlecht raus und so. Also lass ich's lieber.«

»Vernünftig. Kann ich noch eins?«, rief Hauke dem Wirt zu und hob sein Guinnessglas.

»Und du bist noch klargekommen auf der Demo?«, fragte Jan-Ole.

»Ja. Ein Kollege von dir hat mich zum Berliner Platz gebracht. Und die Typen, die du dir abgegriffen hast?«

»Ach, das Übliche. Personalien aufnehmen, Daten abgleichen, ein bisschen festhalten und dann weg damit.«

»Wie, *weg damit?*«
Jan-Ole machte mit seiner rechten Hand eine Zeigefingerpistole und bewegte kurz den Daumenabzug.
»Du hast …« Hauke musste schlucken.
»Quatsch. Wir haben die Spinner ausgesetzt.«
»Puuuh.«
»Was denkst du eigentlich von mir?«, fragte Jan-Ole empört.
Wenn ich dir das sage, dann kann ich nicht mehr aufs Klo gehen, weil du mir dann einen nassen Schwamm auf den Stuhl legst, du Affe, dachte Hauke.
»Ach, ich weiß auch nicht, was mit mir los ist.«
»Liebeskummer?«
»Nee. Eigentlich nicht. Aber die letzten Tage waren ziemlich aufreibend.«
»Aufreibend? Mann, du quatschst immer noch so geschwollen wie damals.«
»Ein Guinness für den Mann von der Zeitung«, unterbrach ihn Hermann, stellte das Glas vor Hauke hin und zog wieder ab.
»Also erzähl. Was war denn so aufreibend?«
»Im Grunde genommen nichts. Ist nicht so spannend.«
»Sollen wir lieber Schach spielen?«
»Was? Nee. Wie kommst du denn jetzt darauf?«
»Wenn du nicht reden willst, spielen wir eben was.«
»Quatsch. Ein Kollege ist krank geworden, also musste ich seine Arbeit mitmachen. Viel Zeug halt.«
»Du musst nicht extra prollig sprechen, ich versteh dich auch so ganz gut.«
»Okay«, sagte Hauke und nahm einen kräftigen Schluck. Er fühlte sich bereits mächtig betrunken und fragte sich, ob das mit dem Prosecco vorhin im Büro zu tun haben konnte. »Ich musste mich in neue Themen einarbeiten. Diese Sache mit dem Berliner Platz.«

»Das Einkaufszentrum?«
»Die Mall.«
»Die was?«
»Die Marketingleute nennen das nicht Einkaufszentrum, sondern Mall.«
»Was soll das denn sein?«
»Das ist Amerikanisch.«
»Und was heißt das?«
»Einkaufszentrum.«
»Amen«, sagte Jan-Ole und trank einen Schluck Tee.
»Die Frau vom ToFOU …« Weiter kam Hauke nicht, weil er selbst zu lachen anfing. »ToFOU, Scheiße.«
»Was ist das denn schon wieder?«
»ToFOU? Das Büro für Touristik und Fremdenverkehr in Oldenburg und Umgebung. Die nennen sich Tofu. Ist das nicht geil?«
»Und was ist Tofu?«
»Dieser chinesische Bohnenstich.«
»Bohnenstich?«
»Ja, wie Eierstich, nur aus Sojabohnen.«
»Aha. Und das ist lustig?«
»Fand ich schon, aber solche Sachen sind natürlich immer ein bisschen doof, wenn man sie erklärt.«
»Ja, das kenn ich. Wahrscheinlich kapier ich's, wenn ich mir das nächste Mal einen runterhole.«
Hauke fiel vor Lachen fast vom Stuhl, also lachte Jan-Ole einfach mit.
»Und was ist jetzt mit deiner Freundin?«, fragte Jan-Ole abrupt.
»Wieso? Was soll mit der sein?«, wollte Hauke wissen, während er sich die Tränen aus den Augenwinkeln wischte.
»Du hast doch 'ne Freundin, oder?«

»Ja, ich denke schon. Das ist allerdings ein bisschen kompliziert. Ich hab sie zwei Jahre lang nicht gesehen, weißt du? Sie war in den USA, studieren. Und vorvorgest…« Hauke begann die vergangenen Tage an seinen Fingern abzuzählen, kam damit aber nicht weiter. »Am Samstag war ich im Mozart, und da treffe ich sie zufällig wieder. Und plötzlich sind wir wieder ein Paar, ganz so wie früher, nur …«

»Nur was?«

»Ich weiß gar nicht, wie ich das beschreiben soll. Es ist irgendwie so surreal. Sie ist so unkompliziert und toll und sexy und …«

»Das klingt doch gut.«

»Ja, klar. Super. Aber … Ich weiß nicht, wie ich es sagen soll, irgendwie … Wir haben uns zwei Jahre nicht gesehen … Ich habe eigentlich kaum an sie gedacht in der ganzen Zeit. Nie hätte ich damit gerechnet, dass sie wieder in mein Leben kommt.«

Hauke nahm noch einen Schluck Guinness und wunderte sich, dass er Jan-Ole so viel von sich erzählte. Jan-Ole war nun wirklich nicht derjenige, den er sich als zuhörenden Freund vorstellte. Aber bei genauer Überlegung hatte er eigentlich gar keine richtigen Freunde, und irgendwie war doch recht viel in letzter Zeit passiert, da musste er wohl was loswerden.

»Und?«, hakte Jan-Ole nach.

»Und plötzlich ist sie da und tut so, als würden wir nächste Woche heiraten, wenn du verstehst, was ich meine.«

»Nö.«

»Es ist plötzlich alles so … so *wir?*«

»Und was sagt sie dazu?«

»Ich habe keine Ahnung. Hab sie noch nicht danach gefragt.«

»Ja, dann wird's aber Zeit, oder?«

»Wahrscheinlich hast du recht. Krieg ich noch eins?«, rief Hauke dem Wirt zu.
»Ich wäre schon tot, wenn ich das getrunken hätte«, kommentierte Jan-Ole, als er plötzlich zusammenzuckte. Er griff in seine hintere Hosentasche und zog ein kleines Gerät hervor.
»Scheiße«, sagte er. »Ich muss nach Hause.«
»Wieso, was denn?«
»Ich ruf dich an, Hauke. Hermann«, rief er dem Wirt zu und stürzte aus der Tür.
»Mach's gut«, rief Hermann hinterher und brachte Hauke das neue Guinness. »Wohl bekomm's.«
»Hat er das öfter?«, fragte Hauke.
»Ja«, antwortete der Wirt und verzog sich wieder hinter die Theke.

8

MITTWOCH, 27.04.

Unsanft wurde Hauke von seinem Festnetztelefon aus dem Schlaf gerissen. Sein Kopf schmerzte, was er aber erwartet hatte. Ihm war schließlich schon auf dem Heimweg arg mulmig geworden. Auch war ihm ein wenig übel, was er dem Whiskey zuschrieb, den Hermann ihm noch aufgenötigt hatte. Benommen stolperte er ins Wohnzimmer und griff nach dem Hörer.

»Nöhlert?«

»Hast du vollkommen den Verstand verloren?«, blökte sein Chef ins Telefon.

»Was? Was ist denn los?«

»Für dich ist das wohl alles nur ein großer Spaß, oder was? Ich habe Familie. Ich muss mein Haus abbezahlen. Ich habe Verantwortung. Weißt du überhaupt, was das heißt? Verantwortung?«

»Ich … äh … ich kann dir nicht folgen.«

»Sind wir hier bei der *Süddeutschen*, oder was? Wir verkaufen Anzeigen, wie du vielleicht weißt. Wenn wir da Sachen über unsere Kunden schreiben, die die nicht mögen, dann schalten die keine Anzeigen mehr bei uns. Ist das so schwer zu verstehen?«

»Äh, nein.«

»Investigativer Journalismus, und das habe ich dir schon am Anfang gesagt, hat bei uns nichts zu suchen. Da wird jetzt ein Kopf rollen, und es ist ganz sicher nicht meiner. Du kannst dir morgen früh deine Papiere abholen, du Vollidiot.«

»Wilfried?«, stammelte Hauke verwirrt ins Telefon, aber es war niemand mehr dran.

Was, zum Henker, ist hier los?, fragte Hauke sich.

Er sah durch die offene Tür zur Küchenuhr. Halb acht.

Wovon redete der Mann? Er überlegte kurz, was Wilfried gemeint haben könnte, aber es fiel ihm beim besten Willen nichts ein. Investigativer Journalismus? Wie kommt der jetzt auf so …

»Oh, nein«, entfuhr es Hauke. »Alles, nur das nicht.«

Er rannte zur Wohnungstür, stürzte die Treppen hinunter zum Briefkasten, zog den *Oldenburg Report* heraus und eilte wieder nach oben, wo er die Tür hinter sich zuknallte.

»Das ist unmöglich«, sagte er laut, um sich zu beruhigen. Aber es funktionierte nicht. Alles drehte sich, als er in sein Wohnzimmer stolperte und die Zeitung aufschlug. Seite drei, große Schlagzeile: »Oldenburg versinkt im Sumpf der Korruption«.

Weiter kam er nicht. Um ihn herum schien alles zu verschwimmen. Er begann zu taumeln und fiel dabei glücklicherweise in seinen Sessel, wo er die Hacken dreimal zusammenschlug und sich an einen fernen, fernen Ort wünschte.

JAN-OLE

1

MITTWOCH, 20.04.

Jan-Ole stand vor dem Spiegel und betrachtete sein Gesicht. Hohe Wangenknochen, das ist schon sehr sexy, dachte er. Die Augen sanft, aber auch stechend, verträumt und doch klar. Und diese Nase, makellos.

Er zupfte ein paar Härchen von der Nasenwurzel, dort, wo sich seine Augenbrauen zu vereinen gedachten.

Ein sinnlicher Mund, volle Lippen und ein entwaffnendes Lächeln. Ein bisschen wie Tom Cruise, fand er, ein perfektes Gebiss. Und dann das Kinn. Wie nennt man das? Markant. Ja, ein markantes Kinn. Mit einem Hauch von einem Grübchen.

Jan-Ole ließ seinen Blick über seinen nackten Körper abwärts wandern: Hals, Schultern, Brust – wie aus einem Marmorblock herausgeschlagen, die im Stein gefangene Perfektion freigelegt, ans Tageslicht gebracht. Glatt und weich an der Oberfläche, darunter hart wie Stahl.

Er ließ seinen Blick einem Wassertropfen folgen, der ihm aus den nassen Haaren auf die Brust tropfte und sich in seiner labyrinthischen Bauchmuskulatur zu verirren drohte, schließlich aber dennoch seinen Weg über das Schambein fand.

Ein Lehrbuchschwanz, dachte Jan-Ole. Wohlgeformt, Länge und Umfang tadellos.

Ein warmes, prickelndes Gefühl machte sich in seinen Lenden breit, und das Objekt seiner Begierde begann sich zu räkeln. Nicht so eilig, kleiner Freund, dachte Jan-Ole. Auch die Beine sind eine Reise wert. Michelangelo hätte seine Freude an euch gehabt.

Aus den Augenwinkeln sah er das rote Lämpchen über seiner Zimmertür aufflackern. Seufzend zog er eine Jogginghose über und eilte aus seinem Zimmer.

* * *

Sein morgendlicher Gang führte ihn zunächst zum Bahnhof, wo die Vertriebenen der Gesellschaft auf dem Vorplatz in der Sonne dösten. Nur einer von ihnen döste nicht. Hacki, ein rauschbärtiger, zahnloser Gerstensaftfreund, der Hamburg den Rücken gekehrt hatte, weil es ihm da zu schmutzig war, tanzte mit Kopfhörern auf den Ohren über den Platz. Als er Jan-Ole erblickte, drückte er die Stopptaste seines Walkman und zog sich die Hörer vom Kopf.

»Stabsoberhauptkommissarwebel Ole!«, rief er Jan-Ole zu.

»Berberprinzregentenvater Hacki!«, grüßte er zurück. »Wie geht's dir denn heute?«

»Och«, sagte Hacki und tanzte auf Jan-Ole zu. »Du kennst mich doch, mien Jung. Bei so 'nem Wetter, da kann ich nich anders. Da muss ich tanzen. Weißt du doch.«

»Oder Prinzregenten zeugen, was?«

»Nee«, lachte Hacki. »So was mach ich nich. Kennst mich doch.«

»Und? Gut geschlafen?«

»Jahaa. Weißt du doch. Bei so 'nem Wetter, nich?«

»Und war alles ruhig heute Nacht?«

»Na jaaaa«, sagte Hacki und drehte die Hand hin und her. »Die von der Bahn, nich, die ham da jetzt so 'nen Wachdienst.«

»Das weiß ich, Hacki. Darum frage ich.«

»Die ham das nich so gern, wenn wir hier schlafen.«

»Hast du dir diesmal einen Namen geben lassen? Der in der Nacht Wachdienst geleistet hat?«

»Jahaa. Klar.«
»Und?«
»Du, den hab ich wieder vergessen. Kennst mich doch.«
»Und wo habt ihr gepennt?«
»Du, das ist doch ganz einfach. Wenn die wieder weg sind, dann sind wir wieder da, nich?«
»So ist gut. Lasst euch nicht unterkriegen.«
»Wir doch nich«, sagte Hacki mit einem zahnlosen Lächeln.
»Und sauber bleiben, Hacki. Lasst euch nicht beim Klauen erwischen.«
»Nehee, ich nich. Kennst mich doch. Ich mach so was nich.«
»Schönen Tag noch, Hacki«, sagte Jan-Ole, bevor er den Platz verließ und in Richtung Hafen bummelte.
Vor einem Sexshop stieß er mit einem kleinen, älteren Herrn zusammen, der sich furchtbar erschrak und sofort wieder in den Laden hüpfte. Lachend ging Jan-Ole weiter. Welch erstaunliche Wirkung eine Uniform auf Leute mit auch nur einem Anflug eines schlechten Gewissens hatte, amüsierte ihn immer wieder königlich. Deswegen war er Polizist geworden, deswegen freute er sich jedes Mal, wenn er in seine Uniform schlüpfte.
Als er kurz darauf an einer roten Ampel stehen blieb, bemerkte er auf der gegenüberliegenden Seite zwei Schüler, die ihn erst wahrnahmen, als sie die Straße bereits halb überquert hatten. Einen Moment lang schienen sie zu überlegen, kehrtzumachen und davonzurennen, aber dann gingen sie weiter.
»Na, Jungs? Farbenblind?«, tadelte Jan-Ole sie, als sie mit gesenkten Häuptern auf seiner Seite der Straße angelangt waren.
»Nee«, sagte der eine.
»Wir ham Sie nicht gesehen«, sagte der andere.
»Mich? Ihr habt mich nicht gesehen?«, fragte Jan-Ole.
»Nee, sonst wär’n wir ja nicht gegangen.«

»Wisst ihr, was das hier ist?«, fragte er und zeigte auf die Ampel neben sich.
»Ja.«
»Klar.«
»Und? Was ist das?«
Die beiden sahen sich fragend an.
»'ne Ampel?«, sagte der Blonde zögernd.
»Nicht schlecht. Und warum steht die da?«
Die beiden tauschten wieder hilflose Blicke aus.
»Damit man nicht über die Straße geht?«, schlug der andere vor, der eine schwarze Hornbrille trug. Aber er schien nicht vollends von der Richtigkeit seiner Aussage überzeugt zu sein.
»Näääääät«, sagte Jan-Ole. »Das ist leider falsch. Nächster Versuch.«
»Damit man nicht bei Rot geht?«, sagte der Blonde.
Jan-Ole schüttelte langsam den Kopf, woraufhin die beiden sich abermals in die Augen sahen, diesmal vollkommen ratlos.
»Diese Lichtzeichenanlage ist Bestandteil des verkehrsregulierenden Instrumentariums, welches dafür sorgt, dass Verkehrsteilnehmer, deren Wege sich kreuzen, nicht verunfallen«, klärte Jan-Ole die Delinquenten auf. »Die wurde da zu eurer Sicherheit aufgestellt.«
»Aber es ist doch gerade kein Verkehr.«
»Näääääät«, sagte Jan-Ole wieder. »Ihr seid Verkehrsteilnehmer, genauso wie die Autofahrer, die rein zufällig gerade in diesem Moment nicht die Wege mit euch kreuzen. Diese Ampel, wie ihr es gerade salopp genannt habt, zeigt euch an, wann ihr gehen dürft und wann nicht. Wenn das obere, das rote Männchen, das rote stehende Männchen, leuchtet, dann signalisiert euch das, es ihm gleichzutun. Das heißt nicht etwa, dass ihr auch rot leuchten müsst, sondern dass ihr stehen bleiben sollt,

eine Pause einlegt, eure Rastlosigkeit für einen wunderbaren Moment meditativer Ruhe eintauscht. Das untere Männchen wiederum, das grüne Männchen, das grüne gehende Männchen, zeigt euch an, wann es für euch sicher ist, euren Weg fortzusetzen.«

»Das wissen wir doch, ey«, empörte sich der Bebrillte.

»Da bin ich irritiert. Wenn ihr das wisst, warum geht ihr dann in der euch verordneten Verkehrspause? Habt ihr irgendein Problem mit Autoritäten?«

»Nee, Quatsch. War nur so …«

»Warum seid ihr nicht in der Schule?«

Die beiden bekamen schlagartig rote Ohren.

»Freistunde«, sagte der eine.

»Unser Lehrer ist krank geworden.«

»Auf welche Schule geht ihr denn?«

»Aufs MCG.«

»Matthias-Claudius-Gymnasium. Und wie heißt euer Lehrer, der arme kranke Mann?«

»Haumann.«

Jan-Ole nahm sein Funkgerät und funkte die Zentrale an.

»Michi, sei mal so gut und ruf im Matthias-Claudius-Gymnasium an und frag da mal nach, ob ein gewisser Herr Haumann krank ist.«

Die Augen der zwei Freunde weiteten sich, aber sie sagten nichts.

»Tja, Jungs. Das dauert jetzt einen Augenblick.«

Die beiden schauten betreten zu Boden.

»Es ist euch schon klar, dass an der Ampel zu warten bei weitem nicht so viel Zeit in Anspruch genommen hätte wie diese Angelegenheit hier, oder?«

Die Jungs nickten.

»Vielleicht solltet ihr das das nächste Mal bedenken, wenn ihr den Verkehr vorschnell als harmlos bewertet, obwohl ihr ja augenscheinlich nicht über die entsprechenden Kompetenzen verfügt. Wisst ihr eigentlich, was mit euch passiert, wenn euch ein fahrendes Auto aufs Korn nimmt?«

»Krankenhaus?«, fragte der Blonde.

»Da geht's häufig als Erstes hin, das ist wahr. Oftmals aus vorschriftsmäßiger Routine. Das Auto kracht euch gegen die Beine, etwas unterhalb der Kniescheibe, und verursacht einen feinen, mehrfachen Trümmerbruch. Das ist aber nicht weiter schlimm, denn das Auto fährt ja weiter, so dass ihr mit dem Gesicht in der Windschutzscheibe landet. Das lenkt natürlich von den Schmerzen in den Beinen ab. Dann gibt's eine kleine Flugreise mit oft unsanfter Landung auf dem Asphalt, wo dann der nächste Wagen über euch …«

Ein Knarzen im Funkgerät unterbrach Jan-Ole in seinen Ausführungen.

»Ich höre?«

»Krankheit des Lehrers Haumann nicht bestätigt. Ende.«

»Alles klar. Ende.«

Die beiden Jungs ließen die Köpfe noch weiter hängen.

»Tja, Leute. Was war das denn jetzt?«

»Ey, was soll das?«, fing der Brillenträger an zu quengeln.

»Vorsicht, Kollege«, sagte Jan-Ole scharf. »Glaubt ihr Hampelmänner, dass mir das hier Spaß macht? Ich meine, wisst ihr eigentlich, in was für eine unangenehme Situation ihr mich hier bringt? Glaubt ihr, ich hab nichts Besseres zu tun, als Halbwüchsigen den Sinn und Zweck einer Ampel zu erklären? Mir ist das auch zu albern. Aber was soll ich machen? Ich meine, ich trage diese Uniform. Das müsste doch selbst bei euch angekommen sein, dass das eine Polizeiuniform ist, oder?«

»Ja«, sagte der Blonde geknickt.
»Und? Was machen Polizisten so?«
»Für Ordnung sorgen?«
»Für Ordnung sorgen, jawoll. Der Kandidat hat hundert Punkte. Und zu dieser Ordnung gehört was dazu?«
»Straßenverkehr?«, versuchte sich der Brillenträger.
»Ich bin beeindruckt. Und Straßenverkehr und Ordnung ergeben welches zusammengesetzte Wort?«
»Straßenverkehr-Ordnung?«
»Straßenverkehrsordnung«, berichtigte Jan-Ole. »Ich glaube, Herrschaften, damit habt ihr eindrucksvoll bewiesen, dass ihr ganz dringend noch recht viel in die Schule gehen müsst. Und weil ich berechtigte Zweifel habe, dass ihr den Weg dorthin alleine findet, ohne euch und andere in akute Lebensgefahr zu bringen, gehe ich besser mit. Warten wir aufs grüne Männchen.«

Die Gesichter ihrer Klassenkameraden, als Jan-Ole die beiden Jungs in ihre Klasse begleitete, diese Gesichter, die keinen Zweifel daran aufkommen ließen, dass hier zwei Volltrottel demonstriert hatten, dass sie zu blöd zum Unterrichtschwänzen waren, diese belustigten, hämischen Blicke waren Jan-Ole größte Genugtuung.
Als er fröhlich pfeifend in Richtung Schlossplatz ging, fragte er sich, ob er nicht ein bisschen zu dick aufgetragen hatte, als er sich mit den Worten »Da machen wir bald mal wieder einen Verkehrstag mit Fahrradprüfung« aus der elften Klasse verabschiedet hatte. Andererseits war er sicher, dass das den beiden Schnarchnasen den Rest gegeben hatte – also war es richtig und gut gewesen.
Vor der Lambertikirche bog gerade eine schwere, schwarze

Limousine ein und machte sich daran, in die Fußgängerzone zu rollen. Jan-Ole stellte sich in den Weg und hob die Hand. Die Limousine hielt an, und das Fahrerfenster wurde von einem leise sirrenden Servomotor sanft in die Türverkleidung gefahren.

»Moin«, sagte Jan-Ole und lehnte sich ins Fenster.

»Moin«, erwiderte der Fahrer.

»Kann ich mal Ihre Durchfahrtsgenehmigung sehen?«, fragte Jan-Ole.

»Wir haben einen Termin im Rathaus«, antwortete der Fahrer.

»Wie schön. Kann ich dann mal Ihre Durchfahrtsgenehmigung sehen?«

Der Fahrer deutete mit dem Daumen hinter sich. »Herr Hurrelmann hat einen Termin im Rathaus beim Oberbürgermeister.«

»Machen Sie mal den Motor aus, dann hören Sie mich besser. So ist's recht, vielen Dank. Also, Sie fahren hier gerade in die Fußgängerzone außerhalb der Ladezeiten. Dafür brauchen Sie eine Durchfahrtsgenehmigung.«

»Wie kann man nur so kleinkariert sein«, grollte der Fahrer. »Wir müssen nur kurz da vorne zum Rathaus.«

Jan-Ole zeigte in die Straße hinter dem Wagen. »Und dort gibt es hervorragende Parkplätze. Oder ist Herr Hurlemann nicht so gut zu Fuß? Wenn Sie einen Schwerbeschädigtenausweis hätten, dann würde ich ja noch mal ein Auge zudrücken, wenn Sie mir versprechen, die Plakette heute noch an der Windschutzscheibe anzubringen.«

»Wissen Sie eigentlich, mit wem Sie es hier zu tun haben?«, krähte eine Stimme aus dem dunklen, hinteren Teil des Wagens.

»Nein, aber gleich. Ausweise, Fahrzeugpapiere und den Führerschein, bitte. Und dazu den Schwerbeschädigtenausweis oder wahlweise die Durchfahrtsgenehmigung.«

Der Fahrer grunzte, kramte dann aber die Papiere hervor, die Jan-Ole aufmerksam studierte.
»Dann bräuchte ich jetzt noch den Ausweis von Herrn Hurlemann und eine Genehmigung zur Durchfahrt.«
»Hurrelmann«, korrigierte ihn der Mann aus dem hinteren Wagenteil aufgebracht.
»Ich bin eher so der visuelle Typ. Ich lerne besser übers Auge als übers Ohr«, sagte Jan-Ole. »Geben Sie mir bitte Ihren Ausweis, Herr Hurlemann.«
Herr Hurrelmann schnaufte verächtlich, als er seinen Personalausweis über seinen Fahrer an Jan-Ole reichte.
»Ah ja, hier steht's ja auch. Dietmar Hurrelmann. Sehen Sie? Übers Auge geht es einfach besser. Und da Sie ja ansonsten so kooperativ sind, muss ich wohl davon ausgehen, dass Sie keine Durchfahrtsgenehmigung haben. Ist das so richtig?«
»Wir müssen doch nur da vorne zum Rathaus«, wiederholte der Fahrer.
»Sagen Sie mal, Herr …«, Jan-Ole blickte in den Ausweis des Fahrers, »Herr Schulze. Sie sagen das so gebetsmühlenartig runter, dass ich den Eindruck gewinne, Sie hielten mich für geistig minderbemittelt. Ist das so?«
»Wem der Schuh passt«, brummte Herr Schulze.
»Eieieieiei. Sie wissen aber schon, dass man zu Beamten nett sein sollte, oder? Ich meine, das weiß doch jeder, dass man Beamten nicht einfach so ins Gesicht sagt, dass sie minderbemittelt sind. Sicherlich haben Sie auch schon mal vom Tatbestand der Beamtenbeleidigung gehört, oder etwa nicht?«
»Ja«, grummelte Herr Schulze.
»Und trotzdem wollen Sie mir das jetzt hier so durch die Blume mitteilen? Dass ich minderbemittelt bin? Das kann doch nicht in Ihrem Interesse sein.«

»Nein«, grummelte Herr Schulze.
»Dann belassen wir es mal bei einer Verwarnung«, sagte Jan-Ole und zückte seinen Block. »Fahren ohne Genehmigung in einer für den Kraftverkehr gesperrten Zone. Sind Sie mit fünfundzwanzig Euro einverstanden?«
»Und wenn nicht?«
»Dann geht Ihnen dieser Tage ein Bußgeldbescheid zu, der ein wenig höher ausfallen wird, weil sich da ja dann noch ein paar hoch qualifizierte Stadtangestellte drum kümmern müssen.«
»Können Sie wechseln?«, fragte Herr Schulze und kramte einen Fünfzig-Euro-Schein hervor.
»Leider nein. Dann kommen Sie am besten morgen Vormittag aufs Revier und bezahlen das bitte da. Eine Durchschrift der Verwarnung liegt dann bei den Kollegen. So«, sagte Jan-Ole und riss den Zettel von seinem Block, »der ist für Sie. Sie fahren dann am besten hier rückwärts wieder raus und suchen sich dort hinten einen Parkplatz. Einen schönen Tag noch.« Mit diesen Worten gab er dem Fahrer die Papiere zurück.
Herr Schulze ließ die Fensterscheibe wieder hochfahren und rollte den Wagen langsam zurück.
Quietschvergnügt setzte Jan-Ole seinen Weg über den Wochenmarkt zum Schlossplatz fort. Dort fiel sein Blick sofort auf sechs Personen in leuchtenden Sicherheitswesten, fünf Männer und eine Frau. Sie waren schon wieder da. Heute schienen sie sich das Schloss genauer anzusehen.
»Moin«, sagte Jan-Ole laut, als er einige Meter hinter den hoch konzentriert wirkenden Vermessern angelangt war.
Sie zuckten zusammen. »Moin«, antwortete einer der Herren, nachdem sich der erste Schreck gelegt hatte.
»Na, schon wieder fleißig?«
»Ja, muss ja«, sagte der Mann unruhig.

»Ausbildung?«
»Ja, nee. Nee, wir … wir vermessen den Platz.«
»Ach was. Und ich hab gedacht, ihr fotografiert das Schloss.«
»Nee. Wir sind Vermesser. Keine Fotografen.«
»Und warum vermesst ihr den Platz?«
»Ja, äh … er da«, sagte der Mann und zeigte auf einen der anderen, »der ist neu.«
»Aha.«
»Ja, der muss das auch noch alles lernen.«
»Also doch Ausbildung, oder wie jetzt?«
»Ja, klar.«
»Na dann. Und ihr seid vom Amt, oder wie?«
»Nee, nee. Kein Amt. Nee.«
»Und für wen arbeitet ihr?«
Alle sechs tauschten unsichere Blicke aus.
»Für die Hurrelmann AG.«
»Ach was! Solltet ihr nicht lieber da drüben üben?«, fragte Jan-Ole und zeigte in Richtung des alten Hallenbads auf dem Berliner Platz. »Da soll doch das Einkaufszentrum gebaut werden.«
»Da gehen wir auch noch hin«, erwiderte die Frau, eine zierliche Enddreißigerin. »Wir wollen hier nur anfangen.«
»Soso. Aber viel Spaß noch«, sagte Jan-Ole und machte sich auf den Weg, um seinen Rundgang durch die Stadt nicht allzu lang werden zu lassen.

Vor einem der Herrenbekleidungsgeschäfte sah er einen unförmigen Mann, der mit großer Anstrengung die Unterseite seines Schuhs an der Hauswand neben der Eingangstür hin und her scheuerte und dabei braune Streifen hinterließ.
»Was glauben Sie denn, was Sie da tun?«, fragte Jan-Ole streng.
Der Mann drehte sich um. »Sittner?«

Kenn ich den Typen?, fragte sich Jan-Ole.
»Jan-Ole Sittner, ich fass es nicht.« Der im Gesicht ölig glänzende Passant reichte ihm zu allem Überfluss auch noch die Hand, die zu ergreifen Jan-Ole sich scheute.
»Kennste mich nicht mehr?«, sprach der Mann weiter. »Mensch, Sittner, ich bin's doch, der Konny. Konrad Meyerdierks.«
»Meyerdierks«, entfuhr es Jan-Ole. »Ach du Scheiße.« Die alte Streberflasche. Hauptsache, Klassenerster und immer auf seinen eigenen Vorteil bedacht – koste es, was es wolle.
»Das kannst du laut sagen.« Jan-Oles meistgehasster Ex-Mitschüler zeigte auf seinen Schuh. »Voll reingetreten da vorne. Mitten auf der Straße. Einsperren sollte man die Leute.«
»Das war wohl eher ein Hund, kein Mensch«, klärte Jan-Ole auf.
»Ja, klar. Nichtsdestotrotz: Hundebesitzer sind eine Plage.«
»Schon möglich. Aber findest du es okay, die Scheiße hier an die Hauswand zu reiben?«
»Na ja, das meiste ist zwischen Absatz und Sohle hängen geblieben. Da komm ich anders gar nicht dran.«
Zu dumm, dass ich im Dienst bin, dachte Jan-Ole. Sonst würde ich ihm zeigen, dass er das mit seinem Ärmel abwischen kann. Oder ablecken.
»Und du bist jetzt bei der Polizei?«, fragte Konny.
»Wie kommst du denn darauf?«
»Nicht zu übersehen.«
»Und du?« Allein aus Höflichkeit musste die Frage gestellt werden.
»Ich bin bei der Agentur für Arbeit.«
»Aha.«
»Wir sind praktisch Kollegen.«
»Wie denn das?«

»Ich bin Ermittler in Sachen Schwarzarbeit. Wir nehmen illegale Arbeiter und Sozialbetrüger hops. Ist richtig geil.«
Konny Meyerdierks nahm eine Visitenkarte aus der Innentasche seines schlecht sitzenden Anzugs und reichte sie Jan-Ole. »Missbrauchsermittler« stand da drauf. Jan-Ole hatte dieses Wort noch nie gehört.
»Ich muss weiter«, sagte der Ermittler, nachdem er noch mehrmals seine Schuhsohle inspiziert hatte. »Ruf mich an. Können ja mal ein Bierchen zusammen trinken.«
Genau das nahm sich Jan-Ole für die baldige Zukunft vor. Auch wenn er Meyerdierks nicht leiden konnte – solche Bekanntschaften konnten in seinem Beruf manchmal Gold wert sein.

* * *

»Mit wie viel Mann rückt ihr denn an?«, fragte Jan-Ole.
Nach seinem Rundgang hatte er sich wieder in sein Zimmer zurückgezogen. Abermals nackt saß er vor dem großen Spiegel und konnte sich im Halbprofil studieren, den Telefonhörer zwischen Schulter und Ohr geklemmt. Er schälte dabei Kartoffeln. Es gefiel ihm, wie sich seine Muskeln bewegten, wenn er die Kartoffeln in der Hand hielt, als wären sie schwere Gewichte.
»Dreitausend? Leck mich am Arsch. Das ist doch total irre. Da kommen höchstens hundert Faschos … Was? … WAS? Wie jetzt? Ich dachte, wir treiben die wieder in die Bahn zurück … Ihr sollt WAS? … Ich fass es nicht …«
Nicht so aufregen, das sieht nicht gut aus, fand Jan-Ole bei erneuter Betrachtung seines Spiegelbilds. Dabei spannt der Hals so.
»Können wir uns wenigstens ein paar von denen rausholen? … Weiß nicht, 'ne Handvoll vielleicht … Nee, is klar. Mehr geht

nicht. Sind ja nicht so viele … Genau … Hahahaha … Das hängt von euch ab, Jungs … Wieso, ist doch ganz klar. Behandelt ihr meine kleine Antifa schlecht, polieren wir die Glatzen … Genau … Hahahaha … Nee, klar, gleich am Anfang … Ja, Kaiserstraße ist wahrscheinlich am besten … Genau. So machen wir das … Geht klar … Du auch, mein Alter. Tschö.«

Jan-Ole ließ die Schulter sacken und beobachtete, wie der Telefonhörer gen Boden stürzte. In letzter Sekunde konnte er ihn noch auffangen. Die Kartoffel, die er zuvor in seiner Hand gehalten hatte, warf er in die Luft. Er fing auch diese auf, nachdem er den Hörer weggelegt hatte.

Nicht schlecht, dachte er.

2

SAMSTAG, 23.04.

So, einsteigen, Herrschaften«, sagte Jan-Ole, während er den jungen Rechtsradikalen die Tür zum Bully aufhielt.
»Können Sie uns die Dinger nicht abnehmen?«, fragte einer von ihnen.
»Wir nehmen die euch schon noch ab, wenn ihr diesen aggressiven Unterton ablegt.«
Er sah amüsiert zu, wie die vier Jung-Nazis mit hinterm Rücken gefesselten Händen in den VW-Bus stolperten. Er knallte die Tür extra laut zu, als sie endlich saßen. Anschließend stieg er auf der Beifahrerseite ein und nickte seinem jüngeren und schmaleren Kollegen Michi zu, der mühsam gegen ein Lachen ankämpfte.
»Auf geht's.«
Michi ließ den Wagen an und fuhr los.
»Hast du 'ne Ahnung, wann das Basketballspiel aus ist?«, fragte Jan-Ole.
»Gegen zehn. Wieso?«
»Nur so.« Jan-Ole rechnete nach, ob er es noch schaffen würde, vorher zu duschen. Müsste klappen, befand er. Über sein Handy rief er die Krankenschwester an, nur um sicherzugehen.
Als das kurze Gespräch beendet war, rollte der Bully auch schon auf den kleinen Platz vor dem Time Out. Jan-Ole stieg aus und öffnete die Schiebetür.
»So, Herrschaften. Da wären wir.«
»Was soll das denn?«, fragte das Alpha-Männchen aufgebracht. »Ihr müsst uns zum Bahnhof bringen.«

»Nanananana. Über diesen aggressiven Ton haben wir uns doch schon unterhalten. Ich dachte, vielleicht wollt ihr auf den Schreck noch ein Bierchen trinken. Zum Bahnhof ist's nicht mal eine Viertelstunde von hier. Also, locker bleiben.«

»Ey, Scheiße. Ist das hier 'ne Zeckenkneipe, oder was?« Das Alpha-Tier stand gebückt in der Tür.

Jan-Ole streckte seine Hand aus, um ihm beim Ausstieg zu helfen.

»Pack mich nicht an.«

»Wie du meinst.«

Es war kein schönes Geräusch, das der junge Mann produzierte, als seine Vorderzähne ungebremst in den Asphalt bissen. Ein krachendes Splittern, untermalt von einem gurgelnden Schrei.

»Das gibt's doch nicht«, sagte Jan-Ole. »Michi? Du hast doch gesehen, dass ich ihm meine Hilfe angeboten habe, oder?«

Michi nickte mit seinem braunen Wuschelkopf unter der Mütze und stieg ebenfalls aus. Die anderen drei ließen sich anstandslos beim Rausklettern aus dem Wagen von ihm helfen, während Jan-Ole neben dem blutenden Anführer kniete.

»Da meint man es gut mit euch, und ihr macht alles kaputt. Das ist euer Problem. Ihr seid einfach zu destruktiv. So was Dummes aber auch.«

Er half dem wimmernden Jung-Nazi auf die Beine.

»Ich habe mir gedacht, dass ihr euch mal die Zeit nehmen solltet, anderen politisch Interessierten eure Standpunkte darzulegen. Schließlich seid ihr ja dafür hergekommen, wenn man's genau nimmt, nicht wahr?«

Das Rechtsradikalen-Trio war starr vor Schreck, als es das demolierte Gesicht ihres Freundes erblickte.

»Nicht wahr?«, hakte Jan-Ole nach.

Die drei nickten.
»Na bitte. Eine gute politische Kundgebung mit anschließender Diskussion. So soll das sein in einer Demokratie.«
Die Angesprochenen sahen zwischen ihm und ihrem Anführer hin und her.
»Na, was ist denn nun noch? Schiss? Das ist jetzt aber übertrieben. Ihr habt doch sonst keine Schwierigkeiten mit Gewalt. Aber wehe, es trifft mal einen von euch. Schon guckt ihr wie die Rehe im Scheinwerferlicht. Hier geht's lang.«
»... eine ... ähne«, gurgelte der Verunfallte.
»Bitte was?«, fragte Jan-Ole interessiert.
Der blutende Nazi deutete mit dem Kopf auf den Boden. »... eine ... ähne«, wiederholte er.
»Ich versteh dich nicht, mein Junge.«
»Ich glaube, er meint seine Zähne«, klärte Michi seinen Kollegen auf.
»Ach so, klar«, antwortete Jan-Ole und bückte sich, um die Zahnreste aufzusammeln. »So, bitte schön«, sagte er fröhlich und drückte sie dem Anführer in eine der hinter dem Rücken gefesselten Hände. »Gut drauf aufpassen. Die Zahnärzte von heute können wahre Wunder vollbringen.«
Dann betraten sie das Time Out. Drei Dutzend Augenpaare blickten ihnen entgegen.
»Moin«, begrüßte Jan-Ole einen harten Kern von Gegendemonstranten. »Bei der Kundgebung heute Morgen gab es ja wenig Gelegenheit zum politischen Diskurs. Deswegen haben die vier Jungs hier sich bereit erklärt, die strittigen Punkte mit euch zu erörtern.«
Die Mienen der Anwesenden hellten sich auf, während Michi und Jan-Ole die Handschellen aufschlossen.
»Ach so«, fuhr Ole fort. »Wenn ihr den Jungs nachher noch

den Weg zum Bahnhof zeigen würdet – das wäre wirklich nett. Und solltet ihr ihnen die Kleidung abnehmen – damit sie sich mal wieder richtig spüren können, so mit nackter Haut und lauer Luft –, dann lasst ihnen wenigstens Fahrkarten und Ausweise.« Anschließend wandte er sich den vier Rechtsradikalen zu. »Und ihr macht mir keinen Ärger, hört ihr? Keine Aggressionen. Ich möchte nicht noch einmal hierherkommen. Schönen Abend, die Herrschaften«, verabschiedete er sich.

Michi und Jan-Ole gingen wieder zum Wagen.

»Ist er wirklich gestolpert?«, fragte Michi, während sie einstiegen.

»Ja, klar.«

»Über seine oder deine Füße?«

»Ach, das ging alles so schnell«, antwortete Jan-Ole grinsend.

»Schon klar. Glaubst du, die beschweren sich?«

»Niemals. Wenn die erst im Zug sitzen, sind die froh, nie wieder hierher zu müssen. Mach dir keinen Kopp.«

»Ich? Wieso sollte ich? Du bist der Boss. Wo willst du hin?«

»Nach Hause. Gern auch schnell.«

»Wird gemacht«, sagte Michi und schaltete das Blaulicht ein.

Als Jan-Ole später am Abend und in eine dunkle Ecke gedrückt die aus der Basketballarena strömenden Menschenmassen beobachtete, wanderten seine Gedanken noch mal zu dem Faschisten, dem er beim Aussteigen aus dem Einsatzwagen ein Bein gestellt hatte. Er ärgerte sich, wenn auch nur für einen kurzen Moment. Hass mit Hass zu bekämpfen mag ja biblisch sein, dachte er, aber es führt zu nichts. Aber er hätte sich ja helfen lassen können, dann wäre nichts passiert.

Bevor er sich noch weiter mit der Sache beschäftigen konnte, bemerkte er, dass der Zuschauerstrom abnahm. Hatte er Hauke übersehen?

Bestimmt gibt's da noch so'n Pressegequassel, wo er hinmuss, dachte er. Warte ich eben noch ein bisschen. Wenigstens, überlegte er weiter, habe ich den Fascho nicht verhauen, das kann ich mir hoch anrechnen. Verdient hätte er sich's ja. Was geht in diesen kranken Hirnen nur vor sich? Was hätte jemand wie Robin Hood mit denen gemacht? Hätte er sie ausgeraubt? Die haben bloß nichts, die Pfeifen. Vielleicht hätte er sie in seinem Trainingslager im Sherwood Forest umerzogen und rechtschaffene Wegelagerer aus ihnen gemacht. Mit ebenfalls eindeutigen Zielen, nur anderer Art. Den bösen Reichen das Geld wegnehmen und es den guten Armen geben. Aber in unserer heutigen Zeit? Die Armen sind ja nicht mehr die Guten. Zu viele Verbrecher. Ob das früher anders war? Bestimmt. Waren ja alle Opfer der bösen Reichen, doch das hat sich inzwischen geändert. Heute sind sie selber daran schuld, dass es so ist, wie es ist – irgendwie. Müssen ja nicht arm sein, zwingt sie keiner. Ist ja 'ne Demokratie.

Eine Weile stand er mürrisch im Schatten, bis er Hauke erblickte. Er folgte ihm in gebührendem Abstand.

* * *

Es war bereits mitten in der Nacht, als Jan-Ole auf seinem Bett lag und spürte, wie sein Mannessaft auf Bauch und Brust zu trocknen begann. Er war eins mit sich und seiner Fruchtbarkeit, aber dennoch wurde er dieses Bild nicht los. Hauke und die fremde Frau, wild knutschend vorm Mozart. Beinahe hätte er seine Tarnung auffliegen lassen, aber die beiden hätten ihn wahrscheinlich nicht einmal bemerkt, wenn er angefangen

hätte zu singen. Und dann musste er abermals lachen, weil ihm Haukes genialer Spruch zu Konny Kotzbrocken wieder eingefallen war.
Wieso beschäftigt mich das so? Wo ist das Problem? Erst funkt mir der Meyerdierks dazwischen, und dann kann ich nicht mal die Ruhe danach genießen. Scheiße ist das. Das ganze Gewichse für'n Arsch.
Entnervt stand er auf und zog seine Sportsachen über. Er verließ sein Zimmer, stieg die Treppe hinunter und ging durch den Flur zur angelehnten Tür. Das Schnarchen klang weit entfernt, doch regelmäßig. Er schlich sich aus dem Haus, um ein paar Stunden zu laufen.

3

MONTAG, 25.04.

Der gefühlt ewig lange Sonntag war am Ende doch noch vorübergegangen. Jan-Ole war wieder Laufen gewesen und hatte sich auf seine Kampfsportübungen konzentriert. Zwischendurch hatte er Kartoffeln geschält und ein paarmal beinahe bei Hauke angerufen. Er bekam diese Sache nicht mehr aus dem Kopf, aber der Sport hatte ihn schlafen lassen. Ausgeruht und körperlich präsent patrouillierte er an diesem Montagmorgen durch die Innenstadt. Auf dem Schlossplatz hatte er keine Vermesser gesehen, zum ersten Mal seit zwei Wochen, aber er wusste nicht, was genau das zu bedeuten hatte.

Es war erstaunlich viel los. Einkaufswillige Wanderer tummelten sich zu jeder nur erdenklichen Zeit in der Oldenburger Innenstadt, und nicht zum ersten Mal fragte Jan-Ole sich, warum die nicht arbeiteten oder, wenn sie doch nicht arbeiteten, woher sie das Geld zum Einkaufen hatten. Bestimmt von Robin Hood oder vom Arbeitsamt, wobei – das ist ja irgendwie das Gleiche.

Plötzlich vernahm er einen Aufschrei. Als er sich umblickte, sah er einen jungen Mann mit Stoppelschnitt die Straße hinunterrennen. In seiner Hand hielt er eine Damenhandtasche, die bestimmt nicht ihm gehörte.

»Haltet den Dieb«, bestätigte eine schrille Stimme Jan-Oles Bewertung der Situation.

»Stehen bleiben, Polizei«, rief Jan-Ole und setzte sich in Bewegung.

Mit schnellen Schritten kreuzte er den Weg des Flüchtigen und warf ihn mit einem sauberen Tackling aus der Bahn. Der Handtaschenträger hatte so viel Schwung, dass er in die Baustellenabsperrung stolperte, dabei durch die Luft wirbelte, bevor er gegen das Schaufenster einer Buchhandlung krachte. Die Scheibe zerbarst in tausend Teile. Jan-Ole war sofort bei ihm und hob ihn vorsichtig aus dem Scherbenhaufen heraus. Ein erster Blick verriet ihm, dass der Junge sich wie durch ein Wunder keine Schnittwunden zugezogen hatte, aber auch, dass alle in der näheren Umgebung befindlichen Passanten begonnen hatten, sich zu einer Traube zu formieren. Für einen Moment stutzte er, weil er dachte, Hauke gesehen zu haben, aber er verwarf den Gedanken. Der wäre doch stehen geblieben, der rasende Reporter.

Ihm fiel etwas ins Auge. Von der Absperrung, in die der Dieb gestrauchelt war, hatte sich ein Schild gelöst und war mit dem Jungen gegen das Schaufenster gesegelt, wo es zu Boden gefallen war. »Hurrelmann Straßenbau AG« stand darauf und darunter in kleiner Schrift »Ein Unternehmen der Hurrelmann-Gruppe«. Ganz tief in Jan-Oles Magen begann es zu rumoren, aber noch bevor er darüber nachdenken konnte, erinnerte er sich an die Menge der Schaulustigen um ihn herum.

Die kann ich nicht länger warten lassen, dachte er und begann, den Täter anzuraunzen.

»Was glaubst du wohl, warum ich das gesagt habe? Hä? ›Stehen bleiben, Polizei!‹ Warum sage ich das wohl? Damit du weiterrennst? Was ist das nur immer mit euch, dass ihr nicht hört, was man euch sagt? Habt ihr alle ein Autoritätsproblem?«

Der Junge, den Jan-Ole vom Bahnhofsvorplatz als Mucki kannte, war viel zu benommen, um irgendwas zu sagen, also nahm Jan-Ole die Handtasche aus dem Schaufenster und hielt sie hoch.

»Wem gehört die?«
»Mir, Herr Wachtmeister«, sagte eine ältere Dame, die vollkommen aus der Puste herbeigeschlichen kam. Mit der einen Hand hielt sie ihren Hut fest, mit der anderen wedelte sie wild herum.
»Können Sie sich ausweisen?«, fragte er die Frau, die langsam wieder zu Atem gekommen war. Als er unter einem Schopf von grauen Locken ihren empörten Blick sah, fügte er hinzu: »Kleiner Scherz. Hier, bitte schön.«
Die Dame murmelte: »Also so was!«, bevor sie sich umdrehte und in ihrem blauen Mantel aufgebracht davonstapfte. Die Löckchen wirbelten um ihren Kopf.
Keine Anzeige, dachte Jan-Ole. Geht doch.
»So, Herrschaften. Der Spaß ist vorbei. Gehen Sie bitte weiter. Hier gibt es nichts zu sehen.«
Die Menschentraube löste sich genauso plötzlich auf, wie sie entstanden war. Ein Wölkchen, das der Wind auflöste. Zurück blieb eine Buchhändlerin, die entgeistert in die Auslage blickte.
»Sie sollten das gleich Ihrer Versicherung melden, gute Frau«, wandte sich Jan-Ole ihr zu. »Und dann rufen Sie den Glaser, dass der Ihnen die Scheibe so schnell wie möglich ersetzt.«
»Unserer Versicherung? Machen Sie Witze? Das zahlt die nimmer.« Die brünette Buchhändlerin stemmte beide Hände in die Hüften, als würde sie sich schon mal für einen Kampf wappnen wollen.
»Wofür haben Sie dann überhaupt eine? Das ist doch absurd. Den jungen Mann bringe ich jetzt erst mal ins Krankenhaus.«
»Aber seine Personalien nehmen Sie doch auf, oder?«
»Ich weiß schon, was ich zu tun habe. Vielen Dank. Sie melden das hier Ihrer Versicherung. Alles Weitere klären wir später.«
Mit diesen Worten half er Mucki auf die Beine und schleppte ihn davon.

»Bist du total bekloppt?«, schimpfte er los, als sie außer Hörweite waren. »Du kannst doch nicht alten Damen die Handtaschen klauen.«
»Ole, sorry, ey. Bin total blank, Alter. Is 'ne Scheißkuh, die Alte. Hat uns voll angekoffert, ey, heute Morgen, so. ›Alter Penner‹ und so, weißte, ›ihr gehört alle eingesperrt, früher hätt's das nicht gegeben, sucht euch Arbeit‹. Voll Scheiße, die Alte. Da bin ich ihr hinterher. Sorry, Alter.«
»Schwamm drüber. Die Mutti hat keine Anzeige gestellt, und das mit der Scheibe kriegen wir über die Versicherung hin.«
»Ey, ich bin nicht versichert.«
»Mach Sachen«, sagte Jan-Ole gespielt schockiert.
»Nee, Mann. Echt nicht.«
»Schon klar, weiß ich doch. Wir kriegen das schon hin.«
Er griff in die Hosentasche und fischte einen Zehn-Euro-Schein heraus.
»Du holst dir und Hacki jetzt ein paar Bierchen, und dann unterhältst du dich mit ihm darüber, ob stehlen okay ist.«
»Mit Hacki?«
»Mit Hacki.«
»Ey, der hat grad voll seinen Moralischen.«
»Eben drum.«
»Geht klar. Danke, Ole.«
»Schon gut. Und jetzt Abmarsch!«
Mucki eilte davon. Jan-Ole ging weiter auf Streife und dachte darüber nach, wie er seinen Bericht so formulieren könnte, dass der Bauherr für eine unzureichende Absperrung der Baustelle den Schaden tragen musste. Tja, Herr Hurrelmann, das wird noch was geben.
Danach legte er sich eine Strategie für das bevorstehende Telefonat mit Hauke zurecht.

4

DIENSTAG, 26.04.

Hauke saß an einem der Tische links in der Kneipe, wie Jan-Ole durch das Fenster sehen konnte. Hermann brachte ihm gerade was zu trinken, und Hauke hatte sein Handy am Ohr. Jan-Ole wartete einen Moment, bis er den Ulenspegel betrat. Hauke hatte inzwischen aufgehört zu telefonieren und schien sich bei dem Wirt zu entschuldigen.

Tief durchatmen, alter Junge. Es wird schon werden. Die Schwester passt bis Mitternacht auf, da kann nichts passieren.

Er holte tief Luft.

* * *

»Er wollte sich einfach nicht beruhigen lassen«, begrüßte ihn Schwester Hilde nur wenig später im Hausflur. »Sonst hätte ich Sie niemals angepiept. Aber ich wusste einfach nicht mehr weiter.«

»Ist schon okay«, erwiderte Jan-Ole.

»Er hat mit Sachen nach mir geworfen. Eine Tasse hat mich am Kopf verfehlt. Ganz knapp. Da hab ich Sie dann angepiept.«

»Sie müssen sich nicht entschuldigen, Schwester Hilde. Sie haben genau richtig gehandelt. Hat er sich denn inzwischen beruhigt?«

»Vor fünf Minuten ist er eingeschlafen. Aber er war so wütend gewesen, dass ich damit nicht gerechnet habe.« Schwester Hilde ließ ihre Schultern hängen, dünne dunkle Haare mit grauen Strähnen verstärkten den Eindruck ihrer Mutlosigkeit.

»Jetzt machen Sie sich mal keinen Kopp. Ich bin ja da.«
»Aber so selten, wie Sie ausgehen ...«
»Gehen Sie nach Hause und schlafen Sie sich aus, Schwester Hilde. Es ist wirklich kein Problem.«
Jan-Ole reichte der am Boden zerstörten Krankenschwester ihre beigefarbene Jacke und schob sie sanft zur Tür.
»Gute Nacht, Schwester Hilde.«
»Gute Nacht, Herr Sittner. Es tut mir wirklich leid.«
»Sie können doch nichts dafür.«
Jan-Ole schloss hinter ihr ab. Einen Augenblick lang lehnte er mit dem Rücken an die Tür und lauschte. Es war still im Haus, abgesehen vom nächtlichen Straßenlärm, der schwach durch die geöffneten Fenster von Küche und Wohnzimmer zu ihm drang. Dazu ein Knacken hier, ein Quietschen da. Die Geräusche schlafender Häuser.
Nur einmal möchte ich eine Nacht erleben mit nichts als dem Rauschen des Windes in den Blättern der Bäume, dachte Jan-Ole und fühlte sich plötzlich äußerst romantisch.
Er stieß sich von der Tür ab und begab sich zum Schlafzimmer. Leises, röchelndes Schnarchen erfüllte den Raum.
Du alter Giftzwerg, dachte Jan-Ole. Du ausgemergelte Mumie.
Das Schnarchen wurde von einem leisen Schmatzen abgelöst.
»Schlaf gut, mein Pharao«, sagte er leise, bevor er nach oben in sein Zimmer ging.

5

MITTWOCH, 27.04.

Lassen Sie sich nichts von ihm gefallen, Schwester Irmgard«, sagte Jan-Ole der ebenso jungen wie robusten Tagesschwester am nächsten Morgen zum Abschied.

»Ich doch nicht, Herr Sittner«, flötete sie zurück und schob ihn sanft aus der Tür.

Jan-Ole nahm den *Oldenburg Report* aus dem Briefkasten und machte sich auf den Weg zum Revier. Er hatte nicht gut geschlafen, einerseits, weil der Abend mit Hauke nicht wie geplant gelaufen war, andererseits, weil sein Wunsch nach Stille und Zivilisationsferne der Klangkulisse der nächtlichen Stadt vehement widersprochen hatte. Immer wütender hatten die nicht endenden Geräusche ihn gemacht. Schließlich hatte er eine Stunde Liegestützen und Rumpfbeugen eingeschoben, damit zumindest sein Körper ein wenig müde wurde und seinen angespannten Geist zu drei Stunden unruhigen Schlafes überreden konnte.

Er kam früh im Revier an. Noch eine halbe Stunde hatte er Zeit, bis seine Streife begann, also machte er sich einen Tee und zog sich in den Pausenraum zurück, um sich der Lektüre des *Oldenburg Report* zu widmen. Auf Seite drei fand er einen Artikel von Hauke, dessen aufrührerische Überschrift ihm sofort ins Auge sprang.

»Krass, Alter«, murmelte Jan-Ole. Während er weiterlas, vergaß er, seinen Teebecher abzustellen.

Versinkt Oldenburg im Sumpf der Korruption?

(hno) Wieso ist der Oberbürgermeister so erpicht darauf, die Mall am Berliner Platz zu errichten, wenn doch die Verträglichkeitsstudie ein wirtschaftliches Desaster verspricht? Warum werden die Gutachten der Einzelhändlerinitiative nicht zugelassen? Warum werden den Abgeordneten der Ratsfraktionen Parkplätze versprochen, wenn sie einem Eilantrag zustimmen? Was hat es mit der ominösen Tiefgarage auf sich, für die Stefan Ahlrich Geld sammelt, und wie kann dieses Projekt das Einkaufszentrum stoppen? Alles deutet darauf hin, dass der einzige wirtschaftliche Nutznießer die Hurrelmann AG ist, also können wir da den Quell der Korruption vermuten. Die Hurrelmann AG wird also auch die Tiefgarage bauen, das geht wohl aus dem geheimen Memo hervor, das den Abgeordneten bei der Pressekonferenz zugesteckt wurde. Interessant wäre auch, herauszufinden, ob einige Medienvertreter bestochen wurden, damit sie unkritisch über dieses Projekt berichten. Einiges deutet sicherlich darauf hin. Aber wie gelangen wir an mehr Informationen? Aus Buhlmann ist nichts herauszubekommen; der ist zu paranoid. Der Oberbürgermeister

```
jedenfalls muss geschmiert worden sein,
so wie der Buhlmann abgebürstet hat. Aber
wieso dann dieser Einwand wegen der Bau-
höhe? Und wieso auf der Pressekonferenz?
Und was weiß Peter Heidkrog?
```

»Krass, Alter«, sagte Jan-Ole erneut, bevor er merkte, dass er seinen Tee immer noch regungslos hochhielt. Er nahm einen Schluck und stellte den Becher schließlich ab. Dann griff er zum Telefon und wählte Haukes Nummer. Doch ohne Erfolg. Erst war besetzt, das nächste Mal landete er auf seinem Anrufbeantworter.

Drei Stunden später machte sich Jan-Ole ernsthafte Sorgen um Hauke. Wieso hat der das geschrieben?, fragte er sich zum wiederholten Mal. Das ist ja nicht mal ein Artikel, eher eine Art Brainstorming. Lauter Fragen und Anschuldigungen. Das kann ganz schön bitter werden.

Seufzend gab er fürs Erste auf, mit Hauke reden zu wollen, und machte sich auf seinen Rundgang.

Auf dem Schlossplatz war an diesem Morgen richtig was los. Die Vermesser hatten sich in den verschiedenen Ecken des Platzes aufgestellt und waren eifrig bei der Arbeit. Vor dem Eingang des Herrschaftsgebäudes standen zwei Männer mit Warnwesten und Herr Hurrelmann höchstpersönlich. Der Anblick des korpulenten, halslosen Mannes verursachte Jan-Ole ein Hämmern in den Schläfen, aber er ging dennoch hinüber.

»Moin, Herr Hurlemann«, grüßte Jan-Ole äußerst freundlich.

»Sie schon wieder«, grunzte Hurrelmann ihn in seinem dunklen Kaschmirmantel an. »Hab ich falsch geparkt?«

»Hahahaha, Sie sind mir ja einer. Ich hoffe doch nicht.«

»Und was wollen Sie dann von mir?«
»Nur mal gucken, was Sie und Ihre Leute hier so treiben.«
»Nur zu.«
»Und?«
»Und was?«
»Und was treiben Sie und Ihre Leute hier so?«
»Wonach sieht es denn aus?«
»Für mich sieht das so aus, als würden Sie den Schlossplatz vermessen, sag ich mal«, antwortete Jan-Ole wahrheitsgemäß.
»Na, Sie sind ja doch nicht so minderbemittelt, wie mein Fahrer Ihnen unterstellen wollte.«
»Sie sind ja ein Raffinierter«, bemerkte Jan-Ole heiter. »Da haben Sie mich doch glatt beleidigt, ohne dass ich was dagegen tun kann. Respekt.«
Herr Hurrelmann setzte ein fieses Grinsen auf. »Das tut mir aber leid, Herr … Wie war doch gleich Ihr Name?«
»Sittner.«
»Das tut mir leid, Herr Sittner. Es liegt mir fern, einen verdienten Staatsbeamten, der Sie zweifelsohne sind, zu beleidigen.«
»Na, na. Aber was ich wissen will – warum vermessen Sie überhaupt den Schlossplatz?«
»Das sind vorbereitende Maßnahmen für die Mall.«
»Aber die kommt doch dahinten hin, oder?«, fragte Jan-Ole und zeigte zum alten Hallenbad auf dem Berliner Platz.
»Sicher, sicher«, entgegnete Herr Hurrelmann grinsend und steckte die Hände in seine Manteltaschen. »Aber natürlich wollen wir, dass sie sich so sauber wie möglich in die Umgebung integriert, nicht wahr?«
»Sicher wollen wir das. Aber warum vermessen Sie dazu den Schlossplatz?«
»Schauen Sie sich den Platz doch mal an. Das schöne, leuch-

tende Schloss hier, da drüben dann die wunderschöne, nagelneue Mall und dann dieses trostlose Pflaster. Da müssen wir noch was dran tun.«
»Ach was. Der Platz wird neu gepflastert?«
»Sicher, sicher.« Der fettleibige Hurrelmann grinste noch fieser als zuvor.
Jan-Ole hätte nicht gedacht, dass das möglich sein konnte.
»Das wird aber auch Zeit«, befand er. »Da haben Sie wahrlich recht. Frohes Schaffen noch«, verabschiedete er sich und schlenderte so lässig, wie er nur konnte, davon.
Erst als er außer Sichtweite war, beschleunigte er seinen Schritt. Er griff nach seinem Handy und wählte Haukes Nummer, aber wieder schaltete sich nur der AB an.
»Hauke? Jan-Ole hier. Wir müssen reden. Dringend. Ruf mich an.«
Dann kramte er Konrad Meyerdierks' Visitenkarte hervor.

DER KRAKE

1

MITTWOCH, 27.04.

Ein ums andere Mal klingelte Haukes Telefon, und es waren abwechselnd Wiebke und Jan-Ole dran, die dem Anrufbeantworter ihre Anliegen vortrugen. Er selbst war gefangen in einer Endlosschleife aus immer wiederkehrenden Fragmenten seines bedeutungslosen Lebens, die in atemberaubender Geschwindigkeit vor seinem inneren Auge vorbeizogen. Lediglich eine Szene aus diesem Horrorfilm spielte sich in Zeitlupe ab: »Datei speichern unter, bauplatz-inoff-01.doc, überschreiben? Okay.«

Was war da schiefgelaufen? Er hatte die Datei nur auf seinem persönlichen Laufwerk gespeichert und nicht auf dem öffentlichen Teamlaufwerk, so viel war sicher. Aber wie war der Setzer da drangekommen? Wenn Tommy heimlich auf sein persönliches Laufwerk zugegriffen hatte, dann war er schuld. Jawohl, so war das. Tommy war schuld.

Obwohl, dachte Hauke, geschrieben habe ich das, nicht Tommy.

Durch den Nebel, der seine Sinne umhüllte, hörte er Wiebkes Stimme.

»Hauke«, sagte sie dem AB. »Was machst du für Sachen? Papa ist total sauer, aber ich habe ihm zu verstehen gegeben, dass es sich dabei sicher um ein Missverständnis handelt. Melde dich bitte. Hab dich lieb.«

Liebe und zärtliche Zuneigung waren das, wonach er sich jetzt am meisten sehnte, aber er fühlte sich außerstande, aufzustehen.

Abermals klingelte das Telefon, abermals landete der Anruf auf dem AB.
»Hauke? Jan-Ole hier. Wir müssen reden. Dringend. Ruf mich an.«
»Wieso?«, fragte Hauke matt. »Willst du mich verhaften?«
Ein sanftes Klopfen an der Balkontür erschreckte ihn beinahe zu Tode. Es war Herr Turrturr, der Einlass begehrte. Wer weiß, wie lange schon. Hauke sammelte seine Kräfte, erhob sich aus seinem Sessel und öffnete die Tür.

Stunden später hatte sich sein Zustand kaum gebessert. Er überlegte, ob er einen Schnaps trinken sollte. Oder zwei. Würde ihn das zu einem Alkoholiker machen? Aber wäre das überhaupt so schlimm? Meinen Job bin ich los, bemerkte er an diesem Tag nicht zum ersten Mal. Das steht fest. Und in dieser Stadt finde ich als Journalist nie wieder eine Arbeit. Also muss ich umziehen. Aber reicht mein Geld, um auf gut Glück in einer fremden Stadt neu anzufangen und die Zeit zu überbrücken, bis ich da was gefunden habe? Ich sollte besser Wiebke anrufen und sie fragen, ob sie mich heiraten will, dachte er noch, als es laut gegen seine Tür hämmerte.
»Hauke? Hauke, bist du da? Mach auf, Alter.« Jan-Oles Stimme war durch die Tür zu erkennen.
»Was willst du?«
»Ich muss mit dir reden.«
»Ich will aber nicht.« Hauke stöhnte.
»Jetzt mach schon auf!«
»Geh weg!«
»Hauke, mach die Tür auf.«
»Ich will aber nicht reden«, brüllte Hauke verzweifelt.
»Dann trete ich die Tür ein.«

»Mach doch.«
Sekunden später flog die Tür aus dem Rahmen.
Selbst dieser Schreck verhalf Hauke nicht zu mehr Aktivität. Er sah seinen früheren Schulkameraden wie einen Besucher von einem anderen Stern an.
Jan-Ole hingegen schenkte seine Aufmerksamkeit erst einmal der Tür und stellte fest, dass sein Tritt die gewünschte Wirkung gehabt hatte. Die Scharniere, an denen die Angeln hingen, waren aus der Wand gerissen, während das Schloss weitgehend unbeschädigt geblieben war.
»Das kriegen wir ruck, zuck wieder hin«, konstatierte er. »Hast du 'ne Bohrmaschine, Dübel und 'nen Akkuschrauber?«
»Du trittst meine Tür ein, um dir Werkzeug zu leihen? Hast du vollkommen den Verstand verloren?« Langsam regten sich wieder Haukes Lebensgeister.
»Alter, krass!«, grölte Jan-Ole. »Du bist ja drauf. Hahahahaha, wie geil ist das denn?«
»Sehr witzig. Wieso hast du meine Tür eingetreten?«
»Weil du nicht aufgemacht hast?«
»Ich habe nicht aufgemacht, weil ich keinen Besuch haben will«, schrie Hauke.
»Hey, hey. Kein Grund, sich so aufzuregen. Ich hab's kaputt gemacht – ich mach's auch wieder heil. Also, was ist mit dem Werkzeug?«
Hauke war zu verwirrt, um zu widersprechen, also ging er in die Küche und holte Werkzeugkasten und Bohrmaschine aus dem Schrank unterhalb der Spüle. Kaum war er ins Wohnzimmer zurückgekehrt, nahm Jan-Ole ihm den Werkzeugkasten ab und suchte darin nach Dübeln von adäquater Größe.
»Die alten sind mit rausgeflogen«, sagte er fachmännisch. »Da müssen jetzt größere Löcher her. Ah …«

Er nahm einige große Dübel und dazu passende Schrauben aus der Kiste und prüfte, ob die Schrauben dazu geeignet waren, um die Angeln wieder am Rahmen zu befestigen. Er befand sein Vorhaben für lösbar und machte sich sogleich ans Werk. Hauke ging in die Küche zurück, um einen Schnaps zu trinken. Es gab keinen Zweifel mehr, dass er etwas Hochprozentiges brauchte.

»So, das hätten wir«, sagte Jan-Ole fünfzehn Minuten später und schloss die Tür.

Hauke fühlte sich schon ein wenig trüb, was Geist und Körper betraf, aber nichtsdestotrotz goss er sich einen weiteren Schnaps ein. Genügend Abstand zur Realität zu halten, schien ihm in Anbetracht der bizarren Auswüchse ebendieser Realität dringend vonnöten. Nicht genug, dass dieser Schwachkopf Tommy eine Datei mit offensichtlich nicht für die Veröffentlichung bestimmten Notizen in einen Fließtext umbrochen und mit Haukes Kürzel und einer reißerischen Überschrift versehen hatte – jetzt war auch noch dieser wahnsinnige Supercop in seiner Wohnung.

»Wer ist denn Tommy?«, fragte Jan-Ole.

»Was? Wie kommst du denn jetzt auf Tommy?«

»Du murmelst den Namen die ganze Zeit vor dich hin.«

»Ach so. Das is so'n Typ vonner Arbeit«, versuchte Hauke gegen seinen Schnapskonsum anzuartikulieren.

»Haben die dich noch nicht rausgeschmissen?«

»Doch, Scheiße. Danke, dass du mich dran erinnerst. Was willst du eigentlich von mir? Hast du keine eigenen Türen zu Hause?«

Für einen Moment wirkte Jan-Oles Blick seltsam leer, bis er wieder in Gelächter ausbrach.

»Mann, Alter …«

»… krass. Du bist ja drauf«, ergänzte Hauke. »Ich weiß. Also, was willst du?«
»Genau, Alter. Pass auf. Ich hab da deinen Artikel gelesen heute Morgen …«
»Das war kein Artikel, sondern eine … Ideensammlung. Das war gar nicht für die … Veröffentlichung … konzipiert.«
Hauke merkte, dass ihm das Sprechen schwerfiel, also genehmigte er sich noch ein Schnäpschen.
»Das habe ich mir gedacht, Alter. Aber das klären wir noch.«
»Was klären wir noch?«
»Wie das Ding in die Zeitung gekommen ist. Oder wolltest du das?«
»Bist du bescheuert? Natürlich nicht.«
»Das habe ich mir auch gedacht. Hast du deine Kündigung schon?«
»Nee, die kriege ich morgen. Darf ich mir selber abholen.«
»Da komme ich besser mit«, beschloss Jan-Ole.
»Danke, das wird nicht nötig sein.«
»Doch, das ist nötig. Wir müssen sichergehen, dass da drinsteht, dass du wegen der Veröffentlichung dieses Artikels fliegst. Dann sehen wir weiter.«
»Kannst du mir mal ganz kurz und knapp erklären, was das mit dir zu tun hat?«
»Ich lass doch einen Freund in seiner Not nicht hängen.«
Hauke verschluckte sich, teils am Schnaps, aber vornehmlich an dem Wort »Freund«.
»Sind wir das denn? Freunde?«
Für einen Moment meinte Hauke zu erkennen, dass Jan-Ole verletzt aussah, aber es war nur ein Moment.
»Kann ich mal einen Vorschlag machen?«, fragte Jan-Ole statt einer Antwort.

»Nur zu«, versuchte Hauke zu sagen, aber es klang eher wie »Nursu«, wie er selbst bemerkte.
»Ich habe heute Abend frei. Wir zwei machen uns jetzt auf ins Taka-Tuka und lassen die Sau raus. Morgen gehen wir dann zu deiner Zeitung und holen deine Papiere. Wie klingt das?«
»Musst du morgen nich arbeiten?«
»Nein. Ich hab mir freigenommen. Also, wie klingt das?«
»Was ist denn das Taka-Tuka?«
»Das wirst du schon sehen«, sagte Jan-Ole geheimnisvoll.

* * *

Hauke war zu betrunken, um entsetzt zu sein. Dennoch drang die unheilvolle Atmosphäre dieses Orts ihm durch Mark und Bein. Ole, wie Hauke sich hatte verpflichten lassen, seinen Begleiter anzusprechen, war bereits seit mehr als fünf Minuten zum Telefonieren verschwunden. Hauke hatte währenddessen die Gesangsdarbietung eines vollkommen unmusikalischen Mittvierzigers zu den Klängen von Jethro Tulls »Too Old To Rock 'n' Roll; Too Young To Die« über sich ergehen lassen. Nach frenetischem Applaus hatte dieser die Bühne geräumt, und Hauke fragte sich, wie viele solcher Darbietungen er ertragen konnte.
In diesem Moment übernahm ein junges, schüchtern dreinblickendes Mädchen in einem Kapuzenpulli und kurzem Rock das Mikro. Sie wählte den Song »Calling You« von Jevetta Steele aus dem Film *Out of Rosenheim* mit Marianne Sägebrecht. Hauke befürchtete das Schlimmste, denn eigentlich hatte er diesen Film einschließlich der Musik bisher immer gemocht. Nach nur wenigen Tönen war Hauke jedoch vollkommen verzaubert. Die junge Frau hatte eine einmalige Stimme, und ihr

Gesang war von einer Qualität, die er niemals in einer Karaoke-Bar erwartet hätte. Den anderen Gästen schien es genauso zu ergehen, denn plötzlich war es andächtig still im Taka-Tuka.
Nachdem das Mädchen den Song beendet hatte, war Hauke zu Tränen gerührt. Begeistert applaudierte er, er hatte vorschnell über dieses Etablissement geurteilt. Nach einer Verbeugung übergab das Mädchen das Mikrofon zu Haukes Entsetzen an Ole. Jener schwenkte es einmal am kurz gehaltenen Kabel und verfiel nach einem Elvis Presley vortrefflich nachahmenden, von einer eleganten Beckenbewegung eingeleiteten seitlichen Ausfallschritt in eine statuengleiche Pose, die Hauke genau so schon einmal beim King of Rock 'n' Roll gesehen hatte. Dann schallte aus der Jukebox ein matt klingendes Piano-Intro, und Ole begann zu singen.
Hauke traute seinen Ohren nicht. Hätte er nicht die anderen Darbietungen zuvor erlebt, so wäre er jede Wette eingegangen, dass hier das Original von Elvis' »Can't Help Falling In Love« gespielt wurde. So unfassbar Hauke es auch fand – Ole sang und bewegte sich wie der leibhaftige King. War er erst von der befürchteten Peinlichkeit wie gelähmt gewesen, so war er nun komplett verzaubert. Diverse Schubladen gingen in seinem Kopf auf und zu, krampfhaft versuchte er, Jan-Ole darin zu verstauen. Doch es gelang ihm nicht. Offenbar hatte er sich über seinen früheren Schulkameraden genauso schnell eine Meinung gebildet wie über diese Bar. Er hatte Vorurteile gepflegt, das musste er sich jetzt eingestehen.
Am Ende des Lieds, beim letzten *»falling in love«* fixierte Ole Hauke, zwinkerte ihm zu und hob den rechten Arm, um mit dem ausgestreckten Zeigefinger direkt und für jeden der Anwesenden unverkennbar auf Hauke zu zeigen. Die Menge johlte vor Vergnügen, während Hauke gar nichts mehr wusste.

Der einsetzende stürmische Applaus klang dumpf und weit weg. Gelächter, Jubel, »Ausziehen, Ausziehen«-Rufe drangen von fern an sein Ohr, während Ole *»thank you very much«* nuschelte und das Mikro an den nächsten Sänger übergab. Er blickte stumm auf den Tisch vor sich und meinte zu hören, wie Oles Nachfolger sich an irgendeinem Lied von Robbie Williams versuchte, dabei keinen Ton traf, aber trotzdem wacker gegen die pfeifende und buhende Menge ansang.

»Alter, Mann, was ist denn los?«, hörte er eine Stimme durch die dicke Glaswand. »Brauchst du frische Luft?«

Hauke nickte. Gesenkten Hauptes trabte er hinter Ole her, die, wie er annahm, höhnischen Blicke der anderen meidend. In dieser Formation traten sie nach draußen. Laue Nachtluft umgab sie.

»Hast du zu viel getrunken?«, erkundigte sich Ole. »Musst du kotzen?«

Hauke hob den Kopf und sah Ole direkt an.

»Ich glaube, ich habe viel zu wenig getrunken, und, ja, ich fürchte, ich muss kotzen. Richtig dolle muss ich kotzen.«

»Wow, krass, Alter. Was ist denn mit dir los?«

»Was mit mir los ist? Tja, lass mich mal überlegen! Was könnte wohl mit mir los sein? Mmmh … Oh, ja! Ich glaube, ich hab's. Ich fühle mich belästigt und erniedrigt, missbraucht, gedemütigt …«

»Jetzt krieg dich mal wieder ein. Wir finden schon noch raus, was hinter dieser Geschichte steckt …«

»Was hinter dieser Geschichte steckt? Ich fürchte, du verstehst da was falsch. Ich rede nicht von dieser Geschichte, ich rede von dir!«

»Von mir?«

»Ja, von dir!«

»Was hab ich denn gemacht?«
»Was hab ich denn gemacht?«, äffte Hauke Ole nach.
»Ja, was habe ich denn gemacht?«, wiederholte dieser sachlich.
»Du hast mich da drinnen vor allen Leuten angeschwult, das hast du gemacht.«
Ole legte mit theatralischer Geste seine Hand auf den Mund.
»Oh«, näselte er, »hat da jemand Probleme mit seiner Sexualität?«
»Pass bloß auf. Verarsch mich nicht.«
»Ach, Süßer, du«, fuhr Ole fort.
Hauke ballte die Faust, schlug zu und traf Ole mitten ins Gesicht. Zumindest hatte er dorthin gezielt, aber der Schlag ging ins Leere. Stattdessen drehte er sich einmal um die eigene Achse und stolperte in einen voll besetzten Tisch vor dem Lokal neben dem Taka-Tuka. Ein Schwall wüster Beschimpfungen der von ihrem eigenen Bier durchtränkten Gäste ergoss sich über Hauke, bis einer von ihnen, ein recht bulliger Kerl, ihn am Schlafittchen packte und ihn ziemlich hart gegen die Hauswand zwischen dem Eingang der Karaoke-Bar und ruiniertem Biertisch rammte. Hauke spürte, wie dieser Aufprall ihm sämtliche Luft aus den Lungen presste. Zu allem Überfluss schlug ihm der zornige Biertrinker mit der Faust in den Magen, was sich sehr schnell als kapitaler Fehler herausstellen sollte.
Zwei Lidschläge später stand der nun panisch dreinblickende Mann mit einem unvorteilhaft gegen die Hauswand gepressten Gesicht neben Hauke, der immer noch nach Luft japste. Hinter dem Mann hatte sich Ole aufgebaut, wobei er, sofern Hauke die Haltung der beiden richtig interpretierte, die Daumen des bulligen Typen anatomisch fragwürdig hinter dessen Rücken verdreht hatte. Mit seiner freien Hand hielt Ole seinen Dienstausweis vor dessen vor Angst geweiteten Augen.

»Wenn jemand einen Fehler macht, dann sollte man ihm Zeit geben, sich zu entschuldigen. Dann überlegt man am besten gemeinsam, wie dieser Fehler wiedergutzumachen ist. Gewalt ist da keine Lösung«, dozierte Ole.

Der bullige Mann hatte auf einmal Tränen in den Augen, was Hauke auf die vollkommen unnatürlich verdrehten Arme und die gleichermaßen überdehnten Daumen zurückführte.

»Ich werde Sie jetzt loslassen, und dann reden wir wie zivilisierte Menschen über diesen Vorfall. Einverstanden?«

Der Mann nickte, und Ole ließ ihn los.

»Also, was machen wir jetzt?«, fragte er Hauke und den Mann.

»Äh, ich weiß jetzt auch nicht so recht«, stammelte Hauke, während der Raufbold Arme und Hände ausschüttelte. »Ich wollte das ja nicht.«

»Schon klar«, sagte Ole. »Trotzdem ist den armen Menschen das Bier ausgegangen. Was meinen Sie denn?«, fragte er den Mann, der sich nun vorsichtig die Daumen rieb.

»Ich hab wohl ein bisschen überreagiert, was?«

»Das kann man wohl sagen«, gab ihm Ole recht. »Also, was nun?«

»Ich bezahl das«, schlug Hauke vor.

»Nee, ist schon okay. Tut mir leid«, sagte der Mann und reichte Hauke die Hand.

»Mir auch«, entgegnete Hauke, und sie schüttelten sich die Hände.

»Das finde ich wirklich sehr anständig von Ihnen«, sagte Ole und reichte dem Mann ebenfalls die Hand, die dieser nur zögernd ergriff. »Einen schönen Abend noch.« Dann schlenderte er davon.

Hauke hielt es für eine gute Idee, ihm nachzugehen.

»Entschuldigung«, sagte er, als er Ole eingeholt hatte.

»Kein Problem«, erwiderte dieser.
»Ich meine, ich … das war nicht okay von mir.«
»Sah aber gut aus«, sagte Ole.
»Haha! Ich war eben sauer.«
»Das habe ich bemerkt. Allerdings habe ich nicht verstanden, wieso.«
»Weil … na ja, da im Laden … bei deinem Lied …«
»Ja?«
»Du hast … also ich fand … ich dachte, du hättest …«
»Ja?«
»Ja … ich weiß auch nicht so recht …«
»Ach so«, meinte Ole.
Eine Weile gingen sie schweigend durch die Fußgängerzone.
»Wohin willst du eigentlich?«, fragte Hauke, als sie am Rathaus angelangt waren.
»Ich möchte ein bisschen im Schlossgarten spazieren gehen.«
»Okay«, entgegnete Hauke und fragte sich, warum er nicht umkehrte und sich auf den Heimweg machte.

* * *

»Und was jetzt?« Hauke ergriff als Erster das Wort, als sie durch den nächtlichen Park streiften.
»Ich will ein bisschen im Gras liegen und in den Himmel schauen.«
Hauke schluckte. Es fühlte sich in ihm an, als hätte er Fieber.
»Ja, ich glaube, ich … ich muss morgen früh raus … meine Papiere holen …«
»Ich wiederum glaube, es ist total egal, wann du das tust. Ob morgen früh oder erst gegen Mittag.«
»Aber … mmmh …«

»Ich meine, er ist dein Ex-Chef. Er hat dich rausgeworfen. Da kommt es für dich auf die Stunde nicht an.«
»Klar … hast recht.«
»Na bitte.«
Ole ließ den Weg mit den Blumenrabatten hinter sich und suchte sich einen Platz auf dem Rasen. Hauke blieb unschlüssig neben ihm stehen. Er beobachtete Ole, wie dieser sein Hemd auszog, es zusammenfaltete und neben sich legte.
Zwar besuchte er mehr oder weniger regelmäßig ein Fitnessstudio, aber einen Körper wie den von Jan-Ole hatte er dort noch nie in der Umkleide gesehen. Einen solchen gab es nur auf dem Cover entsprechender Männermagazine, nicht ohne vorher retuschiert worden zu sein. Hauke wollte wegschauen, konnte es aber nicht. Warum hatte Ole sein Hemd überhaupt ausgezogen? Und wie bekam man eine solche Figur hin? Noch wichtiger: Warum, um alles in der Welt, war er hier, wo er doch fest damit rechnete, dass Jan-Ole Dinge mit ihm zu tun gedachte, die sich vorzustellen sein Verstand ablehnte.
Ole benutzte sein Hemd als Kopfkissen. Dann schob er zu Haukes Entsetzen seine Hand über den Bauch in die Hose. Er spürte nackte Angst, Abscheu und Faszination, war hin- und hergerissen und absolut unfähig, sich abzuwenden. Seine Zunge klebte am Gaumen, und bei dem Versuch, sie zu lösen, produzierte er einen Laut zwischen Schmatzen und Schnalzen.
»Du hast doch Tabak und Blättchen, oder?«, hörte er Oles Stimme in seinen pochenden Ohren, bevor er sah, dass dieser eine kleine Plastiktüte aus seiner Hose gezogen hatte.
»Wie jetzt? Ist das Gras?«
»Nee, Majoran. Das kratzt so schön im Hals.«
»Woher hast du das?«
»Hab ich letzte Woche so'n paar Spinnern abgenommen. Beim

Bahnhof. Da waren so zwei komische Vögel. Standen mit dem Rücken zur Straße in einer dunklen Ecke und waren schwer konzentriert, unauffällig zu wirken. Ich natürlich sofort da hin, sprech die an, und der eine lässt vor Schreck den Beutel fallen.«

»Und dann?«

»Nichts. Ich hab denen 'ne kleine Predigt gehalten, danach sind die abgedüst. Die waren froh, dass ich sie nicht mitgenommen hab.«

»Du behältst das Zeug einfach?«

»Ja, klar.«

»Musst du das nicht abgeben? Ich meine, muss das nicht irgendwie vernichtet werden?«

»Na, das hab ich doch vor. Also, baust du uns jetzt einen?«

Hauke setzte sich neben Ole ins leicht feuchte Gras und nahm den Beutel.

»Fällt das denn niemandem auf? Außerdem – du machst dich doch strafbar, oder?«

»Glaubst du, die beiden Typen kommen zu uns auf die Wache und verlangen ihr Dope zurück?«

»Nee, natürlich nicht«, sagte Hauke, während er drei Blättchen, die er aus seiner Hosentasche gefischt hatte, zusammenklebte.

»Aber das ist doch Unterschlagung von Beweismaterial.«

»Beweismaterial. Dass ich nicht lache. Für was denn? Ich hab keine Anzeige geschrieben. Was soll das also beweisen?«

»Und dein Kollege? Was sagt der dazu?«

»Ich geh meistens allein auf Streife.«

»Ist das denn erlaubt?«

Hauke bröselte eine stattliche grüne Straße in die Blättchen.

»Prinzipiell schon, wird aber nicht so gerne gesehen.«

»Und?«

»Und was?«

»Wieso gehst du dann meistens alleine?« Er fügte ein bisschen Tabak hinzu.

»Ich genieße das. Ein bisschen Zeit für mich, weißt du?«

»Und niemand hat was dagegen?«

Ole dachte einen Moment nach. Dann sagte er: »Nö.«

»Krass«, antwortete Hauke und riss ein bisschen Karton von seiner Blättchenpackung ab. »Aber ganz legal ist das nicht, oder?«

»Ich bin Polizist, kein Richter.«

»Aber dann hättest du den Jungs das Zeug auch nicht wegnehmen müssen.«

»Die waren am Dealen, Alter. Das ist verboten.«

»Aha.« Hauke vollendete sein Werk. »Voilà.« Er reichte Ole den Joint.

Sein einstiger Klassenkamerad nahm diesen entgegen und führte ihn an die Lippen. »*Light my fire* …«, sang er dabei in seiner Elvis-Stimme, so dass Hauke sich für einen Moment wünschte, der King hätte dieses Lied von den Doors gecovert. Hauke gab ihm Feuer, und Ole nahm drei, vier kräftige Züge, bevor er die Tüte an Hauke zurückgab. Hauke nuckelte ein bisschen an dem Joint herum und spürte schnell, wie sein schnapsschwerer Verstand sich sanft auf ein wattiertes Lager bettete. Wohlig matt ließ er sich neben Ole ins Gras sinken und nahm einen tieferen Zug.

Sie sprachen kein Wort, während die Tüte zwischen ihnen hin- und herwanderte. Sie starrten in den klaren Nachthimmel und hielten nach vorbeirauschenden Satelliten Ausschau.

»Geht's dir jetzt besser?«, fragte Ole nach einer langen Zeit des Schweigens.

»Weiß nicht. Kann sein. Warum fragst du?«

»Du wirkst irgendwie verspannt.«

»Das kannst du laut sagen.«
»Soll ich dich massieren?«
»Nein«, sagte Hauke.
»Willst du mich massieren?«
»Was? Nein«, entgegnete Hauke entrüstet.
»Was hast du gegen Massieren?«
»Ich habe überhaupt nichts gegen Massieren.«
»Also?«
»Also was?«
»Was hast du dann dagegen?«
»Ich will nicht massiert werden, und ich will auch niemanden massieren.«
»Niemanden? Oder mich nicht?«
»Hier wird jetzt niemand massiert. Es ist nicht die Zeit zum Massieren. Und es ist auch nicht der Ort zum Massieren.«
»Weil ich ein Mann bin?«
»Was soll das denn jetzt?«
»Du magst nicht von einem Mann massiert werden.«
»Ich mag jetzt überhaupt nicht massiert werden.«
»Aber wenn Wiebke jetzt hier wäre, von der würdest du dich massieren lassen, oder?«
»Nein!«, sagte Hauke. »Vielleicht«, fügte er hinzu. »Das ist doch was ganz anderes.«
»Mann, bist du verklemmt.«
»Ja, klar. Verklemmt. Alles klar, Ole, alles klar.«
»Ja, bist du. Total. Unsicher und verklemmt.«
»Bin ich gar nicht.«
»Und ob.«
»Gar nicht.«
»Gut. Magst du mir einen runterholen?«
»WAS?«

»Ob du mir einen runterholen magst.«
»Natürlich nicht.«
»Siehst du?«
»Ich bin doch nicht verklemmt, nur weil ich dir keinen runterholen möchte.«
»Freunde machen so was.«
»Nein, Ole. Freunde machen so was nicht. Partner machen so was. Geliebte machen so was. Aber Freunde machen so was ganz, ganz bestimmt nicht.«
»Ich sag's ja – du bist total verklemmt.«
»Du hast 'ne totale Vollmeise.«
Eine Weile starrten sie wieder schweigend hinauf in die sternklare Nacht.
»Erinnerst du dich an Jörg Peters?«, fragte Ole plötzlich.
»Peters, Peters … Ja, klar. Jörgi. Klar doch. Wieso?«
»Wir haben uns öfter einen runtergeholt.«
»Ihr habt was?« Hauke prustete los.
»Wir haben uns ab und zu einen runtergeholt.«
»Wieso erzählst du mir so was?«
»Du hast gesagt, Freunde machen so was nicht, und ich sage, Freunde machen so was.«
»Und wie alt wart ihr da?«
»So um die vierzehn.«
»Das ist doch ganz was anderes.«
»Wieso ist das was anderes?«
»Mit vierzehn, da ist man mitten in der Pubertät … deshalb.«
»War aber geil.«
»Das mag ja sein, aber ihr wart vierzehn.«
»Ich würde das immer noch geil finden. Nichts tun, nur daliegen und voll darin aufgehen, dass dir jemand den Lurch massiert. Das ist doch echt geil, oder?«

»Den Lurch?«, kicherte Hauke.
»Du guckst in die Sterne. Du musst nicht mal den Arm bewegen. Unentdecktes Land …«
»Den Lurch …« Hauke wollte sich gar nicht wieder einkriegen. Ole kicherte ebenfalls.
»Kennst du Lurchi?«, fragte Hauke.
»Lurchi?«
»Ja, da gab's früher so Bücher. Lurchi, der Salamander?«
»Keine Ahnung. Fandst du den irgendwie sexy?«
»Natürlich nicht.«
»Komisch.«
»Wieso komisch?«
»Weil ich doch davon geredet habe, wie Peters und ich uns gegenseitig den Lurch massiert haben.«
»Stimmt.« Hauke kicherte wieder.
»Du hast das nie gemacht?«
»Nee, nie.«
»Woher willst du dann wissen, ob es dir gefällt?«
»Mir gefällt die Vorstellung nicht.« Hauke war auf einen Schlag ernst.
»Also denkst du drüber nach!«
»Nein.«
»Das kann nicht sein, Alter. Wenn dir die Vorstellung nicht gefällt, dann musst du's dir doch wenigstens vorstellen. Sonst gibt's ja nichts, was dir nicht gefallen könnte.«
»Da muss ich drüber nachdenken.«
»Das ist echt verlogen.«
»Quatsch.«
»Verlogen und verklemmt.«
»Geht das schon wieder los?«
»Du kannst mich gerne vom Gegenteil überzeugen.«

»Ich hol dir keinen runter, Ole.«
»Warum denn nicht?«
»Ich will einfach nicht.«
»Und warum nicht?«
»Was weiß denn ich. Ich würde mir jetzt auch kein Heroin in die Armvene reinjagen, bloß weil du's mir anbietest und ich das noch nie gemacht habe. Ich will einfach nicht.«
»Soll ich dir einen runterholen?«
»Nein, verdammt.«
»Knutschen?«
»Nein!«
»Einen blasen?«
»Du verarschst mich doch, oder?«
»Ja.«
Diese Antwort überraschte Hauke, bevor er sie erleichtert zur Kenntnis nahm.
»Echt jetzt?«
»Ja«, kicherte Ole.
»Die ganze Zeit?«
»Ja.«
»Ich glaub das nicht.«
»Alter, krass. Bist du 'n Einfaltspinsel.«
»Aber ich dachte …«
»Was?« Ole kicherte noch immer wie halb von Sinnen.
»Na, vorhin im Taka-Tuka, als du auf mich gezeigt hast, bei deinem Lied … da dachte ich … also …«
»Du hast gedacht, ich will mit dir …«
»Na ja, so ähnlich, ja …«
Ole richtete sich auf. »Du hast gedacht, ich will dir an den Arsch? Und dann gehst du mit mir nachts im Park spazieren? Und reagierst dann total überzogen?«

»Ich weiß ja auch nicht. Warum hast du das denn gemacht vorhin? Im Taka-Tuka?«
»Was denn?«
»Na, als du gesungen hast. Warum hast du da auf mich gezeigt?«
»Weil ich dich gern mag.«
»Was?« Hauke richtete sich abrupt auf. »Ich dachte, du verarschst mich?«
»Keine Panik, Alter. Ich bin nicht schwul. Ich fühl mich nur wohl in deiner Gegenwart. Mehr nicht.«
»Mehr nicht?«
»Mehr nicht.«
»Puh.«
»Außerdem will ich dich beschützen.«
»Wovor denn?«
»Vor Hurrelmann.«
»Hurrelmann?«
»Ja, vor Hurrelmann.«
»Und wer ist das noch gleich?«
»Wer das ist?«
»Ja. Der Name kommt mir irgendwie bekannt vor.«
»Hurrelmann ist der Mann, dem du mit deinem Artikel auf die Füße getreten bist, Hauke. Hurrelmann ist der größte Baumagnat diesseits des Mississippi. Hurrelmann ist der Typ, der dich den Job gekostet hat, weil dein Chef es sich nicht mit ihm verscherzen will. Der Hurrelmann.«
»Ach, der Hurrelmann. Und warum willst du mich vor dem beschützen? Meinen Job bin ich doch schon los.«
»Das war nur der Anfang, Hauke.«
»Wieso? Was will der denn noch von mir? Mich umbringen?«, kicherte Hauke irrsinnig.
»Schon möglich«, erwiderte Ole ernst.

»Das ist ein Scherz, richtig?«
»Ich fürchte, nein. Du wärst bei weitem nicht sein erstes Todesopfer.«
Hauke brach in Gelächter aus. »Nee, is klar, Ole.«
»Das ist kein Scherz.«
»Aber warum denn? Weil ich einen falschen Artikel im allmächtigen *Oldenburg Report* veröffentlicht habe?«
»Nein. Eher, weil deine Vermutungen stimmen.«
»Welche denn?«
»Hurrelmann ist der Einzige, dem dieses komische Ding da auf dem Berliner Platz … wie hast du das noch genannt?«
»Die Mall?«
»Genau, die Mall. Hurrelmann ist der Einzige, dem die was bringt. Sonst gibt es keinen Grund für das Teil, richtig?«
»Scheint jedenfalls so.«
»Also schmiert Hurrelmann den Oberbürgermeister und eine gute Mehrheit der Stadtverordneten, damit er das Ding bauen darf.«
»Kann schon sein. Aber du übersiehst da ein paar Kleinigkeiten.«
»Ach ja?«
»Ja. Erstens: Das Ding wird erst gebaut, wenn die Planungen neu gemacht wurden. Zweitens: Die NKE, also diese Kommerz-Entwicklungsgesellschaft, wird das Ding betreiben und hat da also auch was von. Und drittens: Ich kann überhaupt nichts beweisen. Nichts, rein gar nichts.«
»Erstens, lieber Hauke, baut Hurrelmann jetzt erst mal was anderes. Da bist du ja auch schon draufgekommen. Zweitens verdient die NKE in jedem Fall dran, ob das Ding läuft oder nicht. Und drittens: Das werden wir ändern.«
»Was werden wir ändern?«

»Wir werden die Beweise für deine Theorie sammeln.«
»Und wie?«
»Oh, da gibt es so einige Methoden. Ich bin da vom Fach.«
»Und woher weißt du so gut über Hurrelmann Bescheid?«
»Insiderinformationen. Und jetzt gehen wir ins Bett. Morgen wird ein langer Tag.« Ole stand auf.
»Wir gehen jetzt ins Bett?«, fragte Hauke unsicher.
»Jeder in seins.«
»Puh.« Hauke erhob sich ebenfalls.

2

DONNERSTAG, 28.04.

Hast du dir einen Anstandswauwau mitgebracht?«, raunzte Wilfried Hauke an, als er am nächsten Morgen mit Ole die Redaktion betrat.

»Ich bin nur hier, um dafür zu sorgen, dass alles korrekt abgeht«, erklärte Ole.

»Hab ich mit Ihnen gesprochen?«, blaffte Wilfried ihn an.

»Ist das Ihr Wagen da unten vor der Tür?«, erwiderte Ole und hielt Haukes Ex-Chef seinen Dienstausweis unter die Nase. »TÜV und ASU sind überfällig, guter Mann.«

»Ja, ja, schon gut«, grollte Wilfried. »Und was passiert jetzt?«

»Wir wollen nur sichergehen, dass in der Kündigung die korrekte Begründung für das Auflösen des Arbeitsverhältnisses angegeben ist.«

»Das kriegen wir hin.«

»Und dann wüsste ich noch gerne, wie es sein kann, dass ein Mitarbeiter auf Herrn Nöhlerts persönliche Daten zugreifen konnte.«

»Was soll das denn heißen? Das ist ein Dienstrechner. Da haben persönliche Daten nichts drauf zu suchen.«

»Da sind Sie dann wohl der falsche Ansprechpartner«, sagte Ole trocken. »Wer ist denn Datenschutzbeauftragter in Ihrem Betrieb?«

»Datenschutzbeauftragter? Sind Sie nicht ganz dicht?«

»Wer prüft in Ihrem Betrieb, ob die datenschutzrechtlichen Vorgaben implementiert und eingehalten werden?«, fragte Ole weiter.

»Wir machen hier eine Zeitung«, sagte Wilfried.
»Dann hätte ich von Ihnen gerne noch schriftlich, dass sich niemand um den rechtlich einwandfreien Betrieb Ihrer EDV kümmert.«
»Das macht mein Neffe«, gab Wilfried kleinlaut zu. »Der organisiert hier den EDV-Krempel.«
»Mit dem würde ich gerne ein paar Worte wechseln.«
»Jetzt?«
»Gerne. Herr Nöhlert muss ja noch seinen Computer entrümpeln. Wenn Sie also so freundlich wären, Ihren Neffen einzubestellen. Wir warten so lange.«
»Haben Sie einen Durchsuchungsbefehl?«, fragte Wilfried plötzlich.
»Ich hatte ja gehofft, dass Sie ein wenig kooperativer sind, aber ja, ich habe einen«, antwortete Ole und zog zu Haukes Verwunderung ein amtlich aussehendes Dokument aus dem Blazer. »Rufen Sie bitte Ihren Neffen an.«
Dann gingen er und Hauke zu dessen altem Arbeitsplatz. Zum Glück waren der wieder gesundete Piet und Johannes nicht in der Redaktion, wahrscheinlich hatte sein Ex-Kollege den Praktikanten mitgenommen. Immerhin musste jetzt Piet, da Hauke nicht mehr da war, doppelte Arbeit leisten.
Ole ließ sich von Hauke in aller Ruhe zeigen, wo was unter welchem Namen abgelegt war, ließ ihn Sachen anklicken und Informationsfenster öffnen, von deren Existenz Hauke bis zum jetzigen Zeitpunkt nicht auch nur das Geringste geahnt hatte.
»Wieso kennst du dich in Computerdingen eigentlich so gut aus?«, fragte Hauke.
Ole grinste. »Du hast mich in der Schule immer ein bisschen unterschätzt. Hab mich schon als Jugendlicher viel im Netz herumgetrieben. Aber lass gut sein.«

Während Hauke weiter Tabellen aufrief, machte Ole sich akribisch Notizen. So verbrachten sie eine gute Stunde vor dem Rechner, bis ein schlaksiger Nerd mit einer angesagten Ponyfrisur die Redaktion betrat.

Wilfried kam aus seinem abgetrennten Bereich geeilt und winkte den jungen Mann sofort zu sich. Ole stand augenblicklich auf und ging ebenfalls in Wilfrieds kleines Redakteursbüro.

»Ich möchte ein paar Worte mit meinem Neffen wechseln«, sagte Wilfried genervt.

»Das können Sie gerne tun«, entgegnete Ole fröhlich. »Ich höre nur zu. Sie verstehen das sicher.«

»Wir reden dann später«, sagte Wilfried zu seinem Neffen. »Der Herr von der Polizei hat ein paar Fragen.«

Ole nahm den Neffen mit zu Haukes Rechner und holte ihm einen weiteren Drehstuhl.

»So, Herr … wie war noch gleich Ihr Name?«, begann Ole freundlich.

»Achim. Sagen Sie einfach Achim zu mir.«

»Das genügt leider nicht fürs Protokoll, Achim«, erklärte Ole.

»Seltken«, sagte Achim hilfsbereit. »Achim Seltken.«

»Sie sind verwandt mit Wilfried Seltken, dem Herausgeber des *Oldenburg Report?*«

»Ja, Onkel Wilfried ist mein Onkel«, antwortete Achim. Dann kicherte er. »Ist ja logisch, oder? Onkel Wilfried.«

»Dann sind Sie der Sohn von Wilfried Seltkens Bruder?«

»Äh, ja.« Achim blickte verdutzt. »Ja, das stimmt.« Er grübelte einen Moment. »Ach so, wegen dem Nachnamen sind Sie darauf gekommen, oder? Wenn's die Schwester von Onkel Wilfried gewesen wäre, also meine Mutter seine Schwester, dann hätten wir unterschiedliche Nachnamen.«

»Äußerst scharfsinnig«, lobte Ole. »Das findet man oft bei Informatikern.«
»Oh, ich bin gar kein Informatiker«, erwiderte Achim. »Mehr so 'ne Art Autodidakt.«
»Wie alt sind Sie, Herr Seltken?«
»Neunzehn.«
»Und wo haben Sie gelernt, ein Netzwerk zu administrieren?«
»Zu Hause. Hab mit LAN-Partys angefangen. Da kriegt man schon was mit.«
»LAN-Partys, aha. Sie haben zu Hause eine Client-Server-Umgebung?«
»Nee, Quatsch. Wir machen Peer-to-Peer. Dedizierte Server, so was.«
»Aber Sie arbeiten mit der gleichen Software wie hier im Betrieb?«
»Nee. Ist ja alles NT hier. Und der Server ist Novell NetWare. Da laufen ja die Spiele gar nicht drauf.«
»Und Ihre Kenntnisse im Umgang mit NT und Novell NetWare haben Sie sich wo erworben?«
Hauke staunte immer mehr über Oles Kenntnisse. Er hatte ihn tatsächlich unterschätzt. Es schien, als musste er gerade eine Menge lernen.
»Na, hier«, erwiderte Achim und zupfte sich ein paar Fransen zurecht.
»Alle Achtung. Und besitzen Sie irgendwelche Zertifikate, die Ihre Fertigkeiten im Umgang mit einer NT-Umgebung belegen?«
»Nee, Quatsch. Ist ja voll teuer.«
»Ich bin sicher, dass Ihr Arbeitgeber gerne in Ihre Fortbildung investieren würde.«
»Mein Arbeitgeber?«
»Wilfried Seltken. Ihr Arbeitgeber.«

»Ach so. Nee, ich bin hier nicht angestellt. Ich mach das so zum Spaß.«
»Zum Spaß, soso«, erwiderte Ole. Im selben Moment stürmte Wilfried mit einem übergewichtigen Anzugträger heran, den Hauke und Ole sofort zweifelsfrei als Rechtsanwalt identifizierten.
»Sie haben kein Recht, meinen Mandanten ohne Beisein eines Rechtsbeistands zu verhören«, bellte der schwitzende Mann.
»Genau«, rief Wilfried siegessicher.
»Ich verhöre doch niemanden«, entgegnete Ole. »Ich habe dem jungen Mann nur ein paar Fragen gestellt.«
»Das kenn ich«, sagte der Anwalt. »Nur ein paar Fragen, und dann gibt's gleich die Anzeige.«
»Was denn für eine Anzeige? Gegen den jungen Mann liegt doch gar nichts vor.«
»Sie werden ihm keine weiteren Fragen ohne mein Beisein mehr stellen.«
»Nun sind Sie ja da«, sagte Ole trocken. »Also, Achim. Welche Laufwerke sind denn für die Mitarbeiter im Netz sichtbar?«
»Da gibt's das Laufwerk P, wo die Programme drauf liegen. Dann das Teamlaufwerk H, wo alle aus dem Team so Sachen abspeichern, und dann hat jeder ein eigenes I.«
»Andersrum«, schaltete Hauke sich ein. »I ist das Teamlaufwerk und H das Persönliche.«
»Nee, das hab ich ja letzte Woche geändert.«
Hauke holte tief Luft, aber Ole legte ihm die Hand aufs Knie.
»Warum haben Sie das geändert, Achim?«
»Fand ich besser. I für ›individuell‹ und H für ›Hometeam‹.«
»Und wie haben Sie diese Änderung vorgenommen?«
»Mit Login Skript. Einfach neu gemappt. Und auf dem Server die Rechte geändert.«

»Haben Sie die Mitarbeiter der Redaktion von dieser Änderung unterrichtet?«

»Klar. Hab 'ne Mail rumgehen lassen. Mit Lesebestätigung. Ich hab das erst gemacht, als ich von allen eine Lesebestätigung hatte.«

»Brav«, sagte Ole. »Das ist dann alles. Mehr wollte ich gar nicht wissen. Haben Sie Herrn Nöhlerts Papiere fertig, Herr Seltken?«

»Ja«, knurrte Wilfried und ging in sein Büro, um Haukes Kündigungsschreiben zu holen.

»Was wollten Sie denn nun von meinem Mandanten?«, fragte der Anwalt irritiert.

»Ich wollte mich lediglich vergewissern, wie es zu der Verwechslung der für die Kündigung ursächlichen Datei kommen konnte.«

»Und wie ist es dazu gekommen?«

»Herr Nöhlert hat offenbar seine E-Mails nicht gelesen. Das ist alles.«

Hauke wollte protestieren, aber er ließ es instinktiv sein. Schweigend nahm er Wilfrieds Schreiben entgegen. Nachdem Ole es überflogen hatte, verließen die beiden die Redaktion.

* * *

»Was bedeutet das denn jetzt?«, wollte Hauke wissen, als er seinen Wagen vor Oles Haustür parkte. »Bin ich jetzt der Trottel?«

»Quatsch. Sei froh, dass du da nicht mehr arbeiten musst.«

»Du machst mir Spaß. Wovon soll ich denn jetzt leben?«

»Da findet sich schon was.«

»Aber wie ist das denn nun alles passiert? Ich verstehe das nicht.«

Hauke hatte während der Fahrt bereits versucht, Ole die Übersetzung jenes befremdlichen Gesprächs mit Achim und dem Anwalt zu entlocken, aber der hatte die ganze Zeit was in sein Notizbuch geschrieben und immer nur »Warte« gesagt.
»Das ist ganz einfach«, klärte Ole ihn schließlich auf. »Der kleine Technikus hat das Netzwerk umgebaut, und du hast es nicht mitbekommen. So eine E-Mail zwischendurch ist zwar ein netter Hinweis, aber die falsche Methode, so viel ist sicher. Jetzt kommt's drauf an, was du willst. Du kannst den Laden auf Wiedereinstellung verklagen und dich dann auf eine Abfindung einigen.«
»Aber die Datei hieß doch ganz anders. Wie konnte Tommy das verwechseln?«
»Die Datei hieß für ihn baupl~01.doc. Euer File-Server kann nur DOS-Namen verwalten. Acht Zeichen vor dem Punkt. Dumm gelaufen.«
»Versteh ich nicht. Ich hab die Datei doch bauplatz-inoff01.doc genannt. Das habe ich doch eingegeben.«
»Du hättest das Ding auch Bauplatz-Hadschi-Halef-Omar-01 nennen können. Dein Kollege Tommy hat sich das Ding mit dem Norton Commander übers Netz gelutscht. Für den hieß das baupl~01.doc.«
»Aber das geht doch nicht. Wie hieß denn dann die andere Datei? Doch bauplatz01.doc. Die kann ja nicht genauso heißen.«
»Richtig. Aber die lag auf einem anderen Laufwerk.«
»Aha. Und was soll ich machen?«
»Ich kenne einen guten Anwalt, der dir eine ganz nette Abfindung aus dem Laden rauspressen könnte. Das könnte für dich allerdings gefährlich werden.«
»Wieso?«
»Seltken und Hurrelmann sind dicke Freunde. Hurrelmann hat

ihm das Startkapital damals geliehen, weil er ein eigenes Anzeigenblättchen haben wollte, was über ihn und seinen Konzern wohlwollend berichtet. Wenn wir Seltken an den Karren pissen, dann weiß Hurrelmann das fünf Minuten später.«

»Und woher weißt du das nun wieder?«

»Ich sagte dir doch, ich hab da so meine Verbindungen. Als Polizist bekommst du eine Menge mit.«

»Und was passiert, wenn wir Seltken tatsächlich an den Karren pissen?«

»Dann machst du im günstigsten Fall Bekanntschaft mit einem seiner Schlägertrupps.«

»Im günstigsten Fall?« Hauke schluckte. Herbert hatte auch von Schlägertypen berichtet, die zu ihm in den Laden gekommen waren. Er hatte ihm nicht glauben wollen. Wie naiv konnte man nur sein!?

»Im ungünstigsten Fall wachst du hustend in deiner brennenden Bude auf. Oder du wachst gar nicht mehr auf.«

»Und das sind keine aus der Luft gegriffenen Behauptungen?«

»Keineswegs.«

»Aber wie oft habe ich mit eurer Pressestelle Kontakt gehabt – doch so etwas habe ich nie zu hören bekommen.«

»Das wurde auch immer vertuscht. Anweisung von ganz oben. Du kannst dir vielleicht vorstellen, was das bedeutet.«

»Das gibt's doch nicht.« Hauke war ehrlich entrüstet. »Das kann doch alles nicht wahr sein. Das gibt's doch nur im Film. Dagegen muss man was unternehmen. Aber was?«

»Vertrau mir. Fahr jetzt nach Hause und schreibe einen triefenden Brief an Seltken, in dem du dich für deine Verfehlungen entschuldigst. Nach dem Motto: ›Tut mir wahnsinnig leid, dass ich deine Existenz und die meiner geschätzten Kollegen so fahrlässig aufs Spiel gesetzt habe.‹«

»Das werde ich ganz sicher nicht tun. Warum sollte ich das?«

»Um dein Leben zu schützen. Du musst ihren Egos schmeicheln. Dann lassen sie dich in Ruhe.«

»Scheiße.«

»Ja.«

»Und weiter?«

»Ich muss jetzt ein bisschen telefonieren. Sachen abchecken. Danach komm ich zu dir.«

»Kann ich nicht mit rein?«

»Nein«, sagte Ole wie aus der Pistole geschossen. »Du musst jetzt dieses Schreiben verfassen. Anschließend rufst du Wiebke an und heulst ihr was vor, wie leid dir das tut, dass du ihren Vater beschuldigt hast und diesen Ahlrich und so weiter. Verabrede dich mit ihr für morgen. Auf keinen Fall heute, es müssen vorher erst noch ein paar Dinge geklärt werden. Hörst du?«

»Ich höre.«

»Gut. Wir sehen uns später.« Ole stieg aus dem Auto und ging mit eiligen Schritten zur Haustür.

Hauke ließ das Fenster runter und rief ihm nach. »Ole?«

Ole blieb stehen. »Ja?«

»Kriegen die ihr Fett weg?«

»Mehr als das, mein Alter. Vertrau mir«, antwortete Ole überraschend ernst.

»Danke, Ole.«

Hauke gab Gas und fuhr davon.

* * *

Es war ihm schwergefallen, Wiebke davon abzuhalten, ihn auf der Stelle aufzusuchen. Hauke sehnte sich sehr nach ihrem Trost, aber er hatte den Eindruck, dass Ole wider Erwarten wusste, was er tat. Hauke war noch immer ungemein beeindruckt von der Souveränität, die dieser bei seiner Befragung von Achim an den Tag gelegt hatte. Auch verblüffte ihn die Fähigkeit des vermeintlich Ungehobelten, sich so gewählt auszudrücken. Auf den ersten Blick schien er ein bisschen prollig zu sein, dieses Bild hatte sich seit der Demo in ihm gefestigt gehabt. Aber dem war nicht so, er war sogar ziemlich klug, wie Hauke neidlos anerkennen musste. Ole war offensichtlich an vielem interessiert, lernte schnell und hatte sich selbst viel beigebracht. In gewisser Weise war er wie Achim ein Nerd, nur untypischer und wesentlich cleverer. Außerdem schien er gute Beziehungen zu anderen amtlichen Einrichtungen zu unterhalten. Wie sonst war er an einen Durchsuchungsbefehl gekommen?

Das Entschuldigungsschreiben hatte Hauke mittlerweile fertig. Doch er wollte es erst Ole zeigen, bevor er es verschickte. Da er nicht wusste, was er sonst machen sollte, tigerte er wie ein auf einer einsamen Insel gestrandeter Schiffbrüchiger in seiner Wohnung umher. Ein Schiffbrüchiger mit Regalen voller Bücher, wie er erleichtert zur Kenntnis nahm. Er streifte einzelne Titel, in der Hoffnung, irgendetwas würde ihn anspringen und ablenken.

Tatsächlich blieb sein Blick an einem der Buchrücken hängen. *Wie ein einziger Tag* hieß das ihm unvertraute Werk, und er fragte sich, wie es seinen Weg ins Regal gefunden hatte.

Er nahm es heraus und las die Inhaltsangabe auf der Rückseite. Offenbar handelte es sich um einen Liebesschmöker, wie er ihn freiwillig niemals anfassen würde. Er schlug das Buch auf und fand eine Widmung darin.

Für meinen Liebsten. Gräm Dich nicht. Diese zwei Jahre werden vergehen wie ein einziger Tag. In ewiger Liebe, Wiebke

Hauke wurde heiß und kalt zugleich. Wiebke hatte ihm ein Abschiedsgeschenk in sein Regal gestellt? Und er hatte es zwei Jahre lang nicht bemerkt?
Muss ich das jetzt lesen, fragte er sich, um zu verstehen, warum sie glaubt, wir wären noch immer ein Paar? Er blätterte durch die Seiten, bis er auf einen Briefumschlag stieß. Mit zitternden Händen legte Hauke das Buch zur Seite und öffnete den Umschlag. Es lag ein handgeschriebener Brief darin.

Mein allerliebster Hauke,
manchmal begegnen sich zwei Menschen und stellen fest, dass sie zusammengehören. Dass sie einander ergänzen und vervollständigen, als wären sie bis zu diesem Zeitpunkt nur als Halbes durch die Welt geirrt. Ich war nur ein Halbes, bis ich Dich gefunden habe, mein Liebster. Jetzt bin ich ganz, und keine Macht der Welt kann das mehr ändern. Ich weiß, dass diese zwei Jahre, die nun vor uns liegen, nach einer langen Zeit klingen, aber sie gehen vorbei. Alles wird so sein wie jetzt, denn es ist das Jetzt, in dem wir leben und für das wir leben und lieben.
Aber wir dürfen uns von der Sehnsucht nach dem anderen nicht überwältigen lassen. Du musst Dein Leben leben wie ich meins. Wir dürfen uns nicht schreiben und auch nicht telefonieren, denn dann wächst nur der Schmerz und die Sehnsucht schrumpft – und mit ihr die Liebe.
Unsere Liebe aber darf nicht schrumpfen, mein Liebster. Und darum sehen wir uns wieder, nach nur einem einzigen Tag – und haben den Rest des Lebens ganz für uns.

In ewiger Liebe,
Wiebke

Ach du Scheiße, dachte Hauke. Das erklärt natürlich so einiges. Puh. Eine bodenlos triefende Liebesschmonzette. Und ich bin ein Teil davon.
Hauke war unschlüssig, ob er sich geschmeichelt, bewegt, vor Liebe aufgewühlt oder peinlich berührt fühlen sollte. Letzterer Gedanke war das Stichwort für ein Klopfen an der Tür, als hätte jemand in kursiven Lettern die Regieanweisung ins Drehbuch seines Lebens geschrieben:

HAUKE (liest Brief, peinlich berührt,
JAN-OLE klopft an die Tür)

Hauke öffnete die Tür. Eine andere Form des Handelns war für ihn nicht vorgesehen.
»Alter, wie siehst du denn aus? Was ist denn in den wenigen Stunden, die ich nicht bei dir war, passiert?«, begrüßte Ole ihn besorgt.
Hauke überlegte kurz, wie er seinen Zustand am besten erklären könnte, aber ihm fiel nichts ein. Dann fragte er sich, ob Ole ihm seinen Zustand vielleicht besser würde erklären können als er sich selbst und reichte ihm Wiebkes Brief.
»Was ist das denn?«, wollte Ole wissen, aber Hauke gab ihm keine Antwort. Was hätte er auch sagen sollen? Stattdessen ging er zu seinem Sessel, ließ sich darin nieder und wartete darauf, dass Herr Turrturr seinen Pflichten nachkam. Noch nie hatte er so deutlich vor seinem inneren Auge gesehen, was er sich für sein Leben wünschte: einen Sitzplatz auf einer Veranda mit Blick aufs Meer.
Das dürfte reichen, dachte er. Mehr braucht kein Mensch.
»Meine Fresse«, sagte Ole. »Warum liest du denn ausgerechnet jetzt so was?«

»Hab ich gerade gefunden«, erwiderte Hauke.

»Alter, in der Vergangenheit zu kramen, ist ja sicher ganz nett, aber ausgerechnet heute?«

Hauke wehrte ab. »Du verstehst mich falsch, Ole. Ich habe den Brief vorhin zum ersten Mal gelesen.«

»Der ist zwei Jahre alt.« Ole tippte mit einem Finger auf das Datum.

»Ich weiß.«

»Warte mal einen Augenblick, damit ich das klarkriege. Du hast eben einen zwei Jahre alten Liebesbrief von Wiebke gefunden, von dem du vorher nichts wusstest?«

»So ist es.«

Ole explodierte förmlich vor Lachen. Er sackte an der Wand neben der Tür zu Boden und hielt sich den Bauch.

»Das ist überhaupt nicht witzig«, protestierte Hauke. »Allenfalls dramatisch. Tragisch vielleicht. Aber nicht witzig.«

»Alter«, japste Ole. »Das … ist …« Weiter kam er nicht, weil er erneut von einem Lachkrampf geschüttelt wurde.

Hauke beschloss, einfach nichts mehr zu sagen, bis Ole entweder erstickt oder anderweitig verstummt wäre. So gleichmütig, wie er nur konnte, drehte er sich eine Zigarette und paffte sie stumm vor sich hin, während er die Abwesenheit von einem Meer vor dem Fenster bedauerte.

»Krass«, sagte Ole schließlich.

»In der Tat.«

»Wo hast du ihn denn gefunden?«

»Da war dieses Buch in meinem Regal. Ich habe es vorhin erst bemerkt. Und da war der drin.«

»Das ist wirklich krass. Alter, das ist so … krass.«

»Du wiederholst dich, Ole.«

»Weißt du noch? Am Dienstag hast du erzählt, dass du nicht

kapierst, was da mit Wiebke läuft. Natürlich denkt die, du hast den Brief damals gelesen.«

»Du Schlauberger. Der Gedanke ist mir ja noch gar nicht gekommen.«

»So ist es aber«, sagte Ole siegesbewusst. »Das erklärt alles.«

»Ja, wenn du das sagst.«

»Jep, so ist das. Hast du das Schreiben an Seltken fertig?« Abrupt wechselte Ole das Thema.

»Äh, ja. Warte. Ich hol's dir. Und dann ist es an der Zeit, dass du mir erklärst, was du vorhast.«

»Klar. Wird gemacht.«

Hauke ging in sein Arbeitszimmer und holte den Brief. Während Ole diesen las, kochte Hauke einen Tee.

* * *

»Ich hab mal ein paar Leute aktiviert«, erklärte Ole, nachdem Hauke vom Briefkasten, dem er das Schreiben an Seltken anvertraut hatte, zurückgekehrt war. »Ein alter Spezi von mir befasst sich ab sofort mit dem Netzwerk bei deiner Ex-Zeitung.«

»Befasst sich damit?«

»Ja, klar. Rumschnüffeln, dokumentieren, Mails lesen. So was eben.«

»Ist das etwa ein Hacker?«

»Eher ein Spezialist für Informationssicherheit.«

»Aber legal ist das nicht, oder?«

»Nö. Aber egal«, kicherte Ole. »Als Nächstes müssen wir rauskriegen, was Hurrelmann eigentlich vorhat.«

»Ich dachte, das wüsstest du bereits.«

»Noch nicht genau. Aber ein anderer Spezi von mir ist da auf was gestoßen.«

»Du hast eine ganze Menge Spezis, oder?«
»Das bringt der Beruf so mit sich.«
»Will ich wissen, was das für Leute sind und woher genau du die kennst?«
»Nee, ich glaube nicht.«
»Gut. Und was hat dieser andere Spezi rausgefunden?«
»Vor fünf Jahren hat Hurrelmann mal die Idee geäußert, er würde auf dem Schlossplatz ein Technologiezentrum bauen wollen. So einen voll verglasten Klotz mit Durchsicht zum Schloss von allen Seiten.«
»Daraus ist ja wohl nichts geworden.«
»Das Teil hat er dann ja auf der grünen Wiese gebaut. Sieht auch anders aus und ist viel größer, du kennst es ja sicher, zumindest von außen. Aber der Typ scheint total fixiert aufs Schloss zu sein.«
»Woran machst du das fest?«
»Nachdem die Sache mit dem Technologiezentrum vom Tisch war, hat er versucht, das Schloss zu kaufen.«
»Das Schloss? Kaufen? Das ist doch absurd!«
»Es hat ja auch nicht geklappt.«
»Gott sei Dank. Nicht auszudenken, was er damit angestellt hätte.«
»Wir werden das sicher noch erleben.«
»Wieso? Meinst du, die Stadt will das verkaufen?«
»Die Stadt? Wer soll das denn sein? Da gibt es Leute mit Familien, Alter. Die wollen Kohle sehen. Woher diese Kohle kommt, mit der sie ihre Kinder satt kriegen, ist denen doch völlig egal.«
»Ja nun. Aber das Schloss verkaufen? Das glaube ich nicht.«
»Egal. Was jetzt passiert, ist eh was anderes. Hurrelmann lässt seit Wochen den Schlossplatz vermessen. Offiziell sagt er, dass er den neu pflastern soll.«

»Und?«
»Alter, bist du schwer von Kapee. Nimmst du im Ernst an, dass man das Ding wochenlang vermisst, nur weil man das neu pflastern will?«
»Was weiß denn ich? Ich hätte ja gedacht, dass der Platz ohnehin schon gründlich vermessen ist.«
»Bingo, mein Alter.«
»Und was bedeutet das nun alles?«, fragte Hauke, der mittlerweile nicht mehr recht wusste, wo ihm der Kopf stand.
»Ich glaube, der alte Hurrelmann baut da die Tiefgarage aus deinem Memo hin.«
»Bist du verrückt? Der kann da doch nicht einfach eine Tiefgarage bauen. Wie denn? Da gibt's keine Genehmigung für. Und auch keine Ausschreibung. Nichts davon. Wie soll das denn gehen?«
»Hast du das Memo denn noch?«
»Ja«, sagte Hauke. »Woher weißt du überhaupt davon?«
»Stand in der Zeitung.«
»Oh, ja. Stimmt«, erwiderte Hauke. Er fühlte sich unangenehm ertappt. Beschämt.
»Zeig mal.«
»Augenblick«, sagte Hauke und holte das Memo aus seinem Arbeitszimmer. Tief seufzte er auf. Natürlich war ihm immer klar gewesen, dass in städtischen Angelegenheiten nie alles mit rechten Dingen zuging, aber irgendwie hatte er dennoch an die Gerechtigkeit geglaubt. Hatte es glauben wollen.
Das Memo hatte er schnell gefunden, und Ole nahm es entgegen, nachdem Hauke sich ihm gegenüber an den Tisch gesetzt hatte. »PP für jeden Abgeordneten bei Genehm. SPTG OK. Eilverf. für Start 04. GA OK. H-AG wird bauen. OG Mall-PH fällt weg«, las er laut vor. »Da hast du's schwarz auf weiß: Parkplatz

für jeden Abgeordneten bei Genehmigung Schlossplatz-Tiefgarage okay. Eilverfahren für Start April. Gutachten okay. Hurrelmann-AG wird bauen. Obergeschoss Mall-Parkhaus fällt weg.« Hauke sah Ole skeptisch an. »Ich gebe ja zu, dass es das bedeuten könnte. Könnte! Es könnte aber auch irgendwas anderes heißen.«

»Ach, Hauke«, sagte Ole mitleidig. »Was wollen wir wetten, dass Hurrelmann noch heute Nacht einen Bauzaun um den Schlossplatz zieht? Was hinter diesem Zaun passiert, kriegen wir erst mit, wenn es zu spät ist.«

»Zu spät wofür?«

»Um es aufzuhalten. Was glaubst du denn, wie schnell der da eine Grube ausgehoben und die zubetoniert hat?«

»Ja, aber …«, begann Hauke zu widersprechen. »Wie du das Memo eben interpretiert hast, ist da auch die Rede von der Genehmigung einer Tiefgarage auf dem Schlossplatz. Wie können die das denn aber genehmigen, wenn es gar keine öffentliche Anhörung zu dem Vorhaben gibt?«

»Du bist schon ein bisschen naiv, Alter. Genehmigung heißt Daumen rauf oder runter, sonst gar nichts. Das bekakeln die intern. Wenn sie dann vor vollendeten Tatsachen stehen, sind alle ganz empört und fordern Strafen. Hurrelmann entlässt den Bauleiter, weil der natürlich auf eigene Faust was gemacht hat und gut ist. Das übliche Spiel. Die Abgeordneten kriegen ihre Parkplätze, der Bauleiter eine nette Prämie, und alle sind happy.«

»So einfach geht das bestimmt nicht. Außerdem sind da noch ein paar Ungereimtheiten.«

»Ach ja?«

»Wenn Hurrelmann die Tiefgarage auf eigene Faust baut – wer bezahlt ihn dafür? Wenn er auch noch einen Teil der Parkplätze verschenkt – was hat er dann davon? Und warum vermisst er vorher wochenlang den Platz? Da steckt doch mehr dahinter.«

»Hm.« Ole strich sich über sein markantes Kinn. »Ich sagte ja, so genau weiß ich es selbst noch nicht. Bezahlen tun doch deine Einzelhändler, oder? Die haben doch gesammelt.«

»Aber warum?« Hauke schüttelte den Kopf. »Warum sollen die Geschäftsleute einen Baulöwen unterstützen? Wie ich das verstanden habe, geht es ihnen ja um ein Mall-Vermeidungsprojekt. Sponsern die die Tiefgarage, um die Mall zu verhindern? Wer benutzt hier wen? Hurrelmann die Einzelhändler oder die Einzelhändler Hurrelmann?«

»Na endlich, da kommt der alte fragende Hauke wieder zum Vorschein.« Ole grinste. »Diesen kleinen Rest werden wir auch noch herausfinden.«

»Und wie?«

»Das sage ich dir zu gegebener Zeit.«

»Traust du mir etwa nicht?«

»Natürlich traue ich dir.«

»Dann sag mir, was du vorhast.«

»Noch nicht. Das ist besser so.«

»Wieso nicht?«

»Weil du zu vertrauensselig und zu mitteilungsbedürftig bist, Alter. Und hin und wieder ein wenig zu sorglos.«

»Ich glaub, ich spinne«, fasste Hauke seine Eindrücke zusammen.

»Kommt Wiebke morgen zu dir?« Ole lenkte das Gespräch abermals in andere Bahnen.

»Äh, ja.«

»Gut. Du musst da tüchtig auf die Tränendrüse drücken. Das ist dir hoffentlich klar. Am besten liest du vorher noch das Buch. Bestimmt ist da was drin, auf das sie so richtig abfährt.«

»Ich weiß nicht, Ole. Ich weiß nicht, ob ich das will.«
»Was? Dass sie auf dich abfährt?«
»Nein, Quatsch. Ich will sie nicht manipulieren.«
»Wer sagt denn so was?«
»Das klingt schon danach. Die Tipps, die du mir gibst ...«
»Freunde machen so was. Freunde geben sich nun mal Tipps«, unterbrach ihn Ole.
»Was Freunde so alles tun.«
»Klar doch. Aber mal im Ernst: Was willst du von der Braut?«
»Wie jetzt? Was ich von ihr will?«
»Du hast mir doch am Dienstag noch erzählt, dass du nicht kapierst, was da zwischen euch abgeht. Jetzt findest du einen zwei Jahre alten Brief und denkst, Wunder über Wunder, was geht in ihr bloß vor. Aber was willst du?«
»Das weiß ich doch auch nicht«, gestand Hauke. »Bis letzten Samstag habe ich ja nicht einmal damit gerechnet, sie jemals wiederzusehen.«
»Siehste!«
»Was, siehste?«
»Das Mädel interessiert dich zwei Jahre lang gar nicht. Dann schleppt sie dich ab und belagert dich pausenlos. Dann findest du einen Brief von ihr, und plötzlich denkst du über eure Hochzeit nach.«
»Ich denke ja gar nicht über unsere Hochzeit nach. So'n Quatsch.«
»Tust du wohl.«
Bilder von Kutschen, weißen Kleidern, weinenden Verwandten, rauschenden Festen, alten Kirchen und Ähnlichem rauschten Hauke durchs Gehirn.
»Und wenn schon. Wenn man mit jemandem zusammen ist, dann denkt man halt über die Zukunft nach. Ob das irgendwie klappen könnte.«

»Aber doch nicht so. Du musst doch selbst mal die Initiative übernehmen, Mann. Du kannst doch nicht dein Leben lang abhängen und warten, dass eine Frau was von dir will. Die nimmst du dann auch noch, weil dir nichts Besseres einfällt. Das ist doch Scheiße.«

»Nee, Ole. Scheiße ist, wenn du jemandem nachts im Park sagst, dass er dir einen runterholen soll. Das ist Scheiße.«

»Wieso?«

»So was macht man nicht.«

»Wenn ich's aber doch wissen will?«

»Das ist doch total egal, ob du das wissen willst. So etwas fragt man nicht.«

»Wieso denn nicht?«

»Das ist unanständig. So etwas muss aus dem Moment heraus geschehen. Da kann man nicht drüber sprechen.«

»Ach, so ist das. Ich hätte also deine Hand nehmen und in meine Hose stecken sollen. Das wäre dann okay?«

»Schon eher.«

»Aha! Du wolltest mir also gerne einen runterholen. Du warst nur zu schüchtern, um drüber zu sprechen.«

»So hab ich das gar nicht gemeint.«

»Wie denn dann?«

»Was hättest du gemacht, wenn ich ja gesagt hätte? Wenn ich gesagt hätte, klar, Ole, ich hol dir gerne einen runter?«

»Dann hätte ich mir von dir einen runterholen lassen. Was für eine bescheuerte Frage.«

»Igitt«, schrie Hauke auf.

»Was ist denn daran igitt? Ich bin ein reinlicher Mensch.«

»Wuäh. Ich fass es nicht.«

»Hauke, du hast ganz schwerwiegende Probleme mit deiner Sexualität. Das kann ich dir aber sagen.«

»Ich? Ich habe Probleme mit meiner …? Du spinnst ja total.«
»Du kannst es nicht mal aussprechen, Alter.«
»Ich habe keine Probleme mit meiner … Sexualität. Ich hab ’ne Freundin.«
»Die eine passionierte Axtmörderin sein könnte, bei allem, was du von ihr weißt.«
»Was soll das denn schon wieder bedeuten?«
»Alter, merkst du das denn nicht? Du gehst mit ihr ins Bett, weil sie das gerne will. Ob du da Bock drauf hast, darüber denkst du doch gar nicht nach.«
»Klar hab ich da Bock drauf.«
»Ach! Zum Glück hat sie nicht vorher mit dir drüber gesprochen.«
»Was?«
»Dann hätte das sicher nicht geklappt.«
»Wovon redest du?«
»Wenn sie gesagt hätte: ›Spatzi, ich möchte dir so gerne einen blasen‹, dann wärst du doch schreiend davongerannt.«
Hauke machte den Mund auf und zu, aber es kamen keine Worte über seine Lippen.
»Siehste, Alter. Du bist eben doch verklemmt.«
»Du hast doch nicht mal ’ne Freundin«, erwiderte Hauke, obwohl er nicht so genau wusste, ob das stimmte, weswegen er ein zaghaftes »Oder?« hinzufügte.
»Nö, hab ich grad nicht. Na und? Du hast auch keine Freundin. Du kennst eine Psychotante, die so tut, als wärt ihr seit eurer Geburt einander versprochen. Findest du das normal?«
»Ja«, antwortete Hauke laut und schlug mit der Faust auf den Tisch. Dann erst dachte er über Oles Frage nach, bevor er »Nein« sagte und etwas leiser ein zweites Mal mit der Faust auf den Tisch schlug.

»Ob eine Frau, die dich ab und zu ins Bett zerrt, wenn ihr danach ist, deine Freundin ist, das musst du wohl noch rausfinden, Alter. Wenn sie da nämlich keinen Bock mehr drauf hat, ist sie wieder weg. Und was machst du dann?«
»Dann findet sich schon was Neues.«
»Dann findet … sich … was Neues? Muss Liebe schön sein.«
»Ich … ich …«, war alles, was Hauke jetzt noch einfiel.
»Vielleicht solltest du da mal drüber nachdenken. Ich geh dann mal wieder.« Ole erhob sich vom Tisch.
»Wohin denn?«, fragte Hauke matt.
»Nach Hause.«
»Und was machst du da?«
»Wohnen«, sagte Ole. »Ich melde mich.«

3

FREITAG, 29.04.

Es war drei Uhr morgens, als Hauke seine Einschlafversuche entnervt einstellte. Zuerst hatte er überlegt, ob er Wiebkes Buch lesen sollte, sich aber dagegen entschieden. Er wusste nicht, ob er das Thema überhaupt berühren sollte, ob er ihr gestehen sollte, dass er ihren Abschiedsbrief erst nach ihrem Wiedersehen gelesen hatte. Wie würde sie darauf reagieren? Offenbar war Wiebke ziemlich sicher, dass das Schicksal sie wieder zusammengeführt hatte. Und ebenso sicher war sie sich, dass Hauke das genauso empfand. Letzteres gab ihm schwer zu denken, denn er konnte sich nicht daran erinnern, irgendetwas in der Art ihr gegenüber geäußert zu haben.

Wenn ich ehrlich bin, kann ich mich an gar nicht allzu viel erinnern, gestand er sich im Stillen ein. Worüber hatten sie eigentlich geredet früher?

Er dachte lange darüber nach, und je länger er darüber nachdachte, desto weniger fiel ihm ein. Sie waren viel im Bett gewesen, das wusste er noch. Und sie hatten oft irgendwo gesessen, meistens zu zweit, und Wiebke hatte erzählt, dass sie froh war, jemanden wie Hauke getroffen zu haben. Warum sie darüber froh war, hatte sie nicht gesagt.

Und er? Was hatte er so erzählt?

Eine Sache fiel ihm ein, die er bemerkenswert fand, nämlich, dass es immer vollkommen okay war, wenn sie beide schweigend irgendwo rumhingen und die Stille genossen. Er fand,

dass das ein kolossal wichtiger Indikator für Freundschaft war, gemeinsam Stille ertragen zu können.
Aber reichte das? Wenn man sich immer nur anschwieg? War das wirklich ein Zeichen von Freundschaft oder gar Liebe? Und woher hatte sie diesen Quatsch mit dem Schicksal?
Er wälzte sich noch ein wenig hin und her, bevor er aufstand, um das Telefon zu holen. Wieder im Bett, wählte er Oles Nummer. Es klingelte höchstens einmal, bevor jemand dranging, aber es war nicht Ole.
»Hallo?«, sagte eine Frauenstimme. »Sind Sie das, Herr Sittner?«
Hauke legte sofort auf.
Wer war denn das?
Verwählt hatte er sich nicht, so viel war sicher. Die Frau am Apparat hatte geglaubt, dass er Jan-Ole wäre. Also war der nicht zu Hause. Aber wo war er dann? Und wieso hatte er nachts eine Frau bei sich zu Hause, die ans Telefon ging?
Ole hatte gesagt, dass Wiebke eine Axtmörderin sein könnte, so viel, wie er von ihr wisse. Nun fragte Hauke sich zweierlei: Stimmte das? Und was wusste er eigentlich über Ole?
Wenn ich eh nicht schlafen kann, kann ich auch spazieren gehen, dachte Hauke und stand abermals auf.
Er war gerade bereit, die Wohnung zu verlassen, als sein Telefon läutete.
»Hallo?«, sagte er entgegen seiner Angewohnheit, seinen Nachnamen ins Ungewisse zu schleudern.
»Was ist passiert, Alter?«, fragte Ole, der einigermaßen besorgt klang.
»Ach so, du bist's. Nichts ist passiert. Was soll denn passiert sein?«
»Du bist lustig. Du hast vorhin bei mir angerufen. Um drei Uhr morgens. Da mache ich mir natürlich so meine Gedanken.«

»Ach so, ja. Ich war total verwirrt, weil da war plötzlich so ’ne Frau dran, und ich wusste nicht, was ich ihr sagen sollte.«
»Und warum hast du angerufen?«
»Das weiß ich jetzt auch nicht mehr so genau.«
»Woran hast du denn gerade gedacht?«
»Wiebke. Ah! Jetzt kommt’s wieder. Ich habe überlegt, warum ich mich eigentlich mit ihr getroffen habe früher.«
»Und? Weißt du’s?«
»Nee, nicht wirklich. Aber ich glaube, ich mag mich gar nicht mehr mit ihr treffen.«
»Das musst du aber, Hauke. Im Moment ist das lebenswichtig für dich.«
»Wieso denn überhaupt?«
»Wiebke kann dich vor Hurrelmann beschützen. Sie hat bestimmt über ihren Vater einen direkten Draht zu dem. Wenn du sie jetzt verlässt, wird ihr Alter ziemlich stinkig auf dich. Und dann bist du am Arsch.«
Hauke seufzte mal wieder wie schon öfter in den letzten Tagen. »Dieses Schicksalsgetue. Ich weiß gar nicht, woher sie das hat. Irgendetwas stimmt da nicht. Ich hab da so ein merkwürdiges Gefühl.«
»Habt ihr da nie darüber gesprochen?«
»Nee. Sie hat bloß immer erzählt, dass das Schicksal uns zusammengeführt hat. Ich weiß aber partout nicht, warum sie so was denkt. Das macht mich misstrauisch. Ich mag ja naiv sein, aber wie kommt die auf Schicksal?«
»Frag sie doch mal.«
»Ich kann sie das doch jetzt nicht mehr fragen. Ich meine, sie geht davon aus, dass ich ihren Brief gelesen und akzeptiert habe. Damit habe ich gezeigt, dass ich das genauso sehe, und wenn ich sie nun darauf anspreche, stelle ich ja unsere Beziehung in Frage.«

»Aber das tust du doch die ganze Zeit.«
»Aber ich dachte, ich soll das nicht.«
»Mensch, Hauke. Im Moment nicht. Heb dir die Frage für später auf. Aber schreib sie nicht auf, man kann nie wissen.«
»Witzbold.«
Plötzlich drang ein markerschütternder Schrei wie aus einer anderen Welt an Haukes Ohr. Wie aus einer fremden, bedrohlichen Welt. Dieser Schrei konnte nur aus einer Gruft stammen, fand Hauke.
»Was war denn das?«, fragte er.
»Ich muss Schluss machen. Gute Nacht.«
»Ole, was war das?«
Keine Antwort. Ole hatte aufgelegt. Hauke blickte irritiert auf den Hörer in seiner Hand. Ich muss dringend spazieren gehen, dachte er. Hier stimmt etwas ganz und gar nicht.
Zehn Minuten später lief er ohne Plan durch die Straßen.

Die Nacht empfand er als ungewöhnlich bedrohlich. Hinter jeder Hausecke vermutete er Schläger, jeder Schatten schien ihn packen zu wollen. Überall nahm er seltsame Bewegungen wahr. Was war nur mit ihm los? Er war doch sonst unerschrocken. Nie hatte er sich ins Bockshorn jagen lassen. Hauke verstand sich selbst nicht mehr, fragte sich, was ihn so verunsichert hatte. Er war ja letztlich gar kein investigativer Journalist. Aber er hatte sich der Wahrheit verpflichtet. Und gerecht sollte es in seiner Stadt zugehen. Hatte das alles jetzt keine Gültigkeit mehr?
Ohne genau sagen zu können, warum, schlug er den Weg in Richtung Innenstadt ein. Als er über eine der Kanalbrücken ging, waberte flackernder Dunst über dem Wasser und bildete schemenhafte Gestalten, was Haukes Laune nicht gerade ver-

besserte. Er ließ die Brücke so schnell wie möglich hinter sich und ging eiligen Schritts in Richtung Schlossplatz.
Außer ihm waren nicht viele Menschen auf der Straße. Vereinzelte verlorene Seelen, die nach einem ausgiebigen Trinkgelage die volle Breite der Gehwege ausnutzten, und hier und da mal ein Auto. Ansonsten war es ziemlich still.
Als Hauke am Prinzenpalais vorbeiging, bemerkte er erstmals die grellen Lichter, die von jenseits des Schlosses zu kommen schienen. Hauke huschte über die Kreuzung und schlich sich näher heran.
Als er an der Schlossmauer vorbei war, konnte er einen Blick auf den Platz erheischen. Jan-Ole hatte recht gehabt. Im gleißenden Licht unzähliger Bauscheinwerfer war ein Trupp Arbeiter damit beschäftigt, einen gewaltigen Bauzaun zu errichten.

* * *

Hauke stand vor Jan-Oles Haus. Wirr flackerndes Licht drang durch die Fenster nach draußen. Irgendwo schrie ein Käuzchen, Fledermäuse flatterten wie wild umher. Der Kies knirschte unter seinen Füßen, als er die überraschend lange Auffahrt entlangging, an die er sich überhaupt nicht erinnern konnte. Auch die Haustür sah anders aus. Er hatte sie als schlichte Glastür im Gedächtnis, doch jetzt stand er vor einem schweren, eisenbeschlagenen Portal. Eine Klingel suchte er vergeblich, da war nur ein beängstigend aussehender Türklopfer. Doch bevor Hauke diesen betätigen konnte, drehte sich die schwere Tür. Es quietschte und knarrte gewaltig, und die Öffnung gab einen Blick in einen aus Bruchsteinen gemauerten Gang frei, an dessen Wänden Fackeln brannten.

Jetzt wäre ein guter Zeitpunkt, um abzuhauen, dachte Hauke, während er aber schon den Korridor entlangging. Dann fand er sich auf einer feucht-rutschigen Treppe wieder, die in die Tiefe führte und abrupt vor einer weiteren eisenbeschlagenen Tür endete.

Jenseits der Tür hörte Hauke Laute, wie sie ein gütiger Gott nicht hätte erschaffen können, allmächtig hin oder her. Auch diese Tür öffnete sich geräuschvoll, und Hauke blickte in ein verliesartiges Laboratorium. Die riesigen Glaskolben, in denen farbige Flüssigkeiten schäumten, sowie die riesigen Glastanks, in denen konservierte Gliedmaßen schwammen, nahm Hauke nur beiläufig wahr. Denn mitten im Raum stand, gebeugt über ein scheinbar frisch zusammengenähtes Etwas, Jan-Ole. Er trug einen Kittel, einen weißen Laborkittel, den er, als er Hauke freudestrahlend erblickte, öffnete. Darunter war er nackt.

Als Ole mit ausgebreiteten Armen auf ihn zukam, wachte Hauke schweißgebadet auf.

»Oh, mein Gott«, entfuhr es ihm, und der Schreck war umso größer, als er sah, dass er die rechte Hand um eine prächtige Erektion geklammert hatte. Sofort ließ er los.

Ein ums andere Mal atmete er tief durch.

Es war nur ein Traum, sagte er sich. Alles nur ein Traum. Denk am besten gar nicht drüber nach, warum du so einen Mist träumst. Du stehst unter Stress, unter großem emotionalem Stress. Da träumt man merkwürdige Dinge.

Er lag noch eine Weile auf dem Bett, bis es an seiner Tür klingelte. Hauke überlegte, ob er öffnen oder besser ignorieren sollte, dass da jemand Einlass forderte. Als er sah, wie weit fortgeschritten der Morgen schon war, schwang er sich aus dem Bett und zog sich schnell eine Hose über.

»Wie siehst du denn aus?«, begrüßte ihn Wiebke.
»Ich hatte noch keine Zeit, mich im Spiegel zu betrachten«, sagte Hauke wahrheitsgemäß. »Wie sehe ich denn aus?«
»Ist dir was passiert?« Wiebke ignorierte seine Rückfrage. »Kann ich etwas für dich tun?«
»Alles halb so wild.«
Wiebke ging an ihm vorbei Richtung Küche, wo sie ohne Umschweife anfing, den Küchentisch für ein Frühstück zu decken.
»Du hast aber auch ein Pech im Moment.«
»Na ja.«
»Aber ja nicht nur.« Wiebke blickte ihn mit einem verliebten Lächeln an.
»Stimmt, nicht nur«, sagte Hauke. Für einen kurzen Moment überlegte er, ihr das leicht verspätete Auffinden des Briefes doch zu beichten, entschied sich dann aber dagegen. »Ist dein Vater sehr sauer?«
»Der alte Stinkstiefel. Mach dir um den keine Sorgen.«
»Wenn du meinst.«
»Das renkt sich schon wieder ein.« Wiebke hielt im Verteilen des Geschirrs inne. »Ich habe aber immer noch nicht verstanden, warum du den Artikel geschrieben hast.«
»Nun, das ist gar kein Artikel. Eher eine Sammlung von Fragen, auf die ich bislang keine Antworten gefunden hatte. Mehr nicht.«
»Und warum hast du das veröffentlicht?«
»Das wollte ich ja gar nicht. Da gab's eine Verwechslung.«
»Eine Verwechslung?«
Los komm, Hauke, ermahnte er sich selbst, hattest du nicht Ole versprochen, die Mitleidsschiene zu fahren? »Ja, eine Verwechslung. Wirklich. Erst wurden bei uns die Netzlaufwerke umgestellt, was ich aber nicht mitbekommen habe. Dann war

die Datei mit meinem eigentlichen Artikel, also jenem Bericht, der in die Zeitung sollte, irgendwie kaputt. Ich war jedoch nicht mehr im Büro, um unserem Layouter eine neue Datei zu schicken. Und da habe ich ihm gesagt, wie die Datei heißt, und er hat sich die falsche kopiert. So war das. Meine Fragen sollten nie und nimmer veröffentlicht werden.«

»Das ist ja alles blöd.«

Blöd? Ich musste mich bei dem Arsch Seltken förmlich entschuldigen, rekapitulierte Hauke, damit Hurrelmann mir nicht seine Schläger auf den Hals hetzt, und Wiebke findet das … blöd? Ich habe keinen Job mehr, muss zum Arbeitsamt, und sie findet das … blöd?

»Ja«, sagte er nach einer Weile, »das ist ganz schön blöd.« Das Versprechen, das er Ole gegeben hatte, fiel ihm noch im letzten Augenblick ein.

»Ich glaube, Stefan ist auch ganz schön sauer«, fuhr Wiebke fort.

»Stefan Ahlrich – ja, das kann ich mir vorstellen, dass der sauer ist.«

»Willst du dich nicht bei ihm und Papa entschuldigen?«

Auch das noch, dachte Hauke.

»Natürlich.«

»Du kannst ja was schreiben«, schlug Wiebke vor.

»Was soll ich denn schreiben? Tut mir echt leid, ihr Lieben? Ich wollte meinen Verdacht euch gegenüber nicht in der Zeitung sehen, bevor ich nicht genügend Beweise gegen euch in der Hand habe? So in der Art?« Sein Widerstandsgeist war wieder erwacht.

»Du musst jetzt nicht so sarkastisch werden«, sagte Wiebke. Hauke bemerkte, dass sie feuchte Augen hatte. »Das ist für mich auch nicht so leicht, weißt du?«

»Frag mich mal«, entgegnete Hauke trocken.

»Wie soll ich denen denn erklären, dass mein Verlobter sie so sorglos in aller Öffentlichkeit denunziert?«

»Dein was?«, fragte Hauke ungläubig.

»Mein Verlobter«, schluchzte Wiebke. »Du.«

»Wir sind verlobt? Seit wann?«

»Was soll das denn jetzt heißen? Das hatten wir doch besprochen, bevor ich in die USA gegangen bin. Das war doch alles klar.«

»Ich fürchte, ich habe da was nicht mitbekommen. Was genau hatten wir besprochen, bevor du in die USA gegangen bist?«

Wiebke schlug die Hände vors Gesicht, Tränen liefen ihr die Wangen hinunter.

»Du hast doch selbst gesagt, dass du mit mir zusammen sein willst«, schluchzte sie.

»Wiebke, Schätzchen«, begann Hauke, wobei ihm auffiel, dass ihm diese Ansprache eine Spur zu cool erschien. »Das ist zwei Jahre her. Ich habe zwei Jahre lang nichts von dir gehört. Zwei Jahre!«

»Das hatten wir doch so ausgemacht. Damit uns die Trennung nicht so schwerfällt.«

»Du hast mir einen Brief geschrieben, Wiebke. Einen Brief! Da kann von *wir haben ausgemacht* keine Rede sein.«

»Aber du hast dich doch auch daran gehalten.«

Ja, dachte Hauke. Das habe ich wohl. Aber woher sollte ich denn auch wissen … Moment! Vielleicht ist das meine Chance, aus der ganzen Sache rauszukommen.

»Weißt du, dass ich deinen Brief erst sehr viel später gefunden habe, Wiebke?«

»Wieso? Wie viel später?«

»Na ja, es hat schon eine Weile gedauert. Die ganze Zeit habe

ich mich gefragt, warum du dich nicht meldest. Ob du mich überhaupt noch liebst.«
»Oje«, sagte Wiebke erschrocken. »Das tut mir leid.«
Es klappt. Ich krieg das hin, dachte Hauke.
»Als ich deinen Brief dann fand, wurde mir das natürlich alles klar, aber da war schon viel in mir kaputtgegangen«, log er munter weiter.
Wiebke sagte nichts. Sie sah ihn nur mit feuchten Augen an.
»Vielleicht habe ich deswegen auch unsere Abmachung … wie soll ich es sagen … weit von mir geschoben … bis Samstag … bis du plötzlich wieder da warst … und alles wie früher war. Und irgendwie ist das jetzt für mich so ein Neustart. Deswegen kommt das jetzt auch so überraschend.«
»Oh, Hauke, Liebster, das tut mir so unendlich leid«, heulte Wiebke los.
»Das muss es nicht. Du weißt doch: Jedem Anfang wohnt ein Zauber inne. Es ist schön, wenn man etwas Tolles nochmals erleben kann. Ich sage ja gar nicht, dass ich dich nicht heiraten will … Ich hatte nur … also … ich muss das jetzt irgendwie neu für mich finden.«
Hurra, dachte Hauke. Die Kuh ist vom Eis.
Dann allerdings sprang Wiebke auf und rannte zur Haustür, die Augenblicke später ins Schloss fiel.

* * *

Hauke ließ sich in seinen Sessel fallen. Die Ereignisse der letzten Tage wurden ihm allmählich zu viel. Ole hatte ihm eingebläut, dass er auf jeden Fall Wiebke auf seine Seite ziehen sollte. Das hatte er nun gründlich vermasselt. Erst hatte sie geheult, weil ihr alles leidtat, dann hatte sie wohl geheult, weil er sie verletzt hatte. Wie sollte man sich da noch auskennen? Aber irgendwie hatte er dennoch das Gefühl, dass er es gründlich vergeigt hatte. Was würde Wiebke jetzt tun? Würde er nun mit Hurrelmanns Schlägertruppen Kontakt bekommen? Möglich war das. Am besten, er trank erst mal einen Schnaps.

Auf den ersten Schnaps folgte bald noch ein weiterer. Und ein dritter. Schnaps für Schnaps für Schnaps saß Hauke in seinem Sessel und wartete. Eine ganze Weile. Worauf er wartete und was er eigentlich hatte tun wollen, das entfiel Hauke leider im Zuge seines privaten Besäufnisses vollkommen. Aber immerhin hatte er das Telefon bei sich, falls er telefonieren wollte, mit wem auch immer. Dennoch erschrak er, als es klingelte.
»Hauke?« Eine zittrige Frauenstimme. »Hauke? Bist du da?«
Hauke nickte. Dann holte er tief Luft und sagte: »Ja.«
»Oh, Hauke. Ich wünschte, ich könnte das alles ungeschehen machen, aber ich dachte … ich bin so dumm gewesen.«
Das ist doch Wiebke, dachte Hauke. So was aber auch.
»Ach was«, beruhigte sie Hauke, aber er wusste nicht, warum er das sagte. Eigentlich wäre es mal an der Zeit gewesen, sich bei ihr zu entschuldigen. Was war er doch für ein Feigling.
»Du verstehst nicht«, setzte Wiebke erneut an. »Ich dachte, alles wäre so wie früher und wir wären endlich vereint, wie wir es immer sein sollten.«
»Jahaa«, antwortete Hauke.
»Aber ich kann es nicht mehr rückgängig machen. Das würde ich gar nicht übers Herz bringen.«
»Nee, klar.« Hauke hatten keinen blassen Schimmer, wovon Wiebke sprach, aber vielleicht würde sich das ja noch klären. Er hätte natürlich auch mal nachfragen können …
»Ich hätte es dir ja wenigstens sagen müssen, damit du … Aber

ich dachte doch, du würdest genauso fühlen. Aber jetzt ist es passiert.«

»Jawoll«, sagte Hauke. »Passiertispass… iert.«

»Was machen wir denn nun? Meinst du wirklich, wir können noch mal von vorne beginnen?«

»Logo«, sagte Hauke, der sich wieder auf kurze, zweisilbige Antworten besann, weil der Schnaps ihm doch ordentlich zugesetzt hatte.

»Aber wie kann es denn ein Neuanfang sein, wenn wir zu dritt … Ich meine, wie geht denn das?«

»Na jaaa …«, sagte Hauke.

»Meinst du denn, es wäre gut für das Kind, wenn wir uns zusammenraufen?«

Einen Moment lang überlegte Hauke, ob es tatsächlich Wiebke war, die da zu ihm sprach. Oder war es die andere – wie hieß die noch gleich? Conny! Genau! Aber jetzt nachzufragen, konnte zu Verwicklungen der heiklen Art führen.

»Das Kind?«, fragte er dennoch.

»Ich wollte alles richtig machen. Ich bin extra noch zwei Tage länger in den USA geblieben, damit … damit es gleich klappt … damit … wir gleich eine Familie sind. Ich hätt's dir sagen müssen.«

»Mmh«, sagte Hauke, der immer noch nicht durchschaute, was Wiebke – so viel schien nach der USA-Referenz sicher – ihm sagen wollte. Von welchem Kind sprach sie da?

»Wir wollten doch immer ein Mädchen, und da sind die Chancen am besten, wenn man kurz vor dem Eisprung …«

»Eisprung?«

»Ich bin wahrscheinlich schwanger«, sagte Wiebke hastig. »Also, ganz sicher weiß ich's nicht, weil mein Zyklus noch gar nicht rum ist, aber die Bedingungen waren perfekt.«

Hauke hörte sie schwer atmen, während die Bedeutung dieser Sätze allmählich durch sein alkoholisiertes Synapsennetzwerk transportiert wurde. In einem Bereich seines Sprachzentrums manifestierte sich noch der Begriff »Déjà-vu«, bevor er den Hörer fallen ließ und dieser aufgrund eines äußerst ungünstigen Aufprallwinkels auf den schönen Holzdielen in tausend Stücke zersprang.

»Scheiße«, sagte Hauke. Dann überlegte er scharf, was er jetzt tun sollte. Das Telefon zu reparieren würde Tage dauern. Außerdem konnte er so was überhaupt nicht. Dann fiel ihm sein Handy ein.

Er rappelte sich aus seinem Sessel auf und stolperte mit Unterstützung aller Wände auf dem Weg in sein Arbeitszimmer. Dort fand er seine Fototasche, doch bei dem Versuch, sich herunterzubeugen, wurde ihm kurz schwarz vor Augen. Er setzte sich hin, bevor er weiter nach dem Mobiltelefon suchte. Als er es fand, musste er feststellen, dass der vermaledeite Akku leer war, also begann die nächste Suchaktion nach dem Ladegerät. Auch dieses entdeckte er in den Tiefen seiner Tasche. Er gratulierte sich zu seinem Ordnungssinn.

Nachdem er Handy und Ladegerät an eine Steckdose angeschlossen hatte, schaltete er das Gerät an und tippte seine PIN ein. Im Inneren des in die Jahre gekommenen Telefons arbeitete es, was schließlich zu einer kryptischen Fehlermeldung führte, bevor es sich wieder abschaltete. Hauke wiederholte dieses Prozedere einige Male, ebenso unermüdlich wiederholte das Handy seine Reaktion.

»Scheiße! Und jetzt?«, hörte er sich sagen.

Da niemand zugegen war, um für ihn zu antworten, musste er sich notgedrungen selbst mit diesem Problem auseinandersetzen. Eine Weile dachte er nach, doch er kam zu keinerlei Ergebnis.

Mühsam erhob er sich und stolperte in die Küche. Dort kramte er einen Eiswürfelbeutel aus dem Eisfach und drückte die Würfel ins Spülbecken. Dann verschloss er den Abfluss mit dem Stöpsel und stellte das kalte Wasser an. Entrückt sah er zu, wie sich das Becken füllte. Nachdem er die Wassermenge für ausreichend hielt, drehte er den Hahn zu, zählte leise bis drei und tauchte seinen Kopf in die eisigen Fluten.

Blitze zuckten vor seinen geschlossenen Augen, seine Schläfen pochten, und die Eiseskälte stach ihm wie tausend Stecknadeln in die Haut. Dennoch war die Aktion erfolgreich, denn ein Teil der Alkoholteufel erschrak sich zu Tode und gab ihm die Kontrolle über weite Bereiche seines Verstands zurück.

Okay, sagte er sich schließlich, okay. Ganz ruhig. Wiebke ist wahrscheinlich schwanger. Extra. Das kann ich nicht ändern. Anrufen kann ich sie auch nicht. Außer ich gehe dafür außer Haus. Soll ich das tun?

Er hielt es für eine Besserung seines Bewusstseinszustands, dass er sich diese Frage stellen konnte, aber für eine Antwort bedurfte es mehr als nur Eiswasser. Trotzdem fiel ihm endlich eine mögliche Lösung für sein Problem ein: Ole.

4

FREITAG, 29.04.

Argwöhnische Blicke vorbeieilender Passanten streiften ihn, was möglicherweise mit dem Schnaps-Dunst, den er absonderte, zu tun haben konnte. Er hatte das Gefühl, er wäre schon seit Stunden in den Straßen von Oldenburg unterwegs, aber er konnte das überhaupt nicht verifizieren, weil er keinen Schimmer hatte, wie spät es war. Schließlich erklomm er die drei Stufen vor Oles Haustür und klingelte.

Der gellende Schrei, den er letzte Nacht gegen Ende ihres Telefonats vernommen hatte, war wieder zu hören, und Haukes Nackenhaare stellten sich auf.

Kurz darauf öffnete sich die Tür. Als Ole Hauke erblickte, trat er vor die Tür und schloss sie hinter sich.

»Alter, was ist mit dir schon wieder los? Du siehst aus wie 'ne lebende Leiche.«

Ob es der Stress oder der Schnaps oder beides war, wusste Hauke nicht, aber er brach in jedem Fall in Tränen aus.

»Alter, Scheiße. Was ist los?«

»Ich … Wiebke … ich kann nicht mehr«, stammelte Hauke und fiel Ole um den Hals. »Ich weiß nicht mehr weiter. Ich bin am Ende. Bitte, schick mich nicht weg.«

»Na, dann komm mal rein«, sagte Ole und schloss die Tür wieder auf. Dann schob er Hauke hinein.

Im Haus sah es gar nicht so aus wie in Haukes Traum, aber wahrscheinlich war das auch besser so. Ole lenkte ihn in die Küche rechts von der Diele und setzte ihn dort auf einen Stuhl.

Er selbst nahm neben ihm Platz und hielt seine Hand, was Hauke guttat, wie er bemerkte.

»Dann erzähl mal. Von Anfang an«, sagte Ole.

Hauke spürte, wie sein Herz alles ausschütten wollte. Ihm fehlte die Kraft, sich dagegen zu sträuben.

»Ich hab geträumt ... ich hab geträumt, ich wäre hier ... im Keller ... da war so ein Labor ... du warst da und hast irgendwas aus Leichenteilen zusammengenäht ... Dann hast du mich gesehen und dich umgedreht und gelächelt ... du hattest so einen Kittel an ... einen weißen Kittel ... den hast du aufgeknöpft und warst nackt drunter ... ganz nackt ...«

Ole sagte gar nichts, und Hauke fuhr schluchzend fort.

»Dann bin ich aufgewacht, und ... ich hatte einen Ständer ... ich versteh das gar nicht ... ich bin doch gar nicht so ... Egal. Dann ist Wiebke gekommen ... wir haben geredet ... irgendwie war das ganz okay, dachte ich, bis sie aufgesprungen ist ... Sie hat geheult ... dann war sie weg ... Sie hat gesagt, dass es ihr leidtut, dass sie mich hätte fragen sollen ... Nee, das war später ... sie hat angerufen ... sie ist schwanger ...«

»Autsch«, sagte Ole.

Hauke wurde in diesem Moment von einer gnädigen Finsternis umhüllt. Geist und Körper hatten sich ausgeklinkt.

Als Hauke die Augen öffnete, war es immer noch finster um ihn herum – jetzt aber nicht mehr innerlich, sondern weil er offenbar in einem völlig abgedunkelten Zimmer lag. Langsam tastete er seine Umgebung ab, um ganz im Hier und Jetzt anzukommen. Wie er feststellte, lag er unter einer Wolldecke auf einem Sofa. Weil ihm die Kraft zum Aufstehen fehlte, blieb er einfach, wo er war.

Während er so dalag und ins Schwarze stierte, wurde ihm

wieder das ganze Elend seiner Lage bewusst. Ein unguter Gedanke nach dem anderen manifestierte sich in seinem Kopf: kein Job, Verlust seines Ansehens in der Öffentlichkeit, abhandengekommene finanzielle Unabhängigkeit, Hurrelmanns Schlägertrupps, Wiebkes Schwangerschaft. Die einzelnen Sorgen zogen sich zu einer mächtigen dunklen Wolke zusammen und legten sich wie ein Tiefdruckgebiet auf sein Gemüt. Kalter Schweiß trat ihm auf die Stirn, und er spürte, dass er nicht mehr gut Luft bekam. Er wollte nach Ole rufen, aber etwas schnürte ihm die Kehle zu. Dann bemerkte er, wie seine Unterlippe vollkommen unkontrolliert zu zittern begann.

Stopp, sagte er sich, so geht das nicht weiter. Du musst dich jetzt mal zusammenreißen. Du manövrierst dich selbst in eine Opferrolle, damit muss Schluss sein. Ein klarer Kopf ist jetzt gefragt.

Hauke richtete sich auf, auch ein Ausdruck für ihn, Rückgrat zu zeigen. Geht ja, man musste nur wollen.

Da öffnete sich die Zimmertür, und Ole steckte den Kopf hinein.

»Na, ist es jetzt besser?«, fragte er und setzte sich zu Hauke aufs Sofa. »Alles klar?«

Hauke nickte. »Es wird Zeit, dass ich mich am Riemen reiße.«

»Gute Entscheidung. Und echt überfällig. Du hast dich wie ein Zimperlieschen aufgeführt.«

»Zimperlieschen?«

»Ja, Zimperlieschen. Ziemlich wehleidig.«

»Jetzt hör mal zu: In meinem Leben ist im Moment total die Kacke am Dampfen. Da darf man ja mal kurz einen Aussetzer haben. Wie sich das anfühlt, echte Probleme zu haben, weiß jemand wie du doch gar nicht.«

»Ach, glaubst du wirklich?«

»Was?«
»Du glaubst, dass ich nicht weiß, wie es sich anfühlt, wenn man Probleme hat?«
»So ist es.«
»Echte Probleme?«
»Ganz genau.«
»Wow«, war Oles einziger Kommentar.
»Tja«, sagte Hauke und zuckte mit den Schultern.
In diesem Moment hörte er wieder diesen Schrei, der so klang, als käme er von einer Frau, der seit vielen hundert Jahren das faule Fleisch vom Gesicht fällt und in deren Augenhöhlen Würmer wohnen und die sich bevorzugt auf Friedhöfen herumtreibt, um andere Zombies zu Tode zu erschrecken. Wenn er es sich so recht überlegte, konnte die Stimme aber auch zu einem Mann gehören, das war nicht mehr zu unterscheiden.
»Was war das?«
Ole stand auf. »Komm mit.«
»Wieso?«
»Frag nicht, komm einfach mit.«
Ole ging den recht langen Flur hinunter, Hauke folgte ihm, anfangs noch ein wenig unsicher, dann immer aufrechter. Leise öffnete Ole die letzte Tür auf dem Gang und schob Hauke hinein. Das Erste, was Hauke verwunderte, war, dass Licht durch die schweren, nur einen Spalt geöffneten Vorhänge ins Zimmer fiel. Es war also noch Tag – oder schon wieder. Die Fenster hinter den Vorhängen waren geöffnet, und die hereinfliegenden Pollen tanzten Ballett in den Strahlen der Sonne. Vor den Fenstern stand ein Bett, und auf diesem lag ein klapperdürrer, grauhäutiger Mann mit grauweißen Haaren und einem Vollbart. Unter der Pergamenthaut konnte Hauke die Adern sehen. Wie eine Karte des Wasserverkehrsamts sah das aus.

»Ole«, keuchte eine schrille, zittrige Stimme. »Bist du das?«
Hauke trat zur Seite, um Ole vorbeizulassen, aber der war gar nicht im Zimmer.
»Ole?«, fragte die Stimme abermals, nur dass sie ein wenig lauter war.
»Äh, nein«, sagte Hauke. »Ich bin's, der Hauke.«
»Ich will Kartoffeln«, presste der Bettlägerige in bemerkenswert bedrohlichem Tonfall hervor.
»Wie bitte?«
»Warst du wieder an meinem Bier?«
»Ob ich ... was?«
»Du unverschämter Lümmel«, zischte das Männlein und drehte langsam seinen Kopf in Haukes Richtung.
Schlierige, gelbliche Augen musterten ihn, und Hauke musste alle Kraft zusammennehmen, um nicht auf schnellstem Wege das Zimmer zu verlassen.
»Heidi? Bist du das?«, fragte der graue Mann weiter.
»Nein.«
»Du ungezogener kleiner Fratz. Komm her, damit ich dich übers Knie legen kann. Warst du wieder im Pflaumenbaum? Ich kann das sehen. Dein Kleidchen ist zerrissen.« Der Tonfall wurde immer schärfer.
»Ich fürchte ...«
»Glaubst wohl, ich bin blind, wie?«
»Nun ja ...«, entfuhr es Hauke.
»Bring mir meine Suppe.«
»Suppe?«
Das Männlein öffnete und schloss die Lippen – dreimal hintereinander. Hauke sah, wie sich der Brustkorb hob. Dann kam der nächste Schrei.
Hauke standen noch die Nackenhaare zu Berge, als er sich

schwer atmend gegen die andere Seite der Tür lehnte. Ole stand mit ausdruckslosem Gesicht an der gegenüberliegenden Wand.
»Wer … was ist das?«, fragte Hauke keuchend.
»Das ist mein Vater.«
»Dein Vater?«
»Mein Vater.«
»Aber … ich meine … was macht der hier?«
»Der lebt hier.«
»Ja, aber ich meine … meinst du nicht, er sollte vielleicht … ich mein ja nur …«
Ole sagte nichts. Er sah Hauke nur an.
»Ich … ich hatte ja keine Ahnung …«, setzte Hauke an.
Ein weiterer Schrei erschrak ihn halb zu Tode.
»Hat er gesagt, was er will?«, unterbrach Ole ihn.
»Ich weiß nicht so recht. Kartoffeln. Heidi übers Knie legen. Suppe.«
»Und?«
»Was, und?«
»Soll er sich seine Suppe selbst kochen?«
»Ich bezweifle, dass er das kann.«
»Also? Wirst du ihm seine Suppe bringen, oder wirst du ihn verhungern lassen?«
»Ich jetzt?«
»Ja, du jetzt. Schließlich hat er's dir gesagt.«
»Da bin ich mir gar nicht so sicher, wenn ich ehrlich sein soll.«
»Der Topf steht auf dem Herd. Mach's warm, nicht heiß, und bring ihm einen Teller«, befahl Jan-Ole.
»Kannst du das nicht vielleicht …?«, begann Hauke, aber Jan-Ole war bereits unterwegs ins Wohnzimmer. »Tja, offenbar nicht«, beendete Hauke diesen Gedankengang für sich selbst und machte sich auf den Weg in die Küche.

»So, Papa Sittner. Noch ein Löffelchen für die Heidi, und dann haben wir's.« Hauke führte den Löffel vorsichtig zum Mund von Oles Vater.

»Pusten, du Troll.«

»Die ist nicht heiß«, widersprach Hauke zum wiederholten Male.

»Pusten!«

Hauke pustete, bevor er den Löffel mit lauwarmer Kartoffelsuppe in Papa Sittners Mund verschwinden ließ.

»So, das war's«, sagte er und stand auf, um den Teller wieder in die Küche zu bringen.

»Will Kartoffeln«, flüsterte das Männlein und schlief ein.

Als Hauke die Küche betrat, saß Ole auf der Arbeitsplatte.

»So, mein Alter. Jetzt will ich das noch mal aus deinem Mund hören: Ich weiß nicht, was echte Probleme sind? Habe ich das richtig verstanden?«

Hauke lächelte gequält. »Ich hatte ja keine Ahnung.«

»Das kann man wohl sagen.«

»Tut mir leid.«

Jan-Ole kniff die Augen zusammen und betrachtete Hauke argwöhnisch. Dann nickte er. »Also schön.« Er hielt Hauke einen Zettel vor die Nase. »Wir haben was.«

Hauke sah ihn irritiert an. »Was meinst du damit? Wir haben was? Was haben wir? Und wer sind wir?« Er glaubte, erstmals einen Anflug von akuter Genervtheit in Oles Gesicht zu erkennen. »Ich meine ja nur, das klingt so wie im Kino. Als wären wir beim Geheimdienst oder so«, bemühte er sich deshalb um eine Rechtfertigung.

»Was wir hier tun, lieber Hauke, hat in der Tat etwas von Geheimdienstarbeit, nur dass wir kein Geheimdienst sind. Wir sammeln Informationen über Hurrelmann und seine Pläne, und da er sie uns kaum freiwillig zukommen lassen wird, müssen wir das auf dem Wege der Spionage tun.«

»Mann, jetzt sind wir schon Spione. Irre.«

»Ich hab jetzt bald so was von die Schnauze voll von dir, Hauke. Ständig bist du mit den Nerven am Ende, aber wenn man dir helfen will, machst du dich darüber lustig. Weißt du was? Du kannst diesen ganzen Scheiß auch gerne alleine durchstehen.«

»Da hast du mich missverstanden, so hab ich's gar nicht gemeint«, versuchte Hauke Ole zu besänftigen. »Ich bin wieder ganz bei der Sache und ziehe mit. Ich will ja selbst wissen, was hinter all dem steckt. Du musst aber zugeben, dass das alles schon total überdreht klingt, oder?«

Ole ließ den Zettel sinken und seufzte. »Du hast anscheinend immer noch nicht richtig begriffen, worum es hier geht.«

»Doch, klar. Hurrelmann will auf dem Schlossplatz 'ne Tiefgarage bauen und hat ein paar Abgeordnete geschmiert, dass die per Eilantrag dafür stimmen. Ganz augenscheinlich ein Fall von Korruption.«

»Hauke. Unser Problem sind nicht korrupte Abgeordnete, sondern derjenige, der sie schmiert.«

»Geschenkt. Vielleicht gehen wir das Ganze falsch an. Vielleicht sollten wir lieber sehen, ob wir einen Abgeordneten finden, der auspackt. Dann kriegen wir Hurrelmann vielleicht hinter Gitter.«

Ole schüttelte den Kopf. »Dass du das nicht verstehen willst, geht nicht in meinen Kopf. Niemand sagt gegen Hurrelmann aus und lebt dann lange genug, um das vor Gericht zu wiederholen.«

»Jetzt mach aber mal 'nen Punkt.«

»Sagt dir der Name Heribert Schneidemann etwas?«

»Schneidemann, Schneidemann … irgendwie ja, aber ich komm jetzt nicht drauf.«

»Dann lass mich dir ein wenig helfen. Schneidemann war Stadtverordneter in den Achtzigern. Er hat ein paar Dinge rausbekommen, die das Baudezernat und deren Ausschreibungsmethoden betrafen. Das hat er so 'nem Typen von der Uni erzählt, der in der Zeit eine Studie über Verstrickungen zwischen Baugewerbe und Politik erstellt hat. Einige Tage später hing der an 'nem Strick unter der Huntebrücke.«
»Selbstmord?«
»Wovon träumst du nachts?«
»Hat die Polizei da nicht ermittelt?«
»Man hat einen Abschiedsbrief gefunden, und damit war das Ganze erledigt.«
»Also kein Mord.«
»Nix da. Selbst wenn er sich da selbst runtergestürzt haben sollte, jemand hat ihn dazu getrieben. Der Mann hatte Frau und Kinder, war gerade frisch ins Rathaus gewählt worden, hatte viele Freunde – so jemand bringt sich nicht einfach um.«
»Das gibt's schon, Ole. Im Ernst. Ich habe mich auch schon bei dem Gedanken ertappt …«
»Geht das jetzt wieder los?«
»Was denn?«
»Hauke. Du solltest dringend aufhören, in deiner Paranoia zu baden. Das hier ist echt. Hurrelmann ist für schätzungsweise siebzehn Todesfälle in den letzten dreißig Jahren in der Region verantwortlich. Leute, die geschäftlich mit ihm zu tun hatten und ihm in die Quere gekommen sind.«
»Warum nimmt man ihn dann nicht fest?«
»Weil man ihm nichts beweisen kann.«
»Vielleicht war er's ja gar nicht, und ihr könnt ihm deswegen nichts beweisen.«
»Natürlich war er das nicht selbst. Aber er steckt dahinter.«

»Woher weißt du das?«
»Weil ich …« Ole hielt inne.
»Ja? Ich höre?«
»Ich weiß es einfach. Das muss genügen.«
»Du verheimlichst mir doch was.«
»Du hast gesagt, du vertraust mir.«
»Ja, das habe ich gesagt.«
»Dann haben wir jetzt zwei Möglichkeiten. Du vertraust mir, und wir ziehen das Ding bis zum Ende durch …«
»Oder?«
»Oder du gehst nach Hause, setzt dich in deinen Sessel und tust dir so lange leid, bis Wiebke kommt und dich erlöst.«
»Quatsch. Ich bleibe.«
»Das ist gut. Aber eines solltest du zur Kenntnis nehmen, bevor ich dir das hier zeige.« Ole wedelte mit dem Zettel in seiner Hand.
»Ich höre.«
»Danach gibt es kein Zurück. Danach …«
»… ziehen wir das Ganze bis zum Ende durch. Hab verstanden.«
»Wirklich?«
»Ja.« Hauke überlegte kurz. »Was ist denn das Ende?«
»Ich will Hurrelmann«, sagte Ole trocken.
»Und was willst du mit ihm machen?«
»Ihn aus dem Verkehr ziehen.«
»Und du glaubst, das kriegen wir hin? Ich meine, nach allem, was du gesagt hast, ist das lebensgefährlich.«
»Bist du dabei oder nicht?«
Hauke spürte, wie die dunkle Wolke über seinem Gemüt noch dunkler wurde. Er schluckte schwer.
»Ich bin dabei. Aber du musst auf mich aufpassen.«
»Klar doch, mein Alter«, sagte Ole und zeigte sein strahlend weißes Grinsen. »Und nun lies das hier.«

5

FREITAGNACHT, 29.04. – SAMSTAG, 30.04.

Seine Eltern hatten oft versucht, ihm zu erklären, wie schnell aus Spaß Ernst werden konnte. Meist hatte er das lustig gefunden, aber nun dämmerte ihm allmählich der tiefere Sinn dieser Bedrohungspädagogik, als er sich mit Ole dem einsamen Mann näherte, der im Zwielicht neben dem alten Waggonschuppen stand.

»Wir treffen uns mit einem von Meyerdierks' Spitzeln auf dem alten Bahngelände«, hatte Ole gesagt, nachdem Hauke den Zettel gelesen hatte.

Auf dem alten Bahngelände! Bei Nacht! Ein Spitzel!

Bei jedem Film mit solch düsterer Materie hätte Hauke mit dem Kopf geschüttelt und sich gefragt, wie man nur so dumm sein konnte, sich nachts auf einem stillgelegten Bahngelände zu verabreden. Und nun waren sie hier und gingen im Schatten des Schuppens zum vereinbarten Treffpunkt.

»Wenn alles glattgeht, stürzt die Bude noch vor Montag ein«, hatte es in der E-Mail geheißen, die einer von Oles Spezis abgefangen hatte. Eine Mail von Peter Heidkrog an Hurrelmann.

»So was verschickt man doch nicht per Mail«, hatte Hauke gesagt, woraufhin Ole ihm etwas von Verschlüsselungen erzählt hatte, die normalerweise ziemlich sicher seien, für seinen Spezi jedoch kein größeres Problem darstellten.

»Ich rede«, sagte Ole jetzt zu Hauke. Hauke war das recht. Er

wollte sich lieber auf stilles Beobachten beschränken. Also beobachtete er.
Der Mann, der auf sie wartete, war slawischer Herkunft, glaubte Hauke, aber ganz sicher war er sich nicht, weil er das, was eine slawische Herkunft ausmachte, nicht so genau benennen konnte. Er wollte Leute eigentlich überhaupt nicht kategorisieren, weil ihm das rassistisch vorkam. Aber als der Mann zu sprechen begann, glaubte er, einen starken polnischen Akzent ausmachen zu können. Vielleicht auch einen tschechischen oder einen russischen, da war er sich nicht sicher. Offenbar taugte er nicht für Spionagetätigkeiten.
»Hallo«, sagte der Mann, dessen Gesicht stark von Sonne und Wind gefurcht war. Seine Nase war etwas knollig, was einen merkwürdigen Kontrast ergab. Er war vielleicht Mitte vierzig, das dunkle Haar pomadisiert. »Herr Meidierks sagt, wir reden über Bauplatz?«
»So ist es«, entgegnete Ole.
»Ich sag dir. Nur jetzt. Keine Namen. Nix offiziell.«
»Klar.«
»Ist so. Graben auf Schlossplatz. Aber Pläne? Pläne falsch. Pläne von Berlin Platz.«
»Ihr habt die Pläne verwechselt?«
»Nicht verwechselt. Gefalscht. Plan sieht aus wie Schlossplatz, aber gefalscht. Verdreht. Graben falsch.«
»Hast du den Plan da?«
»Geht nicht. Die arbeiten mit Plan.«
»Was ist denn falsch an dem Plan?«
»Gefalscht! Plan zwei Ebenen. Erste grab runter. Andere grab hierhin.«
Der Mann machte eine Geste mit der rechten Hand, begleitet von einem explosionsartigen Geräusch.

»Und was ist hierhin?«, fragte Ole.
»Schloss«, sagte der Mann und wiederholte das Geräusch. »Muss wieder gehen. Arbeiten.«
»Okay, danke«, sagte Ole.
»Geschäft geht klar?«
»Geht klar«, erwiderte Ole. »Pass auf dich auf.«
Der Spitzel sah sich nach allen Seiten um, bevor er sich an der Wand des Schuppens entlang davonstahl.
»Und was bedeutet das?«, fragte Hauke, der bemüht war, nicht zu sehr erleichtert zu klingen, darüber, dass er mit heiler Haut davongekommen war. Er war vielleicht ein Schreibtischtäter, auf keinen Fall jemand, dem es nichts ausmachte, nachts mit zwielichtigen Typen zu sprechen. Anders als wohl Ole war er noch nie so nah mit kriminellen Verwicklungen in Kontakt gekommen. Schon gar nicht mit welchen, die offenbar mafiöse Ausmaße hatten. Puh.
Ole hingegen wirkte sehr nachdenklich.
»Das ist alles noch viel schlimmer, als ich befürchtet hatte.«
»Was denn?«
»Viel schlimmer.«
»Erklär mir das bitte mal.«
»Der Mann ist total wahnsinnig.«
»Wie meinst du das?«
»Vollkommen irre.«
»Was?«
»Scheiße.«
»OLE!«
Ole blinzelte Hauke an, als wäre er gerade aufgewacht. »Was ist denn?«
»Genau das wollte ich von dir wissen.«
»Ja, hast du denn nicht zugehört?«

»Doch, ich habe zugehört, aber es war nichts dabei, was mir irgendwie weiterhilft.«

»Hurrelmann hat die Baupläne für sein Schlossplatz-Projekt gefälscht.«

»Und was heißt das im Klartext?«

»Das heißt, dass die auf dem Schlossplatz mit dem falschen Plan arbeiten.«

Plötzlich schlug Ole sich mit der Hand vor die Stirn. »Die Vermesser. Natürlich. Die haben den Platz wochenlang vermessen. Wahrscheinlich haben sie nach einer Möglichkeit gesucht, die Pläne so ähnlich aussehen zu lassen, dass Hurrelmann hinterher behaupten kann, es hätte da wohl eine Verwechslung gegeben.«

»Hinterher?«

»Wenn das Schloss eingestürzt ist.«

»Wenn das … WAS?«

»Das liegt doch auf der Hand. Hurrelmann will an das Schloss.«

»Aber wieso soll es dann einstürzen?«

»Solange das Schloss steht, ist da das Landeskundemuseum drin und der Denkmalschutz davor. Wenn es einstürzt, sind die Bauunternehmer dran.«

»Und das liegt auf der Hand?«

»Ja, klar.«

»Wieso nimmst du das an? Ich meine, ich war doch dabei, als du mit dem Typen … wer war das überhaupt?«

»Einer von Meyerdierks' Spitzeln. Hab ich dir doch gesagt.«

»Ja, aber wieso hat Konny Meyerdierks Spitzel? Wofür? Ich denke, der ist beim Arbeitsamt!«

»Meyerdierks? Der macht in Sachen Bekämpfung von Schwarzarbeit. Das hab ich dir auch erzählt. Ich glaube manchmal, du hörst mir gar nicht richtig zu.«

»Doch, ich höre zu. Ich verstehe nur nicht alles. Bis vor sehr kurzem war ich nämlich einfach nur ein Journalist, der auf ziemlich legale und ungefährliche Weise an seine Informationen rangekommen ist.«

»Warum fragst du dann nicht nach?«

»Das tue ich, Ole. Pausenlos. Aber immer, wenn ich nachfrage, erklärst du mir nix. So sieht das aus.«

»Also schön. Meyerdierks hat eine Kartei mit allen möglichen Schwarzarbeitern, die Hurrelmann so einsetzt. Natürlich setzt nicht Hurrelmann selbst die ein. Der weiß selbstverständlich von gar nichts. Die Kartei hat Meyerdierks mir gegeben, und ein Psycho-Spezi von mir hat die nach geeigneten Kandidaten durchforstet.«

»Psycho-Spezi? Geeignete Kandidaten?«

»Ein Profiler. Wir brauchen Leute, die mehr Angst vor der Behörde haben als vor Hurrelmann. Das sind leider nicht so viele. Die Jungs kontaktieren wir dann und stellen denen Straffreiheit in Aussicht, wenn sie uns Bericht erstatten.«

»Und so einer war das gerade?«

»Ja.«

»Aha.«

»Noch Fragen?«

»Ja. Woher willst du wissen, dass Hurrelmann das Schloss zum Einsturz bringen will?«

»Heidkrog hat ihm das geschrieben. Du erinnerst dich?«

»Was hat denn Peter Heidkrog damit zu tun?«

»Der hat doch die Bauleitung auf dem Schlossplatz.«

»Woher weißt du das denn schon wieder?«

»Aus der Mail. Die hast du doch selbst gelesen.«

»Überflogen. Ich dachte, der wichtige Teil war das mit der einstürzenden … Bude … ach du Scheiße, du hast recht!«

»Siehste.«
»Da hätte ich auch von selbst draufkommen können.«
»In der Tat. Aber mit 'ner Buddel Schnaps im Blut …«
»Ja, ja, schon gut. Und jetzt?«
»Wir halten Kriegsrat.«

* * *

Hauke hatte keine Vorstellung von der Größe der Wälder um Oldenburg herum, aber die Zeit, die sie nun schon über Feld-, Wald- und Wiesenwege zuckelten, ließ auf beträchtliche Ausmaße schließen. Vielleicht fuhr Ole aber auch immer im Kreis, damit Hauke die Orientierung verlor. Er hielt das für denkbar und gleichermaßen erfolgreich. Er hatte keinen blassen Schimmer, wo er war.
»So«, sagte Ole, als er den Wagen anhielt. »Ab hier laufen wir.« Er drückte Hauke eine Taschenlampe in die Hand und stieg aus.
Hauke trottete stumm hinter Ole durchs nächtliche Unterholz. Nachdem er eine Weile über Oles Worte nachgedacht hatte, war er zu dem Schluss gekommen, dass es in der Tat der Schnaps gewesen sein konnte, der ihm Hirn und Gemüt vernebelt hatte. Vielleicht war der auch daran schuld, dass es ihm nicht richtig gelingen wollte, die Geschehnisse der letzten Tage seiner Lebensrealität hinzuzufügen: der Spitzel auf dem alten Bahngelände, die abgefangene, verschlüsselte E-Mail, ein wahnsinniger Baumagnat, der wie ein Krake alles und jeden nach Belieben umklammerte, eine Ex-Freundin, die seit mehreren Jahren geplant hatte, sich von ihm schwängern zu lassen und deren Vater zudem ein Teil dieses Baukomplotts war – all das wirkte zutiefst beunruhigend auf ihn. Und nun kam noch das spärlich

beleuchtete Haus auf der Lichtung hinzu, das sich beim Näherkommen bedrohlich zwischen den nebelumwaberten Bäumen hervorhob.
Ole marschierte geradewegs zur Tür und klopfte an. Hauke war sich nicht sicher, ob dem Klopfen ein geheimes Muster zugrunde lag, aber jemand schloss von innen die Tür auf, ohne weiter nachzufragen.
»Ole«, begrüßte der Mann den Besucher mit einer herzlichen Umarmung.
»Björni«, erwiderte Ole den Gruß.
Björni, ein kleiner, untersetzter, dunkelbärtiger Mann in Jeans und einem grün-rot gemusterten Pullover, reichte nun Hauke die Hand.
»Hallo, Hauke. Ich bin Björni.« Der Händedruck hatte es in sich.
»Tja, hallo, Björni«, sagte Hauke, während sie die Hütte betraten.
Im Inneren sah es so aus, wie er es von außen erwartet hatte: Ein Sammelsurium an alten Möbeln, die ganz und gar nicht zueinander passten, nahm einen beträchtlichen Teil des nicht allzu großen Hauptraums in Beschlag. Auf einem Tisch standen zwei Laptops, einige Bierflaschen und zwei Pizzakartons in Familiengröße mit angetrockneten Resten. Ein Durchbruch führte in eine kleine Küche, wo auf der Ablage neben dem Herd ein gutes Dutzend Kaffeebecher stand. Hinter einer weiteren Tür war das Rauschen einer Klospülung zu vernehmen, was Hauke überraschte, denn die Hütte hatte auf ihn nicht den Eindruck gemacht, als wäre sie mit einer sanitären Anlage ausgestattet.
Aus jener Tür trat nun ein weiterer Mann, hager, glatt rasiert, rotblonde Haare, ein paar Jahre älter als Hauke. Ole hatte ihm

von seinen Spezis erzählt, mit denen er Kriegsrat halten wollte, aber erst bei ihrem Anblick wurde das wahr, was er anfangs nicht so recht hatte glauben wollen. Aber wer waren die Männer? Er hatte aus Ole nichts an Informationen herauslocken können.

»Da seid ihr ja«, sagte der zweite Mann streng, bevor er erst Ole und dann Hauke die Hand schüttelte.

»Ich bin Heiner«, sagte er nur zu Hauke gewandt, weshalb er annahm, dass Heiner und Ole sich schon kannten.

»Ich bin Hauke«, sagte Hauke, woraufhin Heiner kurz nickte.

»Wo ist Günni?«, erkundigte sich Ole.

»Im Keller«, antwortete Heiner.

»Hier gibt's einen Keller?«, fragte Hauke interessiert. Das überraschte ihn noch mehr als die Existenz einer Toilette.

»Ja«, gab Heiner einsilbig zurück. »Björni, kannst du mal bitte deinen Müll in die Küche bringen?«

»Jau«, sagte Björni und begann, die Bierflaschen einzusammeln. Heiner setzte sich aufrecht an den Tisch, als hätte er ein Lineal verschluckt, und blickte mit zusammengekniffenen Lippen auf einen der Laptops. Björni kam, nachdem er die Flaschen zu den Kaffeebechern gestellt hatte, wieder zurück und entfernte die Pizzakartons.

»Will noch jemand?«, fragte er in die Runde.

»Nein«, sagte Heiner stellvertretend für alle, obwohl Hauke trotz der etwas unappetitlichen Darbietung der Speisen so etwas wie ein latentes Hungergefühl verspürte.

Dann befand sich auf einmal ein Mann in einem dunklen Anzug und schwarzem Rollkragenpullover im Raum. Wie aus dem Nichts war er aufgetaucht. Seriös wirkte er in seinem Aufzug, zugleich umspielte sein Mund ein wissendes, schelmenhaftes Lächeln.

»Hallo, alle miteinander«, sagte er fröhlich. Er wuschelte Ole zur Begrüßung über den Kopf und schüttelte dann Hauke die Hand. »Ich bin der Günni.«
»Ich der Hauke«, sagte Hauke.
»Das weiß ich doch«, sagte Günni und zwinkerte ihm zu. »Dann können wir ja loslegen. Gibt's was Neues?«
»Ja«, sagte Ole. »Wir wissen jetzt, was Hurrelmann plant.«
»Na, dann lass mal hören.«
»Hauke«, sagte Ole. »Wärst du so freundlich?«
»Wie, ich jetzt?«
Ole nickte.
»Also …« Hauke begann fieberhaft, seine Gedanken zu sortieren, wobei ihm auffiel, dass er noch nicht so recht glauben konnte, dass Oles Schlussfolgerungen überhaupt stimmten. »Nun, wir haben da diesen Typen getroffen, den hat der Konny Meyerdierks aufgetan …«
»Bitte von vorn«, unterbrach ihn Heiner. »Ich will mitschreiben.«
»Von vorn?«
»Mein Gott. Wie du Hurrelmann auf die Schliche gekommen bist. Wir haben diese Geschichte noch nicht von dir persönlich gehört. Wir müssen uns über die Sache selbst ein Bild machen, deshalb von vorn.«
Hauke sah Ole hilflos an, aber der nickte nur ein weiteres Mal.
»Schön, also von vorn. Angefangen hat es damit, dass ich für einen Kollegen einspringen musste. Der war krank geworden.«
»Name?«, fragte Heiner, ohne von seinem Laptop aufzublicken.
»Piet. Piet Hellmann. Ich habe mich also mit dieser Frau vom ToFOU getroffen und die gefragt, was sie sich eigentlich von diesem Einkaufszentrum am Berliner Platz verspricht. Dann war ich auf der Pressekonferenz, wo dieser Typ von der NKE

rumgelabert hat, wie toll die Mall für die Stadt ist. Und der Oberbürgermeister hat gesagt, dass die so aber nicht gebaut werden kann, das Parkdeck sei zu hoch. Bei dieser Veranstaltung ist mir der Buhlmann aufgefallen, der ist irgendwie Sprecher der Einzelhändlerinitiative. Jedenfalls habe ich über den erfahren, dass jemand Geld sammelt für ein Projekt, um das Einkaufszentrum zu stoppen. Stefan Ahlrich. Dem gehört das Restaurant Steak Frites. Ahlrich ist der Schwager von Peter Heidkrog, dem Bauleiter auf dem Schlossplatz.
Ach so, vorher habe ich noch auf der Pressekonferenz diese Nachricht in meiner Mappe gefunden. So einen Zettel mit einer verschlüsselten Botschaft, aber der war wohl für jemand anderen gedacht. Ich hatte mich auf einen falschen Platz gesetzt. Aus diesem Memo geht womöglich hervor, dass da eine Tiefgarage auf dem Schlossplatz gebaut werden soll und, wenn die Abgeordneten einem Eilantrag zustimmen, dass jeder einen Parkplatz kriegt. Für mich klingt das wie ein Draufzahlgeschäft für Hurrelmann. Das ergibt überhaupt keinen Sinn … wobei … Na ja, der Ahlrich, der hat ja Geld gesammelt, aber wie viel das jetzt ist, das weiß ich auch nicht … Offenbar wusste aber der Peter Heidkrog davon, der hat sich noch mit dem Stefan Ahlrich unterhalten wollen und hat uns weggeschickt.«
»Uns?«, fragte Heiner.
»Wiebke und mich.«
»Und wer ist Wiebke?«
»Meine Freundin. Glaub ich. Die Tochter von Peter Heidkrog.«
»Aha«, sagte Heiner und nahm auch diese Information auf.
»Dann wissen wir, dass Hurrelmann den Schlossplatz seit längerer Zeit immer wieder vermessen lässt, damit er die Pläne …«
Hauke hielt inne.
»Damit er die Pläne was…?« Heiner sah wieder streng zu ihm.

Und plötzlich war Hauke alles klar. Er fragte sich nicht einmal, warum er vorher nicht daraufgekommen war, aber jetzt, da er die Lösung vor Augen hatte, ergab alles einen Sinn.
»Hurrelmann hat die Pläne so frisieren lassen, dass sie auf den ersten Blick austauschbar sind.«
»Welche Pläne?«
»Die vom Untergeschoss für das Parkhaus. Die sind jetzt so gedreht, dass sie von unten das Schlossfundament wegbrechen, damit möglichst viel vom Schloss einstürzt. Deswegen macht er das. Damit er von sich aus anbieten kann, den Schaden wiedergutzumachen und endlich sein Schloss erhält. Deswegen hat er auch das mit der Tiefgarage angeboten, obwohl er dabei draufzahlt. Dann lässt er das Schloss einkrachen, und dann gibt's neue Pläne. Dann baut er nämlich seine große Schloss-Mall. So ist das. Bei einer späteren Untersuchung bekommt dann der Bauleiter die Schuld, aber der hat bestimmt schon eine dicke Abfindung eingestrichen und jammert dann was von wegen, dass die Pläne verwechselt wurden und so.«
Einen Moment lang war es totenstill in der Hütte. So still, dass Hauke glaubte, ein Brummen unter seinen Füßen wahrzunehmen, aber ganz sicher war er sich da nicht.
»So muss es sein«, sagte Günni schließlich. »Das ist es. Bingo.«
Björni grinste, klatschte in die Hände und eilte dann in die Küche, um Bier zu holen.
Ole klopfte Hauke auf die Schulter, während Heiner noch ein paar Sachen tippte. Schließlich war Heiner fertig und blickte eindringlich in die Runde.
»Jetzt brauchen wir Beweise«, sagte er knapp.
»Damit kann ich nicht dienen«, erwiderte Hauke. »Aber könnt ihr nicht noch ein paar Mails von dem Server holen?«
»Das könnten wir, aber das hilft uns nicht weiter.«

»Warum nicht? Ich meine, vor Gericht verwertbare Beweise kriegen wir doch eh nicht zusammen, oder?«
»Wir müssten eher Anhaltspunkte finden, wann Hurrelmann wen geschmiert hat. So etwas macht der nicht per E-Mail.«
»Sicher?«
»Sicher.«
»Aber die Mail, die ihr abgefangen habt, da stand doch auch was drin, was man normalerweise nicht per Mail verschickt, oder?«
»Stimmt, aber die war auch nicht von Hurrelmann, sondern von Heidkrog«, warf Björni ein und öffnete zischend ein Bier. »Eine weitere Bestätigung für deine Theorie. Heidkrog ist offenbar total aufgeregt, dass er bald die Fliege machen kann.«
»Die Fliege?«
»Na, überleg doch mal. Sobald die Bude einstürzt, sitzt der garantiert im Flieger ins Ausland und lässt Hurrelmann und seine Anwälte alles regeln. Hurrelmann wird den schützen, das ist doch wohl klar.«
»Scheiße«, sagte Hauke, dessen Euphorie allmählich wieder verklang. »Jetzt wissen wir, was er vorhat – und können nichts dagegen tun.«
»Nicht jetzt, das ist richtig«, sagte Ole aufmunternd. »Aber wenn das Schloss eingestürzt ist, folgt eine gute Zeit für uns. Wenn wir dann was haben, werden auch ein paar Abgeordnete auspacken, wenn wir sie unter Druck setzen.«
»Da könnte was dran sein«, stimmte Heiner ihm zu.
Günni rieb sich die Hände. »Wir nehmen uns Hurrelmanns Bleibe vor. Wir müssen da irgendwie rein.«
»Du denkst, da findet ihr was?«, fragte Hauke, dem die ganze Geschichte wieder zu sehr in Richtung Agentenfilm abdriftete.

»Davon bin ich überzeugt. So wie ich Hurrelmann einschätze, sammelt der zur eigenen Absicherung belastendes Material gegen alle, die er einmal gekauft hat. An diese Sachen müssen wir rankommen. Selbst wenn er es nach allen Regeln der Kunst und dreifach gesichert hat.« Günni erhob sich. »Meine Herren – jeder von euch weiß, was er zu tun hat.«
Hauke wollte gerade einwenden, dass er nicht wüsste, was er zu tun hatte, aber Ole zog ihn mit nach draußen zum Auto.
»Wer waren denn all diese Leute?«, fragte Hauke, als sie eingestiegen waren. »Und was tun die hier? Kannst du mir nicht jetzt mal mehr von ihnen erzählen?«
»Das sind alles Leute, die auf Hurrelmann nicht so gut zu sprechen sind. Profis mit unterschiedlichen Spezialgebieten, die auf unserer Seite stehen. Mach dir keine Sorgen. Ich bring dich nach Hause, dann hau auch ich mich aufs Ohr. Morgen früh telefonierst du mit Wiebke, damit sich alles wieder einrenkt. Und da ich den Rest der Woche frei habe, wäre es gut, wenn du mittags zu mir kommst. Okay?«
»Okay«, sagte Hauke. Was sollte er auch sonst sagen.

Es war vier Uhr morgens, als Hauke in seinem Schlafzimmer auf dem Bett saß und nervös mit seinem Handy herumspielte. Auf seltsame Weise funktionierte es wieder – die Technik war ihm schon immer ein Rätsel gewesen. Sollte er Wiebke überhaupt anrufen? Nicht unbedingt jetzt, aber in ein paar Stunden? Oder sogar doch in diesem Augenblick? In seinem Gehirn arbeitete es gewaltig. Je mehr Hauke sich auf sein althergebrachtes Leben konzentrierte und mit den neu gemachten Erfahrungen verglich, desto mehr rissen ihm die jüngsten Eindrücke den Boden unter den Füßen weg. Es gelang ihm nicht einmal mehr, sich unmittelbar an die skurrilen Begebenheiten

zu erinnern, er blickte von außen, wie durch eine Kamera, auf die handelnden Personen – sich selbst eingeschlossen.
So ist es, wenn man den Verstand verliert, dachte er. Fantastisch. Ich werde irre. In diesem Zustand, fand er, kann ich auch um vier Uhr morgens telefonieren. Sie muss ja nicht rangehen.
»Mmh. Hallo …« Am anderen Ende der Leitung vernahm er eine verschlafen klingende Stimme.
»Leg nicht auf. Ich bin's.«
»Hauke?«
»Ja. Ich … also … es tut mir leid, dass ich mich nicht gemeldet habe, aber bei deinem letzten Anruf ist mein Telefon explodiert. Wie geht's dir?«
»Ich hab mir solche Sorgen gemacht.«
»Sorgen? Warum das denn?«
»Ich dachte, es wär aus zwischen uns.«
»Nicht doch. Wegen so was mache ich doch nicht Schluss.« Hauke lachte nervös. Er musste die Geschichte mit ihr geradebiegen.
»Dacht ich aber.«
»Ich war nur so überrascht.«
»Ich hatte angenommen, du würdest genauso fühlen wie ich. Ich hab gar nicht darüber nachgedacht, dass du vielleicht was dagegen haben könntest. Verrückt, oder?«
»Ach was. Verrückt ist was ganz anderes.«
»Was denn?«
»Ich. Ich bin verrückt.« Wenn ich mich schon die ganze Zeit von außen betrachten muss, dann will ich auch mal was richtig Cooles sagen, dachte Hauke. »Verrückt nach dir«, sagte er und versuchte, sich nicht allzu sehr zu schämen.
»Hauke«, wisperte Wiebke. »Ist das wirklich wahr?«
»Ja, das ist wirklich wahr.« Er war kurz versucht, ein arg masku-

lines »Puppe« hinterdrein zu hauchen, besann sich aber eines Besseren.
»Ich würde dich gern sehen.« Wiebkes Worte klangen fast wie ein Seufzen.
»Ich bin schon unterwegs.«

* * *

Wiebke schlief noch, als Hauke am frühen Nachmittag ihre Wohnungstür leise hinter sich schloss. Süßes kleines Murmeltier, dachte er und hüpfte die Treppe runter. Er war unschlüssig, woher genau seine neu gewonnene Lässigkeit gekommen war, aber er fühlte sich inzwischen wesentlich besser.
Ich sollte mich regelmäßig von außen betrachten, überlegte er. Dann streng ich mich mehr an und bin nicht so weinerlich.
Während er in Richtung Oles Haus schlenderte, erinnerte er sich daran, wie ihn die Leute das letzte Mal angesehen hatten, als er seinen Freund – war er das? – aufgesucht hatte. Wann war das gewesen? Gestern, vorgestern?
Egal, dachte er, es hat sich was geändert.
Ole öffnete ihm die Tür, nachdem er geklingelt hatte.
Vielleicht liegt's ja an ihm, überlegte Hauke weiter. Es ist schon bewundernswert, wie der das Leben meistert.
»Was ist denn mit dir los, Alter?«, fragte Ole.
»Was soll denn los sein?«
»Du strahlst richtig. Hast du dich mit Wiebke ausgesöhnt?«
»Alles paletti.«
»Sehr gut. Aber komm rein. Ich muss noch ein bisschen telefonieren. Vielleicht hast du ja Lust, die Mumie zu füttern.«
»Mach ich gerne«, erwiderte Hauke und ging an Ole vorbei zur Küche.

Ole sah ihm stirnrunzelnd nach.
Auf dem Herd standen fertig gekochte Salzkartoffeln, die Hauke mit ein wenig Butter auf einem Teller zerdrückte. Pfeifend begab er sich dann in das Zimmer von Papa Sittner.
Der alte Mann schlief noch, so dass Hauke in aller Ruhe die Vorhänge öffnen und sich einen Stuhl neben das Bett stellen konnte. Erst als er den dampfenden Teller unter Papa Sittners Nase hielt, tat dieser die Augen auf.
»Bist du das, Heidi?«
»Nee, der Hauke. Wie geht's uns denn heute?«
»Der Troll«, quiekte Papa Sittner, und Hauke bemerkte, dass er tief Luft holte, vermutlich, um diesen speziellen, Lebenskraft raubenden Schrei von sich zu geben. Schnell schob er ihm einen Löffel Kartoffeln in den Mund.
Zwar schien das Essen zu heiß zu sein für den alten Mann, aber mit dem halb geöffneten Mund, durch den er hektisch kühle Luft einzog, bekam er die Sache in den Griff. Ab dann ließ er sich anstandslos füttern.
»Ich mach jetzt weiter für Sie«, flüsterte eine Stimme neben Hauke, als der Bettlägerige etwa die Hälfte der Kartoffeln verspeist hatte.
Hauke ließ vor Schreck beinahe den Teller fallen. Eine junge, kräftig gebaute Frau hatte sich über ihn gebeugt und mit einer Hand nach dem Teller gegriffen.
»Herr Sittner wartet auf Sie. Ich mache weiter.«
»Heidi?«, krähte Papa Sittner.
»Nein, Irmgard.«
»Ach du Scheiße«, sagte Papa Sittner.
Hauke fand, dass er lieber den Raum verlassen sollte.
Als er Ole in der Diele entdeckte, zog dieser sich gerade eine Jacke an. »Wir fahren noch mal zur Hütte«, erklärte er Hauke.

»Wir wollen alles Weitere planen. Ich bring dich unterwegs auf den neuesten Stand.« Mit diesen Worten verließen sie beide das Haus.

»Ist eigentlich alles in Ordnung, Alter?«, erkundigte sich Ole, nachdem er seinen Dienstwagen gestartet hatte.
»Alles ist bestens. Wieso fragst du?«
»Gestern warst du noch akut suizidgefährdet, und heute springst du hier rum wie das blühende Leben.«
»Das verdanke ich dir.«
»Mir?«
»Ja. Ich glaube.«
»Wieso denn?«, fragte Ole skeptisch.
»Na ja, seit der Artikel in der Zeitung erschienen ist, habe ich in … wie soll ich sagen … negierender Panik vegetiert, weißt du?«
»Negierende Panik? Hast du sie noch alle?«
»Nee, warte. Ich meine nur, ich hatte plötzlich vor allem und jedem Angst und fand jeden Versuch, also … äh … also wenn du zum Beispiel versucht hast, mich aufzuheitern, dann fand ich das immer irgendwie daneben, weißt du?«
»Das ist keine negierende Panik, Hauke, das ist Selbstmitleid.«
»Ja, ja, das auch. Das Selbstmitleid bewirkt diesen Panikzustand, weißt du?«
»Hast du irgendein Psycho-Buch zum Frühstück gegessen?«
»Nein. Ich mein's ernst. Es ist so … ich habe zuletzt immer alles auf mich bezogen, weißt du …«
»Aber hallo weiß ich das.«
»Und seit du mich darauf aufmerksam gemacht hast, stehe ich plötzlich regelrecht neben mir. Ich gucke mir zu, kriege mit, was ich mache, wie ich so wirke, also auf andere – wie im Film.«

»Wie im Film?«
»Genau. Ich sehe zu, was ich mache, was so passiert, und kann reagieren, weißt du?«
»Hauke. Hör auf, *weißt du* zu sagen. Sofort.«
»Mach ich das?«
»Ja.«
»Wann?«
»Pausenlos.«
»Entschuldigung.«
»Geschenkt. Wie war das? Du kriegst also alles mit, was du so machst?«
»Na ja, ich übe noch, wei… Ich übe noch.«
»Mach das. Wenn's dir hilft.«
»Ich glaube, das tut es. Was passiert ist, ist passiert. Da hilft kein Jammern. Da muss ich einfach das Beste draus machen, wei…«
»Wie alt bist du jetzt?«
»Fünfunddreißig. Wieso fragst du?«
»Ich versuche nur, zu verstehen. Du kommst mit fünfunddreißig endlich dahinter, dass du auch mal drauf achtgeben solltest, wie du auf andere Menschen wirkst? Respekt.«
»Ach komm. Ich kenne einen Haufen Menschen, die das nie lernen.«
»Das ist allerdings wahr.«
Ole bog in diesem Augenblick in den Feldweg ein, der sie zum Wald und zur Hütte führte.
»Wer ist eigentlich Heidi?«, fragte Hauke unvermittelt.
»Wie? Wieso fällt dir jetzt Heidi ein?«
»Dein alter Herr hat sie schon zweimal erwähnt, und da frage ich mich: Hat er sich die ausgedacht, oder gibt's oder gab's die wirklich?«

Ole schluckte schwer, Falten bildeten sich auf seiner Stirn. »Die gibt's wirklich.«

»Und?«

»Ich will da jetzt nicht drüber sprechen.«

In diesem Moment begann über Funk ein wirres und wildes Durcheinander. Hauke verstand davon kaum etwas, lauter Zahlen und Codes. Wie eine geheime Sprache. Aber die grundlegende Botschaft verstand er doch: Das Schloss war eingestürzt.

6

SAMSTAG, 30.04.

In der Hütte herrschte geschäftiges Treiben. Hauke stellte fest, dass eine der Wände eine Art Schiebetür war, hinter der sich eine Menge technisches Gerät befand – große Bildschirme, kleine blinkende Kästchen und zwei Tonbandgeräte. Björni saß am Tisch vor seinem Laptop. Er trug riesige Kopfhörer und zwinkerte ihnen zur Begrüßung kurz zu. Danach wandte er sich wieder hoch konzentriert seinem Computer zu.

Aus einem Lautsprecher drang in Zimmerlautstärke der Funkverkehr zwischen Polizei, Feuerwehr und Rettungsdienst. Die Kommunikation verlief nüchtern und unaufgeregt, obwohl äußerst beunruhigende Dinge geschehen waren. Offenbar wurden Arbeiter vermisst. Heiner, der gegenüber von Björni saß, hatte ebenfalls einen Laptop vor sich und bewegte seine Finger schnell über die Tastatur. Sein Gesicht wirkte ausdruckslos.

Günni stand in der Küche und trocknete Kaffeebecher ab, die zu spülen er sich wohl erbarmt hatte. Er winkte ihnen zu und bedeutete ihnen, sich zu ihm zu gesellen.

»Es ist passiert«, sagte er mit gedämpfter Stimme und sah zu Heiner hinüber, um eine etwaige Reaktion abzuwarten. Nein, er hatte ihn nicht gestört, also fuhr Günni leise fort: »Sie sind mit zwei Baggern gegen das Fundament gekommen. Die Einsatzleitung kann sich den Einsturz aber nicht erklären. Die komplette Schlossfront ist zusammengebrochen, obwohl die Baugrube gar nicht groß genug dafür war. Da muss man im Untergrund schon was gedreht haben. Jedenfalls werden sie noch Tage mit den Aufräumarbeiten und der Spurensicherung beschäftigt sein. Ich wette, dass sie unerlaubterweise gesprengt haben.«

»Gesprengt?«, rief Hauke laut, woraufhin Heiner genervt grummelte.

»Psst«, sagte Günni. »Meine Vermutung ist, dass sie beim letzten Schichtwechsel Sprengladungen am Fundament plaziert und die während der weiteren Arbeiten gezündet haben.«

»Warum sollten sie das tun?«, fragte Hauke leise.

»Ich glaube, sie wollten damit auf der sicheren Seite sein – und euren Informanten ausschalten.«

Hauke wurde es abwechselnd heiß und kalt. »Der war da drin?«

»Nach unseren ersten Informationen zählt er zu den Vermissten. Laut Meyerdierks jedenfalls.«

»Was hat der nun wieder damit zu schaffen?«

»Der versorgt uns mit Informanten. Ich dachte, das wüsstest du.«

»Ja schon«, erwiderte Hauke. »Aber das ist mir jetzt eine Nummer zu suspekt.«

»Das ist doch ganz einfach: Er nimmt nur die Schwarzarbeiter hoch, die nicht kooperieren. Klar, das war vorher anders. Aber der Typ macht das, was wir ihm sagen. Besser kann es nicht für uns laufen.«

»Wenn er da mal nicht Ärger kriegt.«

»Wieso sollte er? Er bringt immer noch genügend Leute zur Anzeige. Und verdient gut nebenbei. Wo ist das Problem?«

»Wo das Problem ist?«, sagte Hauke aufgebracht, woraufhin Heiner wieder ein unwilliges Gebrumm von sich gab.

»Wir gehen besser vor die Tür«, flüsterte Ole.

Auf der kleinen Lichtung vor der Hütte steckten Hauke und Günni sich erst einmal jeder eine Zigarette an, bevor Hauke fortfuhr.

»Korruption ist das Problem«, verschaffte er seiner Empörung Luft.

»Moment«, sagte Günni. »Korrupt war der Arsch schon vorher. Jetzt tut er wenigstens noch was Gutes dabei.«

»Was Gutes? Er verschafft uns Informanten, die ein paar Stunden später in die Luft gesprengt werden?«

»Tja, das ist in der Tat bedauerlich. Aber ich schätze, der Mann wäre auch so über die Klinge gesprungen. Immerhin wusste er von der Sache mit den Bauplänen.«

»Hätten wir ihn dann nicht schützen müssen?«

»Hauke«, sagte Ole sanft. »Wir haben versucht, ihn zu schützen. Der wollte aber zurück zur Arbeit. Brauchte das Geld.«

»Er brauchte das Geld? Wofür denn? Was will er denn jetzt noch damit?«

»Der gute Mann hatte Familie. Eine Frau und sechs Kinder. Hurrelmann wird denen jetzt eine fette Abfindung bezahlen.«

»Warum sollte er?«

»Weil diese Art von Meldung ihm hilft, sein öffentliches Image aufzupolieren. In den Medien steht er dann als reuiger Wohltäter da. So wird es auch leichter für ihn, sie für sein Schlossprojekt auf seine Seite zu ziehen. Und berichten die Medien vorteilhaft für ihn, hat das Rathaus weniger Argumente gegen ihn.«

»Das glaubst du doch selbst nicht.«

»Nein, ich glaube das nicht. Ich weiß das.«

»Woher?«

»Hauke«, sagte Günni. »Enttäusch mich jetzt nicht. Wenn die vorherrschenden Medien irgendetwas ganz toll leiden können, dann wird das auch gemacht. Das ist in der Provinz nicht anders als sonst wo.«

»Es gibt ja wohl immer noch eine unabhängige Berichter-

stattung«, entgegnete Hauke, wobei er im Geheimen aber nicht so sicher war, ob er sich selbst Glauben schenken sollte.
»Ich will dir ja keine Illusionen nehmen, aber mich hat in den letzten Jahren lediglich ein Artikel überrascht, und der war, wie wir ja von dir wissen, nicht einmal beabsichtigt.«
Auf einmal hörten sie, wie in der Nähe ein Auto anhielt.
»Das wird Michi sein«, verkündete Ole.
»Essen«, jauchzte Günni.
»Ich fass es nicht«, sagte Hauke. »Da ist ein Mann gestorben, ein Schloss kracht ein – und da denkt man nur daran, sich den eigenen Bauch vollzuschlagen.«
Aber keiner hörte ihm zu, denn Ole und Günni waren schon zwischen den Bäumen verschwunden. Hauke blieb nichts anderes übrig, als ihnen zu folgen.
Michi war gerade dabei, einen großen Wärmebehälter aus dem Kofferraum eines Bullys zu wuchten. Er war dankbar, dass ihm Ole und Günni zu Hilfe eilten.
»Das ist übrigens Hauke«, erklärte Ole, als Hauke die anderen eingeholt hatte. »Ich glaube, ihr kennt euch noch nicht.«
»Hallo«, sagte Michi mit einem freundlichen Lächeln.
Hauke nickte dem vierten Mann zu, er schätzte ihn auf Anfang dreißig.
Gemeinsam machten sie sich auf den Weg in die Hütte.
»Es gibt Essen«, rief Ole, als sie ihren konspirativen Ort betreten hatten.
Björni nahm sofort seinen Kopfhörer ab, während Heiner noch etwas fertigtippen wollte. Der Inhalt der Warmhaltebox wurde auf dem Tisch ausgebreitet. Unzählige Pappbehälter mit chinesischem Essen. Der Menge nach zu urteilen, erwarteten sie noch mindestens zehn weitere Gäste.
»Stellt mal das Fernsehen an«, sagte Michi. »O-Funk hat gleich

eine Live-Schalte. Hurrelmann will dem Sender eine Erklärung abgeben.«

»O-Funk? Echt jetzt?«, fragte Hauke.

»Für jemanden, der beim *Oldenburg Report* beschäftigt war, hast du ’ne ganz schön große Klappe.«

»So hab ich’s ja gar nicht gemeint. Ich wollte mich nicht über den Sender lustig machen. Mich wundert nur, dass Hurrelmann zugestimmt hat.« Hauke hatte gemerkt, dass er in irgendein Fettnäpfchen getreten war, hatte es mit seinem Beschwichtigungsversuch aber auch nicht besser gemacht.

»Michis Schwester arbeitet bei O-Funk«, raunte Ole ihm zu, während Heiner über seinen Laptop den regionalen Fernsehsender laufen ließ.

»Entschuldigung«, sagte Hauke zu Michi und nahm sich eine der Schachteln mit gebratenen Nudeln und Huhn.

Michi nickte, während er schon die Bilder der Zerstörung betrachtete.

Ein Teil des Bauzauns war beiseitegeräumt worden. Überall lagen Trümmer herum, der gesamte Schlossplatz war in einen dichten, schwarzgrauen Nebel gehüllt. Etliche Rettungskräfte vom Technischen Hilfswerk waren damit beschäftigt, herumliegende Schlossreste zu beseitigen, während andere mit Hunden nach möglichen Vermissten suchten.

Es sieht schon verdammt schlimm aus, dachte Hauke, was ihn, aber auch die anderen trotzdem nicht davon abhielt, Nudeln in sich hineinzustopfen.

Nach weiteren Kameraschwenks trat ein junger Mann vors Bild. Mit zitternden Händen sprach er ins Mikrofon: »Wir sind hier live auf dem Schlossplatz in Oldenburg, wo vor einer knappen Stunde unser schönes Oldenburger Schloss eingestürzt ist. Wie das passieren konnte, ist noch nicht sicher, das erfahren wir vielleicht gleich von Herrn Hurrelmann, dem Vorstandsvorsitzenden der Hurrelmann AG, der sich freundlicherweise zu einer Stellungnahme bereit erklärt hat …«

Die Kamera schwenkte abermals über den Schlossplatz, und als sie wieder den jungen Reporter fokussierte, stand Herr Hurrelmann neben ihm und blickte betroffen zu Boden.

»Herr Hurrelmann«, sagte der Reporter. »Vielen Dank, dass Sie die Zeit gefunden haben, einige Worte an unsere Zuschauer zu richten. Was ist geschehen?«

Hurrelmann sah hoch, direkt in die Kamera, der ernste, betroffen wirkende Gesichtsausdruck war gut einstudiert. »Wir können uns einfach nicht erklären, wie es zu dieser Tragödie kommen konnte. Peter Heidkrog, der Bauleiter, ist ein erfahrener Mann, der bis zu diesem Vorfall unser vollstes Vertrauen genossen hat. Es gibt erste Hinweise über Verwechslungen bei den Bauplänen, aber zum gegenwärtigen Zeitpunkt können wir das nicht bestätigen. Besonders hart trifft uns neben dem Einsturz unseres geliebten Schlosses natürlich der tragische Verlust von vier tapferen Arbeitern. Ich versichere Ihnen, dass wir alles in unserer Macht Stehende tun werden, um diesen schmerzhaften Verlust für die Angehörigen so erträglich wie möglich zu machen. Außerdem werden wir keine Kosten und Mühen scheuen, den Oldenburgern dieses wunderbare und einzigartige Bauwerk zurückzugeben. Natürlich werden wir die Umstände, die zu diesem Unglück geführt haben, lückenlos aufklären. Vielen Dank.«

»Herr Hurrelmann, Vorstandsvorsitzender … äh … wie?« Der Reporter blickte zur Seite. »Ach so, der Aufsichtsratsvorsitzende. Alles klar. Das war also der Aufsichtsratsvorsitzende, Herr Hurrelmann, liebe Zuschauer. Wir haben auch versucht, Herrn Heidkrog, den Bauleiter, für eine Stellungnahme vor die Kame-

ra zu bekommen, aber wie uns Herr … also, Herr Heidkrog ist nicht zu einer Stellungnahme bereit.«
Heiner schaltete den Fernsehsender aus und den Funkverkehr ein, sofort begann er wieder zu tippen.
Hauke starrte fassungslos vor sich hin. Das mit Abstand Widerlichste an diesem Schmierentheater war, so fand er, dass Hurrelmann eine Miene tiefster Betroffenheit aufgesetzt hatte.
»Was für eine dumme Sau!« Er musste seine Gefühle in Worte fassen.
»Komm, wir gehen vor die Tür«, sagte Ole zu ihm und Günni, »damit Björni und Heiner in Ruhe weiterarbeiten können.«
Da alle satt waren, erhob niemand Einwände.
»Das gibt's doch nicht«, nahm Hauke den Gesprächsfaden draußen wieder auf. »Wie kann der so abgebrüht in die Kamera lügen? Was ist das für ein Mensch?«
Ole seufzte. »Hauke, ich hab's dir gesagt. Der hat schon eine Menge Leute auf dem Gewissen. Warum glaubst du mir immer noch nicht?«
»Weil es solche Widerlinge nur im Fernsehen gibt. Eigentlich. Dachte ich. Meinst du, der hätte mich … wirklich … umgebr…?« Er konnte es nicht aussprechen, so ungeheuerlich fand er die ganze Angelegenheit.
»Wenn er das Gefühl gehabt hätte, du könntest ihm im Weg stehen oder irgendetwas beweisen, dann … Ja, sicher.« Ole fuhr sich mit dem Finger über die Kehle.
Hauke spürte, wie ihm übel wurde. »Oh, mein Gott. Mein Kind wäre als Waise zur Welt gekommen.«
»Ist ja noch mal gutgegangen«, sagte Ole nach einer Weile.
Günni nickte. »Hauke, du solltest dir darüber im Klaren sein, dass all die Leute, die Hurrelmann auf dem Gewissen hat, Familien besaßen.«

»Ja, schon … aber wenn's einen selbst trifft …«
»Aber du weilst ja noch unter uns.«
»Noch? Du machst mir Spaß, Günni. Wirklich sehr beruhigend.«
»Aber es stimmt«, bemerkte Ole. »Noch ist es nicht vorbei. Der spannende Teil kommt erst noch.«
»Was meinst du damit? *Der spannende Teil?* Mir ist nicht langweilig.« Hauke fühlte, wie sämtliches Blut aus seinem Gesicht wich.
»Hey, Alter. Wir haben eine Abmachung. Ich will Hurrelmann. Du hast eingewilligt. Also haben wir noch zu tun.«
»Ja, schon. Aber was?«
Doch als er die Antwort hörte, wünschte er sich, er hätte nicht zugestimmt.

* * *

»Muss ich da wirklich mit rein?«, fragte Hauke, als sie Stunden später vor dem Steak Frites standen.
»Ich denke, ja«, erwiderte Ole.
»Ich mag aber nicht. Ich meine, was versprechen wir uns davon?«
»Das weiß ich auch nicht genau. Aber wir gehen da jetzt rein.« Ole öffnete die Tür, und Hauke folgte ihm beinahe willenlos in das leere Lokal.
»Guten Abend«, begrüßte Stefan Ahlrich die beiden Eingetretenen. Dann stutzte er, als er Hauke sah. »Na, wir kennen uns doch.«
»Ja, äh, das ist wohl so.«
»Hauke, richtig?«
»Mmmh«, nuschelte Hauke, der sich sehr schämte.

»Das ist ja mal eine Überraschung.« Bei diesen Worten schämte sich Hauke noch ein bisschen mehr.
Im selben Moment spürte er einen Knuff in der Seite. Scheinbar wollte Ole ihm etwas mitteilen, aber was? Hauke gingen in den letzten Tagen derartig viele Gedanken durch den Kopf, dass er oft nicht mehr wusste, welcher dieser Gedanken mit welcher Situation wie verknüpft war.
Habe ich Ahlrich in meinem Artikel erwähnt?, fragte er sich, und als ihm die Antwort einfiel, wurde ihm wieder anders zumute. Ja, natürlich, deshalb hatte er sich eben so geschämt. Hatte er sich bei ihm schon entschuldigt? Wiebke hatte ihm geraten, Ahlrich zu schreiben. Das hatte er bislang nicht getan. Aha!
»Ich wollte mich bei dir entschuldigen«, sagte Hauke. »Weil ich dich in meinem Text erwähnt habe. In der Zeitung.«
»Das hat mich ganz schön geärgert.«
»Verstehe ich. Sehr sogar. Allerdings war der Text nicht zur Veröffentlichung bestimmt, sondern eher so etwas wie ein Brainstorming. Nur für mich. Damit ich nichts vergesse.«
»Das habe ich mir gedacht«, antwortete Stefan Ahlrich. »Aber das ändert nichts daran, dass du mir nachspioniert hast.«
»Das kann man so auch nicht sagen. Ich habe das alles eher zufällig erfahren.«
»Von wem?«
»Das darf ich nicht sagen. Wenn ich das verrate, wird jemand anderes sauer auf mich, und im Moment gibt's schon genügend Leute, die mir nicht wohlgesonnen sind.«
»Tja, in diesem Fall ist es dann wohl besser, wenn ihr jetzt geht. Wir schließen gleich.«
»Nun, ich hätte da aber noch ein paar Fragen«, sagte Ole.
»Kommt ein anderes Mal wieder«, entgegnete Stefan Ahlrich.

»Ich würde aber gerne wissen, wie viel Geld Sie gesammelt haben und wer das wofür bekommt.«
»Ich habe keine Ahnung, wovon Sie sprechen«, sagte Ahlrich zu Ole.
»Ich vermute ja, dass das Geld gebraucht wird, um Peter Heidkrog abzufinden.«
»Pierre«, rief Ahlrich nach hinten in die Küche.
»Lass uns gehen«, raunte Hauke Ole zu, der sich an den massigen Koch erinnerte.
»Wahrscheinlich glaubten Sie tatsächlich, dass Hurrelmann und Heidkrog eine Tiefgarage bauen wollten, oder? Ich meine, warum sonst sollten Sie diese beiden Spinner unterstützen?«
Der Koch kam aus der Küche gestampft und hielt zu Haukes Entsetzen ein Hackebeil in der Hand.
»Was ist los?«, fragte der bullige Mann mit Fistelstimme und schwerem Akzent.
»Ole«, sagte Hauke. »Bitte.«
»Augenblick!« Ahlrich stoppte Pierre, bevor er das Wort wieder an Ole richtete. »Was soll das heißen? Und wer sind Sie überhaupt?«
»Wer ich bin? Ich bin jemand, der es nicht schön findet, wenn vier Arbeiter sterben müssen, nur weil der Mann, für den sie illegalerweise arbeiten, da gerade Bock drauf hat. Und was das heißen soll? Das soll heißen, Herr Ahlrich, dass Hurrelmann nie vorhatte, eine Tiefgarage zu bauen.«
»Pierre, du kannst wieder in die Küche gehen«, sagte Ahlrich.
»Wenn doch etwas ist, rufen Sie mich«, erwiderte Pierre und kehrte zurück zu seinem Fleisch.
»Wollen Sie etwa andeuten, dass es sich nicht um einen Unfall gehandelt hat?«
Hauke fand, dass Ahlrich ernsthaft irritiert aussah. Das konnte

bedeuten, dass dieser Mann vielleicht doch kein schlechter Kerl war. Ihm gefiel die Vorstellung, denn der Restaurantbesitzer war ihm irgendwie sympathisch, nicht zuletzt wegen seiner formidablen Steaks.

»Das genau will ich damit andeuten, ja«, sagte Ole.

»Puh.« Ahlrich stützte sich am Tresen ab. »Es fällt mir schwer, das zu glauben.«

»Das ist normal. Man hat Sie reingelegt. Das mag niemand gern glauben. Aber die Fakten lassen keinen anderen Schluss zu.«

»Aber warum?«

»Hurrelmann will das Schloss. Allein hätte er das nie bekommen. Er brauchte Verbündete. Deswegen ist er an Sie herangetreten mit einem angeblich sicheren Plan, die Mall auf dem Berliner Platz zu stoppen. Darum ging es Ihnen ja, oder?«

»Sicher. Viele Händler in der Stadt gehen davon aus, dass sie einpacken können, wenn die Mall eröffnet wird. Ich schätze, dass ich dann zwar weiter ganz gut über die Runden kommen würde, aber ich verstehe die Ängste der Kollegen. Wir brauchen dieses Ding nicht. Aber es war nicht Hurrelmanns Idee.«

»Aha. Peter Heidkrog hat das an Sie herangetragen.«

»Er meinte, dass die Abgeordneten auf die Tiefgarage aufspringen würden wegen der freien Parkplätze. Peter war sich außerdem sicher, dass die Tiefgarage das statische Umfeld beeinträchtigen wird, so dass danach die Mall nicht mehr gebaut werden kann. Da würde er dann Gutachter finden, die das bestätigen. Deswegen haben wir gesammelt.«

»Weil Sie gehofft haben, so an eine Lobby zu kommen?«

»So ähnlich. Aber letztlich waren wir alle ziemlich naiv. Wir haben Heidkrog geglaubt, obwohl der ja für Hurrelmann arbeitet. Hätten wir genauer darüber nachgedacht, hätten wir begreifen müssen, dass Hurrelmann sich mit dem Bau der Tiefgarage sein eigenes Geschäft, also den Bau der Mall, vermasselt hätte. Und bei der Mall wäre sicher mehr rausgesprungen als bei einer Tiefgarage. Aber so weit kamen wir mit unseren Überlegungen nicht, ebenso wenig haben wir uns näher mit der Statik beschäftigt. Es war ja so, dass einige Kollegen selbst Gutachten in Auftrag gegeben haben, das stand neben der Glaubwürdigkeit von Heidkrog bei uns im Vordergrund. Die Gutachten wurden aber ignoriert, weil bei ihnen etwas anderes herauskam, als der Oberbürgermeister wollte. Wenn Gutachten von Hurrelmann vorgelegt werden, sieht das natürlich anders aus. Aber jetzt ist das ja auch egal.«

»Nein, egal ist das nicht«, widersprach Ole. »Wir arbeiten dran. Haben Sie Heidkrog das Geld schon übergeben?«

»Ja, gestern Abend.«

»In bar?«

Ahlrich nickte.

»Scheiße«, sagte Ole. »Das ist weg.«

Stefan Ahlrich sah plötzlich ganz blass aus. »Ich kann das nicht glauben«, sagte er abermals. »Wir sind doch Familie. Warum tut er das?«

»Heidkrog? Geld. Er nimmt den Einsturz des Schlosses auf seine Kappe und wird dafür in der Öffentlichkeit gelyncht, damit Hurrelmann mit frisch gewaschenem Hals … also diesem Fettring, wo bei anderen Leuten der Hals ist … dasteht. Hurrelmann sorgt dafür, dass es zu keiner weiteren Strafverfolgung kommen wird, denn das Ganze war ja nur ein Unfall. Deswegen wird Heidkrog nicht belangt. Aber belohnt. Und zwar von dem Geld, das Sie gesammelt haben. Damit's für Hurrelmann nicht so teuer wird. Denn der braucht ja jetzt sein ganzes Kapital, um das Schloss so herzurichten, wie er es schon immer haben wollte. Was genau er damit anstellen wird, das weiß ich

leider noch nicht. Aber mein Bauchgefühl sagt mir, dass es schlimmer wird als die Mall.«
Ahlrich rieb sich mit beiden Händen das Gesicht. »Was machen wir denn jetzt? Ich meine, was habt ihr vor?«
»Wir brauchen Beweise, um diesen Irrsinn zu stoppen. Dafür müssen wir an Hurrelmanns Akten.«
»Wie wollt ihr das anstellen?«
»Keine Ahnung.«
Ahlrich dachte offensichtlich über etwas nach, schüttelte aber schließlich den Kopf. »Das kann ich nicht machen.«
»Was denn?«, fragte Hauke.
»Morgen ist doch große Party bei Hurrelmann zu Hause. Die alljährliche Maifeier. Ich mache da das Catering. Aber …«
»Na, wenn sich da mal keine Möglichkeiten ergeben …«, sagte Ole fröhlich.
»Sorry, Leute. Das geht nicht. Tut mir leid, aber ich kann euch da nicht reinschmuggeln. Der Wagen wird gründlich durchgecheckt. Da kann sich keiner drin verstecken. Wir sind zu viert, und ich brauche die Leute fürs Buffet. Da kann ich keinen austauschen. Ich muss auch an die Zukunft denken. Ich darf mein Geschäft nicht aufs Spiel setzen.«
»Das verstehe ich gut«, lenkte Ole sehr zu Haukes Überraschung ein. »Ich möchte auch nicht auf Hurrelmanns Abschussliste landen. Obwohl, wenn ich es mir recht überlege, stehe ich da vielleicht schon drauf. Na ja. Schade. Gehen wir, Hauke«, sagte er und wandte sich zum Gehen. Mittendrin hielt er inne. »Eine Frage hätte ich aber doch noch. Wie, glauben Sie, werden die anderen edlen Spender reagieren, wenn sie erfahren, dass es gar nicht zu der Tiefgarage kommt? Und was hat Hurrelmann als Antwort auf diese Reaktion geplant? Oh, das waren zwei Fragen. Nichts für ungut. Schönen Abend noch.«

Sie ließen einen extrem besorgt dreinblickenden Ahlrich zurück.
Schweigend gingen Ole und Hauke zum Auto. Dort angekommen, unterbrach Hauke die Stille. »Was grübelst du?«
»Ich wundere mich über Ahlrich. Er ist von ganz alleine draufgekommen, dass er uns bei Hurrelmann einschleusen könnte.«
»Ja, aber er tut's nicht.«
»Nein. Er hat Angst. Verdammt viel Angst. Ich frage mich, ob wir ihn nicht doch noch überzeugen können.«
»Deshalb die beiden Fragen, um ihm noch mehr Angst zu machen?«
»Nein. Damit er sich darüber im Klaren ist, dass er zwischen den Fronten steht. Die Tiefgaragen-Spender werden nicht besonders entzückt über den Verbleib ihres Geldes sein. Und Hurrelmann kann es sich nicht leisten, dass sein Name mit dieser Schmiergeldgeschichte in Verbindung gebracht wird. Also hat Ahlrich ein Problem. Und deshalb überlegt er es sich vielleicht noch einmal. Behalten wir das Ganze als mögliche Option im Hinterkopf.«
»Und was tun wir jetzt?«
»Wir fahren zur Hütte zurück und zermartern uns das Hirn, wie wir ohne Ahlrich auf Hurrelmanns Party kommen.«
»Du glaubst ihn überreden zu können und willst trotzdem anders da rein? Wieso so umständlich?«
»Weil er Angst hat, Hauke. Du solltest am besten wissen, dass man damit nicht spielen sollte.«
Das stimmt, dachte Hauke. Aber warum hat da bei mir keiner Rücksicht genommen?
»Weil du eigenhändig die ersten Beweise geliefert hast, mein Alter«, sagte Ole und öffnete die Autotür.
»Ich hab doch gar nichts gesagt!«
»Aber gedacht hast du.«

7

SAMSTAGNACHT, 30.04.–01.05.

Hauke saß auf dem Sofa und rieb sich wiederholt die Schläfen, um sein Gehirn wachzuhalten. Schon seit Stunden drehten sich die Gespräche um etwaige Möglichkeiten, in Hurrelmanns Anwesen einzudringen, aber die Details, aufgrund derer die verschiedenen Strategien erörtert wurden, waren für Hauke ein paar Ebenen zu hoch. Da war die Rede von redundanten Schaltkreisen, von Transponderreichweiten, Fernwartungslücken, Hit and Run, Hide and Seek, Duck and Cover und anderen Begriffen, deren Orthografie und Semantik sich ihm nicht erschlossen.

Umso erfreuter war er, als sein Handy ihm einen Anrufer signalisierte, wenngleich Heiner ihm umgehend einen medusenhaften Blick zuwarf. Also verließ er die Hütte, jedoch grinsend.

»Ja, Hauke Nöhlert hier«, meldete er sich, nachdem er die Tür hinter sich geschlossen hatte.

»Ich bin's«, sagte Wiebke. Sie klang traurig oder, noch schlimmer, enttäuscht.

»Hey, wie geht's dir?«

»Nicht so gut, wie du dir vielleicht denken kannst.«

Oha, dachte Hauke und ging im Geiste mögliche Gründe durch, warum Wiebke aktuell von ihm enttäuscht sein könnte. Etwas Konkretes fiel ihm allerdings nicht ein. »Tut mir leid«, sagte er deswegen nur.

»Was kannst du denn dafür?«

Offenbar bin ich – an was auch immer – nicht schuld, überlegte Hauke.
»Was ist denn los?«, fragte er verständnisvoll.
»Hast du keine Nachrichten gehört?«
»Ach, die Sache mit dem Schloss?«
»Natürlich, du Holzkopf. Ich weiß ja nicht, ob du's mitbekommen hast, aber mein Daddy hat da vier Leute umgebracht.«
Holzkopf! So was hatte sie noch nie zu ihm gesagt! Hauke war empört.
»Na ja, so drastisch würde ich das nicht formulieren. Er hat sie ja nicht wirklich umgebracht.«
»Sag mal, hältst du mich eigentlich für total bescheuert? Du denkst wahrscheinlich: Die Alte hat ja nicht mehr alle Tassen im Schrank, ihre Liebesduselei hat sie unzurechnungsfähig gemacht. Ich kann mir schon noch eins und eins zusammenreimen.«
»Äh …«
»Glaubst du, ich weiß nicht, dass mein alter Herr und sein sauberer Chef das so geplant haben? Meinst du wirklich, ich kriege nicht mit, wie das funktioniert? Hey, der Mann ist mein Vater. Mein Vater! Glaubst du, ich bin groß geworden, ohne mitzukriegen, was für ein korrupter Arsch das ist?«
»Holla …«
»Natürlich will ich ihn nicht in der Öffentlichkeit anschwärzen, aber das geht nun wirklich zu weit. Der hat die vier Arbeiter einfach über die Klinge springen lassen, damit er sich auf Mallorca zur Ruhe setzen kann. Das muss man sich mal vorstellen.«
»Moment. Auf Mallorca? Dein alter Herr ist auf Mallorca?«
»Ja. Gestern hat er gepackt, und heute ist er direkt vor dem Einsturz abgedüst. Hurrelmann hat ihm seine Finca vermacht.«
»Wow«, sagte Hauke. »Du weißt das alles?«

»Ja, ich weiß das alles, stell dir vor. Dein kleines, dummes Blondchen weiß auch mal was.«

»Hey, sachte. Du bist kein dummes Blondchen. Das habe ich nie gesagt. Und gemeint habe ich das ebenfalls nie. Ich denke das nämlich nicht.«

»Ich wäre auch kein dummes Blondchen, selbst wenn du das glauben würdest. Das hat da nämlich keinen Einfluss drauf.«

»Heißt es nicht eigentlich blondes Dummchen?«, warf Hauke ein.

»Öh, ja, glaub schon.« Trotz ihrer angespannten Gemütsverfassung musste Wiebke kichern.

»Jedenfalls tut's mir leid, dass dein Vater so ein Arsch ist.«

»Ja, mir auch. Und ich will, dass er dafür büßt. Familie hin oder her. Er darf nicht damit durchkommen, Leute umzubringen.«

»Da hast du sicher recht. Aber was willst du tun?«

»Irgendwo hat Hurrelmann bestimmt Beweise, Papiere … ach, was weiß ich. Irgendwas muss es da doch geben«, sagte Wiebke verzweifelt.

»Mmh, selbst wenn es Beweise geben würde, man hätte keine Chance, an sie heranzukommen. Der Typ lebt anscheinend in einer Art Festung.«

»Ach, in die Festung zu gelangen, ist leicht. Morgen Abend findet da eine große Party statt.«

»Und?«

»Ich bin da eingeladen. Mit Anhang.«

»Du bist was?«

»Ich bin da eingeladen.«

»Mit Anhang?«

»Ja. Willst du mit? Hilfst du mir? Eigentlich wollte ich wegen der Schlosssache da nicht hin, aber du hast mich auf einen Gedanken gebracht.«

»Ob ich dir … na, hör mal. Klaro helfe ich dir.«
»Wirklich?«
»Da kannst du Gift drauf nehmen. Du, ich habe heute Nacht noch zu tun. Aber morgen sehen wir uns, abgemacht?«
»Was machst du denn jetzt noch?«
»Das erklär ich dir später. Aber es hat was mit Hurrelmann zu tun.«
»Da bin ich aber gespannt.«
»Mit Recht, mein Schatz. Bis morgen.«
Hauke spürte, wie ihm heiß vor Aufregung wurde. Freudestrahlend riss er die Tür zur Hütte auf und sprang mit einem Satz hinein.
»Wollt ihr mal was Witziges hören?«, rief er in die Runde.
»Nicht jetzt«, sagte Heiner streng.
»Schade«, entgegnete Hauke. Er entschloss sich dennoch dagegen, beleidigt zu sein, und setzte sich zu den anderen an den Tisch.
»Aber das sind doch auch nur Sicherheitsfuzzis. Die sind doch alle gleich«, sagte Ole gerade. »Die machen alle Fehler.«
»In diesem Fall: Fehlanzeige«, widersprach Björni.
»Inwiefern sind die anders?«, hakte Ole nach.
»Die meisten Typen, die in der Sicherheitsbranche tätig sind, haben diesen Job, weil sie dann coole Uniformen anziehen können. Die fahren selbst bei Dunkelheit mit Sonnenbrillen durch die Fußgängerzone und lassen sich begaffen. Solche Spacken nehme ich dir in ein paar Minuten auseinander. Die richten ihre Systeme so ein, dass der Chef von seinem Laptop Zugriff auf alles hat, am liebsten auch noch drahtlos. Leider setzt Hurrelmann da auf andere Kaliber. Alte Schule. Sicherheit geht denen vor neuer Technologie. Die gucken, wie sie einen Laden zunageln können, und suchen dann nach den geeigneten Lösungen«, erwiderte Björni.

Günni nickte.
»Kommen wir da irgendwie rein?«, wollte Ole wissen.
»Ich weiß es nicht.« Björni rieb sich die Augen. »Mir fällt nichts mehr ein.«
»Nun ja«, mischte sich Hauke ein. »Ich weiß ja nicht, ob das was hilft, aber ich bin da eingeladen. Also, eigentlich ist Wiebke eingeladen, meine Freundin, aber sie nimmt mich mit.«
»Wie bitte?«, fragte Heiner und blickte von seinem Laptop auf.
»Ich habe gerade mit ihr telefoniert, und da hat sie mir gesagt, dass sie auf Hurrelmanns Party gehen wird.«
Einen Augenblick lang herrschte andächtige Stille in der Hütte, während alle Hauke mit großen Augen ansahen.
»Alter, ich fass es nicht.« Ole lachte plötzlich los. »Du gehst als Wiebkes Begleitung auf die Party?«
Hauke grinste wie ein Honigkuchenpferd.
»Wir sind wieder im Rennen, Freunde«, sagte Günni. »Wir haben einen Infiltrator.«
»Will noch jemand ein Bier?«, fragte Björni.
»Ja«, antwortete Hauke, und Björni strahlte über das ganze Gesicht.
»Also, für die Akten«, fasste Heiner zusammen. »Deine Freundin ist da eingeladen und darf dich mitbringen?«
»Ja«, sagte Hauke.
»Warum?«, fragte Heiner.
»Sie ist da eingeladen, weil ihr Vater der Heidkrog ist, der Bauleiter von Hurrelmann.« Hauke schluckte kurz, bevor er fortfuhr: »Ach so, bevor ich es vergesse, der Heidkrog ist übrigens auf Mallorca. Ist kurz vor dem Einsturz abgehauen. Krass, oder? Ole hatte das ja schon vermutet. Hurrelmann hat ihm auf der Insel eine Finca geschenkt.«

Heiner tippte rasch etwas, danach wandte er sich wieder Hauke zu.
»Warum will sie dich mitnehmen?«
»Damit ich ihr helfe, belastendes Material gegen ihren Vater und Hurrelmann zu finden.«
Hauke zählte im Stillen bis drei und hörte dann zufrieden, wie Ole vor Lachen förmlich explodierte.
»Goil«, grunzte Björni und trank einen Schluck Bier, bevor er Hauke seine Flasche reichte.
»Moment«, sagte Heiner scharf. »Was hast du ihr erzählt?«
»Ich habe ihr überhaupt nichts erzählt, Heiner. Sie ist kein blondes Dummchen, weißt du?«
»Ist sie nicht?«, fragte Heiner mit hochgezogenen Augenbrauen.
»Nein, ist sie nicht. Sie ist eine hochintelligente, extrem attraktive, wunderbare Frau.«
Hab ich das gerade wirklich gesagt?, fragte Hauke sich. Mmh, ja, das war ich. Und es stimmt. Und das ist meine Freundin. Toll!
»Das letzte Mal, als du von ihr gesprochen hast«, fuhr Heiner fort, während er etwas tippte, »warst du dir nicht sicher, ob diese Wiebke deine Freundin ist. Mehr hattest du nicht über sie gesagt.«
»Ja und?«
»Das wären hilfreiche Details gewesen.«
»Hilfreiche Details? Wofür?«
»Mit ihnen hätten wir schon früher darüber nachdenken können, wie sie uns helfen könnte.«
»Jetzt mach aber mal ’nen Punkt«, sagte Hauke. »Ich war mir halt nicht sicher wegen der ganzen Sache, Mann!«
»Es geht hier aber nicht um dich, Hauke«, erklärte Heiner kühl.

»Ich erwarte, dass du uns keine weiteren Informationen vorenthältst.«
»So? Tu ich das? Wie ich zu meiner Freundin stehe, ist aber privat.«
»Das solltest du besser mir überlassen, was hier privat ist und was nicht.«
»Und wieso sollte ich das dir überlassen?«
»Weil du sonst Leben aufs Spiel setzt. Weil du die Dinge nicht überblickst.«
»Ach, so ist das. Aber du … du überblickst die Dinge?«
»Ja«, antwortete Heiner sachlich. »Wenn ich die Einzelheiten kenne«, fügte er mit leicht giftigem Unterton hinzu.
»Können wir das mal bitte lassen«, unterbrach Ole die beiden Kampfhähne. »Hauke, du vergisst ab sofort keine Details mehr, und Heiner, du kriegst dich wieder ein, okay?«
»Ich versuche hier nur meinen Job zu machen«, sagte Heiner. »Aber ich brauche die Details«, ergänzte er. Es klang beinahe defensiv.
»Wo wir gerade bei den Details sind«, sagte Hauke, für den die Sache noch lange nicht erledigt war. »Mir verrät auch keiner irgendwelche Details. Aber das nur so am Rande.«
»Was willst du wissen, Kumpel?«, fragte Björni jovial. Er war zwischenzeitlich wieder in der Küche gewesen, um sich noch ein Bier zu holen.
»Wer ihr seid. Was ihr für Leute seid. Und warum ihr das hier alles macht. Was hat euch dieser Hurrelmann getan? Ihr seid doch nicht nur darauf aus, die Welt allgemein zu verbessern, oder? Und wo ist jetzt dieser Michi? Wieso trägt der Uniform und ist jetzt wieder verschwunden? Das alles wüsste ich gerne.«
Heiner, Günni, Björni und Ole tauschten fragende Blicke aus. Dann nickten sie sich zu.

»Okay«, sagte Björni und stand seltsamerweise auf. »Ich bin Björni. Ich hatte mal ein sehr gut laufendes Sicherheitsunternehmen mit Günni zusammen. Hurrelmann hat unsere Installation in seinem Technologiezentrum vor der Abnahme sabotieren lassen, damit er nicht bezahlen muss. Wir haben kein Geld gesehen, weil wir ihm die Sabotage nicht nachweisen konnten. Danach waren wir am Arsch. Zehn Mitarbeiter mussten wir entlassen, meine Frau hat mich verlassen und die Kinder mitgenommen. Und Michi ist Polizist, wie du ja an der Uniform unweigerlich erkennen konntest, ein enger Freund von Ole und hat gerade Dienst.« Danach setzte Björni sich wieder und trank einen Schluck Bier.

»Ich kann da noch hinzufügen, dass ich mit vierhunderttausend Euro Eigenkapital diese Installation finanziert habe«, sagte Günni. »Die Hälfte davon war geliehen. Vorher haben Björni und ich Sicherheitsanlagen geprüft, und davor habe ich Sicherheitsanlagen gemieden. Frau und Kinder habe ich nicht.«

»Du hast Sicherheitsanlagen gemieden?«, fragte Hauke nach.

»Günni war in einem früheren Leben Panzerknacker«, erklärte Björni.

»So ist es«, bestätigte Günni.

Hauke war sich nicht mehr sicher, ob es schlau gewesen war, diese Fragen in den Raum zu stellen, aber nun gab es kein Zurück mehr. Also sah er zu Heiner.

»Normalerweise sage ich das ja nur Leuten, die mich bezahlen«, begann er, »aber in diesem Fall mache ich eine Ausnahme. Ich bin Kriminalpsychologe und Betreiber einer Privatdetektei.«

»Der Profiler?«, entfuhr es Hauke.

»Ja, der Profiler. Ich arbeite sehr viel mit der Polizei zusammen, und diese beiden Herren sind meine Partner«, sagte er, wobei er auf Björni und Günni zeigte. »Und ich bin hier der Einzige, der keine persönliche Fehde gegen Hurrelmann führt, außer dass mir der Mann für ein friedvolles Zusammenleben ungeeignet erscheint.«

Dann sahen alle zu Ole.

»Was denn?«, entgegnete er.

»Deine Motivation kenne ich auch nicht«, sagte Hauke und fragte sich, ob das stimmte. Immerhin waren sie ja Freunde. Oder?

Ole druckste ein wenig herum, als suche er nach Möglichkeiten, sich rauszureden.

»Okay«, seufzte er schließlich, »Ich erzähl's dir. Aber ungern. Ist 'ne ziemlich pathetische Geschichte.«

»Ich bin gespannt«, sagte Hauke, dem nicht entgangen war, dass die anderen sich zurücklehnten. Sie wussten, was kam.

»Du hattest mich ja schon mal nach Heidi gefragt.«

»Ja«, antwortete Hauke knapp, damit Ole möglichst nicht am Weitererzählen gehindert wurde.

»Heidi ist meine große Schwester. Fünfzehn Jahre älter als ich. Sie hat Ende der siebziger Jahre geheiratet, einen aufstrebenden Anwalt, der Anfang der Achtziger in die Stadtverordnetenversammlung gewählt wurde.«

»Und? Was ist passiert?«, fragte Hauke, aber Ole antwortete nicht. Stattdessen sah er Hauke erwartungsvoll an. Da machte es klick.

»Schneidemann? Das war Heribert Schneidemann?«

Ole nickte.

»Ach du Scheiße. Und was ist mit ihr?«

»Nachdem ihr Mann unter der Brücke baumelnd gefunden wurde, ist sie ziemlich ausgetickt. Meine Eltern haben sich um die Kinder gekümmert, während sie in der Klapse war. Sie hat sich aber wieder eingekriegt.«

»Und dann?«
»Und dann? Tja, und dann. Dann hat sie sich ihre Kinder gekrallt und ist nach Australien ausgewandert. Meine Mutter hat das nicht verkraftet. Nervenzusammenbruch. Klapse. Tod.«
»O Gott. Das tut mir leid.«
»Das wiederum hat meinen Alten um den Verstand gebracht. Da war ich neunzehn. Ich wollte nicht, dass er in Mamas Fußstapfen tritt, also hab ich ihn bei mir behalten.«
»Das war aber mächtig anständig von dir.«
»Ich hätte es, glaube ich, nicht so gut verkraftet, wenn er auch verreckt wäre.«
Hauke fühlte sich klein und mies. Die letzten Tage – oder waren es Wochen? – hatte er Ole ständig mit seinen Problemchen in den Ohren gelegen. Die sich auch noch nach und nach von selbst lösten. Aber Ole? Während andere – auch Hauke – studiert und rauschende Partys gefeiert hatten, war er rund um die Uhr für seinen Vater da gewesen. Und das immer noch, all die Jahre.
»Na ja. Schwamm drüber«, sagte Ole in diesem Moment.
Günni klatschte in die Hände. »Ich denke, das dürfte reichen. Wir haben zu tun.«
»Äh, ja«, sagte Hauke und schüttelte sich, um sich wieder auf das zu konzentrieren, was ihnen bevorstand. »Danke noch mal für eure Offenheit.«
»Alles gut. Hast ja recht gehabt«, sagte Günni und rollte den Grundstücksplan des Hurrelmannschen Anwesens auf dem Tisch aus. »Also. Nun zum konkreten Vorgehen für diese Maifeier. Hauke, du kommst ja ganz offiziell in die Villa rein. Zu einem verabredeten Zeitpunkt gehst du zum primären Schaltkasten der Alarmanlage und der gekoppelten Sicherheitssysteme. Dieser Kasten befindet sich im Küchen- und Personaltrakt.

Hier.« Günni wies mit seinen kräftigen Fingern auf den Plan. »Vor der Küche geht ein Flur links ab, der in Richtung der Räume führt, wo die Sicherheit rumhockt. Hurrelmanns Büro ist ebenfalls dort. Nach drei Metern auf diesem Flur hängt links der Schaltkasten, direkt neben der Kellertür.«

»Woher habt ihr denn den Plan?«, unterbrach ihn Hauke, der deutlich spürte, wie sein Herz vor Angst und Aufregung zu klopfen begann.

Günni grinste breit. »Von Hurrelmanns Hausarchitekten. Der hatte ihn noch im Tresor.«

»Ah. Verstehe. Also, gesetzt den Fall, ich schaffe es bis zum Schaltkasten. Was tue ich dann?«

Statt einer Antwort hielt Günni Hauke einen streichholzschachtelgroßen Kasten unter die Nase.

»Um Punkt halb elf hältst du dieses kleine Kästchen an den Sicherungskasten. Du hörst dann schon, wenn es andockt. Danach drückst du diesen schwarzen Knopf und wartest, bis du ein Klicken vernimmst. Ist das passiert, springt die Tür auf.«

»Was ist mit andocken gemeint?«

»Im Prinzip funktioniert das Ganze wie eine Fernbedienung, um Autotüren zu öffnen. Nur dieser Transponder wird erst scharf, wenn er magnetisch am Schloss angedockt ist.«

»Transponder?!«

»Ja. Der schließt den Sicherungskasten auf.«

»Wieso tut der das? Ich meine, woher weißt du das?«

»Wir wissen, was für ein Sicherungssystem bei Hurrelmann eingebaut ist. Das wiederum wissen wir, weil wir wissen, welcher Sicherheitsdienst es installiert hat. Die Leute dort benutzen immer diese Anlage, weil sie die selbst herstellen. Securomatrix heißt das Teil. Wir haben einen Universalschlüssel für den Sicherungskasten, diesen Transponder. Und bevor du fragst, woher wir den haben – das ist mein Berufsgeheimnis, lieber Hauke.«

»Günni hat mal für die Sicherheitsanlagenprüfstelle gearbeitet«, erklärte Ole. »Die testen das Zeug, damit es eine Prüfplakette bekommen kann.«

»Deutschland ist schön«, sagte Heiner trocken, woraufhin ihn alle erstaunt ansahen. Heiner zuckte nur mit den Schultern und tippte weiter.

»Da hat man den Bock zum Gärtner gemacht«, feixte Björni.

»Och, Menno«, protestierte Günni.

»Und was mache ich, wenn der Kasten auf ist?«, fragte Hauke weiter.

»Einen Kurzschluss verursachen. Am besten kippst du einen Eimer Wasser rein.«

»Meint ihr nicht, dass es jemandem auffällt, wenn ich da mit einem Eimer Wasser rumlaufe?«

»Dann halt einen Eiskübel. Die wird's da zuhauf geben. Champagner-Party.«

»Ihr könntet mir doch auch einen kleinen Sprengsatz in die Hand drücken. Das wäre mehr so wie James Bond.«

»Natürlich könnten wir das. Wir könnten dir auch eine Panzerfaust mitgeben oder einen Raketenwerfer«, sagte Günni. »Ich glaube aber nicht, dass das wirklich hilfreich wäre. Erstens bist du nicht James Bond. Zweitens wollen wir nicht, dass du nach der Aktion in den Knast wanderst, und drittens wird es schwierig, da Waffen reinzuschmuggeln. Die Gäste werden beim Betreten des Hauses gescreent.«

»Wie auf Flughäfen?«

»Genau.«

»Und das Kästchen? Fällt das da nicht auf?«

»Nein. Es sieht aus wie ein Feuerzeug. Außerdem«, sagte Günni und drückte auf einen weiteren Knopf am Transponderkästchen, woraufhin eine kleine Flamme aus der Oberseite geschossen kam, »ist es ein Feuerzeug.«

»Genial«, kommentierte Hauke anerkennend. »Und weiter?«

»Ole und ich kommen rein. Es wird etwa eine Viertelstunde dauern, bis sie auf den Ersatzstromkreis umgeschaltet haben und der Alarm wieder scharf ist. In der Zeit schaffen wir's locker ins Haus.«

»Wieso dauert das eine Viertelstunde?«, wollte Hauke wissen.

»Weil sie vor dem Umschalten alle Geräte auf Unversehrtheit überprüfen müssen. Die Rechenanlagen laufen zwar mit USV, aber nach einem Kurzschluss müssen sie die trotzdem prüfen.«

»Was ist das denn nun wieder?«, fragte Hauke mit einem Anflug von Verzweiflung.

»USV? Unterbrechungsfreie Stromversorgung. Im Prinzip eine leistungsfähige Batterie, die es dir erlaubt, einen betroffenen Rechner nach Stromausfall sauber runterzufahren, damit Datenverluste vermieden werden können«, erklärte Björni. »Nach dem Stromausfall fahren sie die Systeme runter und prüfen die Hardware. Danach erst fahren sie sie wieder hoch, machen einen Systemcheck und gehen dann wieder online.«

»Danke. So genau wollte ich's gar nicht wissen.«

»Schade«, sagte Björni und holte sich noch ein Bier.

»Und denken die bei der Stromunterbrechung nicht gleich an das Schlimmste?«

»Bei so vielen Gästen ist nicht davon auszugehen. Hurrelmann wird deswegen kaum die Feier abbrechen. Also, weiter im Geschehen: Ole und ich kommen rein und holen die Unterlagen. Natürlich nur, wenn sie noch existieren. Aber die Hoffnung stirbt zuletzt. Es gibt, wie wir durch den Architektenplan erkennen konnten, eine Stahlkammer direkt neben Hurrelmanns

Büro. Vermutlich hat er seine unsauberen Vereinbarungen dort aufbewahrt. Das scheint uns jedenfalls der beste Ausgangspunkt für unsere Suche zu sein.«

Eine Frage beschäftigte Hauke noch sehr. »Ihr holt also die Sachen, wenn es da welche gibt. Aber was wird aus mir? Die werden doch mitbekommen, dass ich den Sicherungskasten gewässert habe.«

»Davon ist nicht unbedingt auszugehen, aber dennoch möglich. Der Sicherheitsdienst nimmt dich in diesem Fall in Gewahrsam und verhört dich. Dann wirst du vielleicht Hurrelmann vorgeführt, und der verhört dich auch noch einmal. Dann geht aber auch schon der Alarm los, und die Polizei trifft am Tatort ein.«

»Wie, der Alarm geht los? Ich dachte, der wird ausgeschaltet.«

»Wenn wir das Anwesen verlassen, ist der Alarm sicher wieder scharf. Dann lösen wir ihn aus. Und Michi und Ole sind ja zufälligerweise direkt in der Nähe, um Verstärkung zu rufen und den Ursachen nachzugehen. Ich schätze, dass du etwa eine halbe Stunde in den Klauen des Sicherheitsdiensts ausharren musst.«

»Eine halbe Stunde? Die werden mich doch nicht foltern oder so was?«

»Ich glaube nicht«, sagte Günni.

»Du glaubst?«

»Wie schon gesagt, die sind alte Schule. Sehr besonnene Leute. Ohne Grund werden die dir nicht weh tun.«

»Na, da hoffe ich mal, dass ihr recht habt«, sagte Hauke, dem beim Gedanken, möglicherweise gefoltert zu werden, schwindelig wurde.

»Hauke«, sagte Ole. »Ich will dir hier keinen vorlügen und dir erzählen, dass dir nichts passieren kann. Das ist ganz sicher

nicht ungefährlich für dich, da machen wir uns mal nichts vor. Und natürlich kann es auch sein, dass jemand grob wird. Sie werden dich aber nicht misshandeln oder erschießen. Das scheint ziemlich sicher.«
»Ziemlich sicher?«
»Ja, ziemlich. So ganz hundertprozentig lässt sich das natürlich nicht sagen.«
Hauke schluckte schwer, als er spürte, wie sich die dunklen Gemütswolken wieder über ihm zusammenzogen.
»Das Beste wird sein«, sagte Heiner plötzlich, »wenn du Wiebke alles erklärst, damit sie, während du den Sicherungskasten außer Gefecht setzt, Hurrelmann in tiefschürfende Gespräche verwickeln kann. Das wird die Zeit deutlich verkürzen, in der sie dich bearbeiten können.«
»Ich soll sie da mit reinziehen?«, fragte Hauke.
»Sie will doch mitmachen, oder hat sie dir nur was vorgetäuscht?«, fragte Heiner skeptisch.
»Sie will mir wirklich helfen«, versicherte Hauke. »Sie wollte sich sogar selbst auf die Suche nach Beweisen machen.«
»Na, dann wird sie dich auch unterstützen. Und das ist gut für euch beide.«
»Gut? Für uns beide?«
»Ja. Wenn ihr eine gemeinsame Zukunft plant, ist es sicher das Beste, wenn ihr diese prekäre Situation gemeinsam meistert. Das schweißt zusammen.«
Hauke sah Heiner erstaunt an.
»Nur mein professioneller Rat«, brummte Heiner und widmete sich wieder seinem Notebook.
»Danke«, erwiderte Hauke und meinte zu erkennen, dass Heiner ein wenig rot wurde.
»Okay, mein Alter. Ich bringe dich jetzt nach Hause, damit du

dich noch mal so richtig ausschlafen kannst«, sagte Ole nun. »Morgen ist ein großer Tag.«
Hauke verabschiedete sich von allen, dann gingen Ole und er zum Wagen.
»Wie fühlst du dich?«, fragte Ole.
»Ich habe Angst.«
»Das ist gut. Dann nimmst du's nicht auf die leichte Schulter. Das wird noch ganz schön heikel, und alles hängt von dir ab.«
»Ja, den Eindruck habe ich auch. Es wird schon.«

Während der Fahrt schwiegen beide. Hauke bemerkte, dass Ole genauso angespannt wirkte, wie er sich fühlte, was ihm aber keinerlei Erleichterung verschaffte. Wieder und wieder überlegte er sich, wie es ihm gelingen würde, zu diesem Kasten zu gelangen, und so manches Mal endeten seine Überlegungen in einem Blutbad – mit ihm als Opfer.
Als der Wagen schließlich hielt, war Hauke überrascht, dass sie bei ihm vor der Haustür standen.
»Vergiss nicht, den Transponder in die Hosentasche zu stecken. Nicht in den Mantel und auch nicht ins Jackett«, sagte Ole.
»Okay. Wird gemacht.«
»Viel Glück, mein Alter.«
»Danke, dir auch«, sagte Hauke und stieg aus dem Wagen. »Bis später.«
»Bis später.«

8

SONNTAG, 01.05.

Hauke war besessen davon, an diesem ersten Mai ständig die genaue Uhrzeit zu erfahren. Zweimal rief er die Zeitansage an, deren Existenz ihm seit mehr als einem Jahrzehnt erstmals wieder bewusst wurde, um zu überprüfen, ob auch alles seine Richtigkeit hatte. Wieder und wieder sah er auf seine Uhr, und so registrierte er letztlich auch, dass es neunzehn Uhr siebenundzwanzig war, als sie vom Küstenkanal aus durch das geöffnete Stahltor in die lange, von Eichen gesäumte Privatstraße einbogen, die zu Hurrelmanns Anwesen führte. Wenn Hauke nicht gerade mit Schalten beschäftigt war, hielt er Wiebkes Hand fest gedrückt. Er war froh, seine Freundin bei sich und sie in alles eingeweiht zu haben. Nicht allein zu sein, gab ihm Zuversicht.

Die Chaussee, die sie entlangfuhren, mündete in einen gepflegten, kreisrunden Kiesplatz mit einem lächerlich großen Springbrunnen im Zentrum. Das Wasser spritzte aus den Mäulern von einem guten Dutzend Wasserspeier, die allesamt mythologische Kreaturen darstellten. Ihnen allen war eine prahlerische Präsentation ihrer primären und sekundären Geschlechtsorgane gemein. Breite Treppen führten zum Eingang des Hurrelmann-Anwesens hinauf. Bei seinem Anblick zuckte Hauke zusammen.

»Ach du meine Fresse«, sagte er zu Wiebke, die eigenartig unbeeindruckt blieb. Vermutlich war sie nicht zum ersten Mal hier.

Das Anwesen, das einer Ritterburg Konkurrenz machen wollte, bestand aus mehreren Häusern, die in einem ummauerten Park lagen. Eines weckte sofort Haukes Interesse. Es stand auf einem aufgeschütteten Hügel, umgeben von Schieferterrassen, aus denen Dampf aufstieg.

»Sein Wellnessreich«, sagte Wiebke, der Haukes Blick nicht entgangen war.

»Das ist echt krank«, erwiderte Hauke angesichts dieser zur Schau gestellten Dekadenz.

Wiebke zuckte nur mit den Schultern.

Als Hauke vor den Treppen zum Portal anhielt, sprangen zwei livrierte Untertanen Hurrelmanns herbei und rissen sogleich die Autotüren auf.

Wir sind aufgeflogen, dachte Hauke panisch, bis die beiden Männer ihnen freundlich aus dem Wagen halfen. Einer von ihnen drückte Hauke einen Zettel mit einer gravierten Nummer in die Hand, bevor er in den Wagen stieg und ihn wegfuhr.

Einen Moment lang stand Hauke still da, atmete tief durch, dann erklomm er zusammen mit Wiebke die Stufen zum Eingang. Ein leichter Frühlingsregen setzte ein, was Hauke als Omen deutete – ob es ein gutes oder schlechtes Omen war, vermochte er aber nicht zu entscheiden.

Ein weiterer Lakai hielt ihnen die Tür auf, damit sie den Blick in die Eingangshalle ungestört genießen konnten. Sie betraten den Bereich des Hauses, den man als Windfang bezeichnen konnte, aber dieser Begriff kam Hauke unangemessen vor. Immerhin war hiesiger Windfang größer als seine Wohnung und ungleich bombastischer. Rechts von ihnen stand ein weiterer Uniformierter vor einer Garderobe, die die Ausmaße des Oldenburger Staatstheaters hatte. Sie übergaben dem Mann ihre Mäntel und gingen weiter zum eigentlichen Foyer des Hauses.

Die beiden Flügeltüren schwangen auf, und Musik von einem Streichquartett mit Klavierbegleitung wehte ihnen entgegen wie ein Hauch des Vergessens, der sich dem aufmerksamen Beobachter gelegentlich bei der Besichtigung von Krypten in besonders altehrwürdigen Kathedralen offenbart - nur anders. Hinter den Flügeltüren befand sich ein Saal von fürstlichen Ausmaßen inklusive Emporen - auf einer befanden sich die Musiker des Streichquartetts, auf einer weiteren ein Flügel mit dazugehörigem Pianisten -, Kristalllüster, Balustraden, geschwungenen Treppen, Spiegeln und allerlei disneyesken Ausstattungsmerkmalen. Augenblicklich verflog Haukes Befürchtung, Wiebke und er könnten dem Anlass unangemessen bekleidet sein. Dabei trug seine Freundin ein sehr elegantes schwarzes Cocktailkleid und er einen geliehenen Smoking. Aber alle anderen Gäste waren ähnlich gekleidet. Zwischen ihnen kurvten elegant weiß livrierte Bedienstete mit glasbeladenen Tabletts.
Hauke erkannte sogleich diverse illustre Gestalten aus Politik und Gesellschaft, alle ebenfalls uniformiert in einem Smoking und in Begleitung schicker, gepflegter Damen. Einzig der untersetzte, halslose Hurrelmann hatte sich in einen silbergrau melierten Anzug geworfen. Aus kleinen Schweinsäuglein blickte er die neu Eingetroffenen an. Es folgte ein breites, das Keramikgebiss enthüllendes Lächeln, bevor er seinem Gesprächspartner, einem stadtbekannten Kulturmäzen, kurz zunickte und sich in Bewegung setzte.
Hauke hatte sich nicht hinreichend bewusst gemacht, dass er Hurrelmann tatsächlich begegnen würde, zumindest hatte er nicht damit gerechnet, ihm vor dem Sektkübelattentat gegenüberzutreten, weswegen er einen Anflug von Panik verspürte.
»Wiebkelein«, rief Herr Hurrelmann aus und busselte Wiebke

zwei feuchte Schmatzer auf die Wangen, was Hauke in höchstem Maße widerwärtig fand. »Wie schön, dass du da bist.«
»Onkel Dietmar«, erwiderte Wiebke, ohne rot zu werden, wie Hauke bemerkte. »Schön, dich zu sehen. Das ist Hauke, mein Verlobter.«
Herr Hurrelmann reichte Hauke die Hand. »Wenn das nicht unser Anwärter für den Pulitzer-Preis ist. Herzlich willkommen in meiner bescheidenen Hütte, Herr Nöhlert.«
»Hübsch haben Sie's«, antwortete Hauke.
»Finden Sie? Na ja, es lässt sich hier aushalten«, griente Herr Hurrelmann. »Fühlen Sie sich wie zu Hause. Aber ich muss mich entschuldigen, andere Gäste sind zu begrüßen.« Damit war er entschwunden.
»Der weiß, wer ich bin«, raunte Hauke Wiebke zu und hielt unauffällig nach Überwachungskameras Ausschau.
»Ja und?«
»Ich bin dem noch nie begegnet.«
»Vielleicht weißt du's nur nicht mehr.«
»Quatsch. Das wüsste ich schon. Der hat mich auf dem Kieker.«
»Hast du Schiss?«
»Ja, verdammt. Hast du gesehen, wie viele Bedienstete der hat? Ich wage mir gar nicht auszumalen, wie viel Security hier herumspringt.«
»Eine ganze Menge, würde ich sagen. Aber dass er dich kennt, könnte daran liegen, dass ich ihm gesagt habe, dass ich dich mitbringe. Du solltest erst mal einen Champagner trinken.«
Hauke stimmte Wiebke zu, er fühlte sich wie ein Nervenbündel. Von einem der vorbeischarwenzelnden Livrierten ließ er sich zwei Gläser Schampus geben. Da Wiebke lächelnd auf ihren Bauch deutete, trank er beide Gläser rasch leer.
»Ich muss ein paar Leuten hallo sagen«, verkündete Wiebke

schließlich. »Schau du dich doch schon mal um«, fügte sie hinzu und gab Hauke einen Kuss. Im nächsten Moment war sie in der Menge untergetaucht.

Hauke fühlte sich plötzlich alleingelassen. Kalter Schweiß trat ihm auf die Stirn, als er begann, sich so unauffällig wie möglich umzusehen. Von den Insignien unermesslichen Reichtums nachhaltig geblendet, beschloss er nach einer Weile, die Toilette aufzusuchen.

Auch der Abort war prächtig. Rauer Schiefer bedeckte den Boden, die Waschbecken waren mit Messingarmaturen ausgestattet. Schwingtüren aus Edelholz verbargen die Pissoirs, doch da er keinen wirklichen Entleerungsdrang verspürte, ging er zu dem mannshohen Fenster. Von hier konnte er den Wellnessbereich überblicken. Die Terrassen bargen diverse Pools, von ihnen stieg der Dampf auf, den er bei ihrer Ankunft gesehen hatte. Einige Bedienstete waren damit beschäftigt, zwischen den Becken Fackeln zu entzünden. Da findet nachher wohl noch eine wilde Orgie statt, dachte Hauke halb fasziniert, halb angeekelt.

»Wahnsinn, oder?«, erklang plötzlich eine Stimme hinter ihm, die ihm ob seines nervösen Zustands beinahe einen Herzanfall beschert hatte.

»Ja«, sagte er, ohne sich umzudrehen und im Bemühen, Contenance zu bewahren. »Wahnsinn.«

»Geld regiert eben die Welt.« Der Besitzer der Stimme hatte sich nun neben Hauke ans Fenster gestellt.

»Stefan?«, fragte Hauke, als er den Besitzer des Steak Frites erkannte.

»Hast du's doch noch auf die Party des Jahres geschafft?«

»Wiebke war eingeladen und hat mich …« Mit einem Mal wurde Hauke gewahr, dass hier jemand war, der genau wusste, was er vorhatte. Jemand mit einem Motiv für Rache. »Stefan?«

»Ja?«
»Du wirst doch keinem Bescheid sagen, dass ich ... also, was ich ... Oder?«
»Dein Geheimnis ist bei mir gut aufgehoben«, antwortete Stefan, während er mit dem Finger in Richtung der Waschbecken zeigte.
»Da bin ich aber beruhigt. Ich dachte schon, du wärst ...«
Hauke wurde das Gefühl nicht los, dass Stefan ihm etwas mitzuteilen gedachte. Und als dieser bemerkte, dass Hauke nichts verstand, begann er mit den Lippen Worte zu formen.
»Wie ...«, begann Hauke, das stumm Gesagte nachzusprechen, bevor ihm klarwurde, dass dies womöglich eine extrem törichte Idee war.
Stefan deutete mit den Augen auf die Schwingtüren. Hauke folgte ihm.
»Das war knapp«, sagte Stefan leise, als sich die Edelholztüren hinter Hauke geschlossen hatten. »Hinter den Spiegeln sind Kameras. Videoüberwachung. Mit Ton. Heidkrog hat mir das mal erzählt.«
»Auf dem gesamten Klo?«
»Nur bei den Waschbecken. Hier sind wir sicher.«
»O Gott, ich Troll. Beinahe hätte ich's vermasselt«, stöhnte Hauke.
»Vielleicht hat gerade keiner zugehört. Ist ja viel los heute. Aber eigentlich wollte ich dich fragen, ob ich dir irgendwie helfen kann. Wenn ich schon zu feige war, dich hier einzuschmuggeln, könnte ich das ja auf die eine oder andere Weise wiedergutmachen.«
»Mir helfen? Wie denn?«
»Ich weiß ja nicht, was du vorhast. Deswegen weiß ich auch nicht, wie ich dir helfen kann. Wenn dir aber was einfällt, kannst du mir ja Bescheid sagen.«

»Ich muss in den Küchentrakt, aber wo der ist, weiß ich schon.«
»In die Küche? Da lassen die dich nicht rein.«
»Ich muss ja auch nicht in die Küche. Nur in den Trakt.«
»Vergiss es, Hauke. Der Durchgang zur Küche ist bewacht. Zwei Leute. Die lassen da keinen ohne Livree rein.«
»Na, dann fällt mir doch was ein, wie du mir helfen kannst. Besorgst du mir eine?«
»Eine Livree? Wann brauchst du die denn?«
»So gegen zwanzig nach zehn. Eher Viertel nach, glaube ich.«
»Du weißt, was du tust?«
»Ich weiß, was ich tun soll. Über den Rest denke ich aber lieber nicht nach.«
»Okay, kein Problem. Ich leg dir die Livree auf den Spülkasten im zweiten Klo, okay? Du ziehst sie an, und auf dem Weg zum Küchentrakt drückt dir jemand von meinen Jungs ein Tablett in die Hand. Auf diese Weise kommst du problemlos an den Sicherheitsleuten vorbei.«
»Klasse«, sagte Hauke, der mit deutlich mehr Problemen gerechnet hatte. »Danke.«
»Kein Ding«, entgegnete Stefan und sah Hauke erwartungsvoll an.
»Ah, du musst wirklich aufs Klo.« Hauke hatte endlich kapiert. »Bin schon weg.«
Er verließ die Toilette und kehrte in den großen Saal zurück, gerade rechtzeitig, um Hurrelmanns Begrüßungsansprache mitzuerleben. Dazu war der untersetzte Mann auf die Empore mit dem Klavier geklettert.
»Verehrte Gäste, liebe Freunde«, begann er. »Viele von Ihnen wissen, dass wir hier unter uns sind. Wer durch diese Türen kommt, legt Rang und Namen ab. Die gibt's dann später an der Garderobe zurück.«

Gelächter erfüllte den Saal.
»Wenn ich also die Anwesenheit der Honoratioren nicht protokollarisch korrekt annonciere, bitte ich das zu entschuldigen, Herr Oberbürgermeister.«
Erneut ertönte Gelächter.
Klingt wie vom Band, dachte Hauke. Ob die das geprobt haben?
»Auch heute Abend werden wir von Stefan Ahlrich und seinem Team vom Steak Frites verwöhnt. Diejenigen unter Ihnen, die letztes Jahr hier waren, werden sich bestimmt daran erinnern. Und, ja, Herr Oberbürgermeister: Sie können Ihr Steak auch roh bekommen.«
Dieses Mal erschall großes Gewieher. Wie von einer Herde Wildpferde, fand Hauke.
»Nach der Raubtierfütterung wird getanzt, und wer mag, kann sich in den Wellnessbereich zurückziehen. Ich empfehle allerdings, zuerst ein wenig zu tanzen, damit das Essen verdaut ist und wir keine Leichen aus den Whirlpools fischen müssen.«
Haha, lachte Hauke stumm mit den anderen Gästen mit. Ein großer Komiker, der kleine Mann. Und ein guter Schauspieler – keine Spur mehr von Betroffenheit, die er noch bei seinem Fernsehauftritt gezeigt hat. Kein Wort zur Tragödie am Schlossplatz. Offenbar war man hier so unter sich, dass es dafür keinen Anlass gab. Wahrscheinlich war es allen klar.
»Das Buffet ist eröffnet«, rief Herr Hurrelmann nun, und unter dem Applaus der Gäste wurde ein schwerer Vorhang geöffnet. Hinter den üppig beladenen Tischen befand sich ein gewaltiger Grill, der von Pierre bedient wurde. Seelenruhig wartete er auf den Ansturm der hungrigen Meute, geradezu Zen-artig war er auf seinen Auftrag konzentriert: So viel Fleisch punktgenau zu grillen, wie die Gästeschar in sich hineinzuschlingen vermochte.

Hauke blickte nochmals zu Hurrelmann. Der beobachtete von seiner Empore aus den Ansturm aufs Buffet, das Gesicht verzerrt zu dem für ihn typischen schweinischen Grinsen. Er klopfte auf den Flügel, und der Pianist begann zu spielen. »Octopus's Garden«. Hauke meinte für einen Moment, Herrn Hurrelmann wären sechs weitere Arme gewachsen, mit denen er seine Gäste zur Fütterung dirigierte.

9

SONNTAG, 01.05.

Haukes Arm zitterte, als er sich bemühte, die Zeit von seiner Uhr abzulesen. Viertel nach zehn. »Ich muss mal für kleine Jungs«, flüsterte er Wiebke ins Ohr.

»Verstanden«, sagte sie und suchte den Raum nach Hurrelmann ab, um ihn in ein Gespräch zu verwickeln.

Hauke ging so unauffällig wie möglich zu den Toiletten. Nicht, dass es auffällig gewesen wäre, sich auf dieser feucht-fröhlichen Feier zurückzuziehen, aber sich um Unauffälligkeit zu bemühen, würde hoffentlich seine Sinne schärfen.

Im prachtvollen Ambiente der Herrenklos war er kurz versucht, sich das Gesicht zu waschen, dann aber erinnerte er sich an die Videoüberwachung, die ihm sofort einen Schreck durch die Glieder fahren ließ. Das fällt doch auf, wenn ich da gleich in einer Livree rauskomme, dachte Hauke entsetzt, bevor er mangels Alternativen die Schwingtüren in Bewegung setzte. Hinter ihnen wurde er erwartet.

»Gib mir dein Jackett«, sagte ein junger blonder Mann mit einem verschwörerischen Lächeln. »Meine Livree liegt auf dem Kasten. Zelle zwei.«

Hauke tat, was ihm aufgetragen wurde. Er war heilfroh, dass sich auch andere Gedanken über mögliche Schwierigkeiten machten und sie lösungsorientiert angingen. Er hatte in diesem Moment einfach nicht den Kopf dafür.

In welchem Film war das noch mal?, fragte Hauke sich, während er, nachdem er sich ausgezogen hatte, die Livree vom

Spülkasten holte. Da war doch was mit einer Waffe … *Der Pate!* Ach, du liebe Zeit!

Er begann furchtbar zu schwitzen, während er die weiße Jacke zuknöpfte. Immerhin passte sie, der junge Mann hatte ungefähr dieselbe Größe wie er selbst. Mehrfach durchliefen unkontrollierbare Zuckungen seinen Körper, gefolgt von einer Beinahe-Ohnmacht, als er überlegte, ob er den Transponder wirklich in die Hosentasche gesteckt hatte und nicht etwa ins Jackett, das Ahlrichs Mitarbeiter schon mitgenommen hatte. Dann schloss er die Augen, holte dreimal tief Luft und kehrte zu den Waschbecken zurück.

Ganz ruhig. Alles im Lot, sagte er sich. Es ist an alles gedacht, wenn auch nicht von mir. Egal. Ich muss mir die Hände waschen, da führt kein Weg dran vorbei. Schließlich hantiere ich hier mit Lebensmitteln.

Er hielt den Blick auf seine Hände geheftet, während er sie wusch. Danach blickte er betont desinteressiert in den Spiegel und richtete seine Frisur, bevor er den Waschraum verließ.

Zielstrebig lenkte er seine Schritte in Richtung Küchen- und Personaltrakt, vor dem zwei Sicherheitsleute standen, wie er in den letzten zwei Stunden etwa zwanzigmal zweifelsfrei hatte feststellen können. Aus den Augenwinkeln bemerkte er, dass Stefan Ahlrich von rechts kommend mit einem vollen Tablett seinen Weg zu kreuzen gedachte. Er beschloss, Ahlrich das Timing ihres Zusammentreffens zu überlassen, damit er sich auf seine Aufgabe der unfallfreien Tablettübernahme konzentrieren konnte.

»Wo hast du gesteckt«, raunzte Stefan Ahlrich ihn an und drückte ihm das Tablett in die Hände. »Der Champagner ist warm. In die Küche damit, aber zack!« Hauke stellte fest, dass sie sich in Hörweite der beiden Sicherheitstypen befanden.

Gut, dass ich mal gekellnert habe, dachte er.
Die beiden Sicherheitskräfte nickten ihm zu, als er das Tablett elegant an ihnen vorbei in Richtung Küche beförderte. Er schwebte förmlich durch den Korridor, so stolz war er auf sein unverhofftes Können. Alles wird gut, sagte er sich und bog vor der Küche in den Flur nach links. Dort erblickte er die Kellertür und daneben das Objekt seiner kriminellen Begierde. Er spürte, wie sein Körper vermehrt Adrenalin ausschüttete. Lässig balancierte er das Tablett mit der rechten Hand, nur noch zwei Schritte waren es zum Sicherungskasten. Als er ihn erreicht hatte, sah er auf die Uhr, es war eine Minute vor halb elf.
Mit der linken Hand kramte er den Transponder hervor und legte den kleinen Kasten an den großen. Ersterer saugte sich spürbar fest. Hauke drückte den Knopf. Mit einem Klacken löste sich die Magnetverriegelung des großen Kastens. Der schwang sanft auf, während Hauke den Transponder in seine Hosentasche gleiten ließ.
Plötzlich fiel ihm ein, dass er einen Sektkübel hatte mitbringen wollen.
»Was tun Sie da?«, fragte ein Sicherheitsmensch, der just in diesem Moment aus der Kellertür trat.
Hauke blickte hektisch zwischen ihm und dem geöffneten Sicherungskasten hin und her, bevor er das Tablett mit den gefüllten Gläsern hineinwarf, in der stillen Hoffnung, das würde etwas bewirken.
»Hoppla«, sagte er. »Haben Sie mich aber erschreckt.«
Es knisterte in dem Stahlschrank, schließlich gab es einen kleinen Knall, Rauch stieg auf.
»Ach herrje«, sagte Hauke. »Ich kam hier gerade vorbei und hab da diesen Kasten gesehen, und der sah nicht so aus, als sollte der offen stehen. Und dann …«

»Sie bleiben genau da stehen, wo Sie jetzt sind«, befahl der Sicherheitsmensch und zog sein Funkgerät vom Gürtel. »Zentrale?«
Hauke überlegte, ob er nicht einfach wegrennen sollte. Damit würde sicher keiner rechnen, dachte er noch, bevor er hinter sich schwere Schritte hörte.
»Was ist hier los?«, fragte einer der beiden bulligen Sicherheitsleute, die den Durchgang zur Küche bewacht hatten. Er war allein. Der andere hielt offenbar die Stellung.
»Ja, also, das war so«, begann Hauke zu plappern. »Ich war völlig in Gedanken und bin wohl falsch abgebogen. Da komme ich also hier vorbei und denk so bei mir: Nanu, das ist aber jetzt nicht richtig. Gerade will ich umkehren, da sehe ich doch, dass dieser Kasten offen steht. Ich guck rein, einfach so, wollte ja wissen, was das ist und ob das richtig ist, dass der offen steht. Und wie ich da so gucke, kommt der freundliche Mann hier vorbei und fragt mich, was ich hier mache. Ich war so durcheinander, da hab ich mich erschreckt, und das Tablett ist mir …«
Er machte eine ausladende Geste zum Kasten hin.
»Sind Sie bewaffnet?«, fragte der Sicherheitsmann, als hätte er Hauke gar nicht zugehört. »Strecken Sie bitte die Arme aus.«
Hauke tat wie ihm geheißen und wurde gründlich abgetastet. Alles, was der Experte fand, war der Transponder, den er aus Haukes Hosentasche zog. Er entzündete das Flämmchen und gab ihm schließlich das »Feuerzeug« wieder zurück. »Er ist sauber«, sagte der bullige Typ, vollkommen von sich selbst und seinen Fähigkeiten überzeugt.
Auf einmal knarzte das Funkgerät des Mannes, der Kontakt mit der Zentrale aufgenommen hatte.
»Herbringen«, orderte eine Stimme.
»Verstanden«, antwortete der Wachmann. »Folgen Sie mir«,

sagte er zu Hauke, der nicht ernsthaft annahm, er hätte da irgendetwas mitzuentscheiden. Aber er verspürte keinerlei Angst mehr. Vor gar nichts. Ole und Günni waren auf dem Weg hierher. Er fühlte sich sicher.

Er folgte dem Mann in Richtung des Sicherheitsbüros; Hauke konnte sich anhand der Baupläne an die örtlichen Gegebenheiten erinnern. Der bullige Typ begleitete sie, während er über Funk jemanden auf seinen alten Posten beorderte.

Meine Fresse, dachte Hauke. Das geht hier ja heiß zu.

Nach einigen Metern kam ihnen ein weiterer Mann entgegen. »Gleich zum Chef mit ihm«, sagte er und führte sie einen weiteren Flur entlang.

Vor einer Tür warteten sie. Trotz der drei Sicherheitsleute, von denen einer sogar eine Pistole trug, fühlte Hauke sich unverwundbar. Was hatte er zu befürchten? Sogar der Polizeipräsident war Gast der Party. Da würden sie schon niemanden erschießen, nur weil ihm ein Tablett ausgerutscht war. Die ersten Anzeichen latenter Unsicherheit kehrten erst zurück, als er König Hurrelmann in seinem Glitzeranzug näher kommen sah.

* * *

»Lassen Sie uns allein«, sagte Herr Hurrelmann zu den Wachleuten. »Wir wünschen, nicht gestört zu werden.«

Die Wachmänner nickten und verließen den Raum. Hurrelmann schloss die Tür hinter ihnen ab, was Hauke noch ein wenig mehr beunruhigte.

»Nehmen Sie bitte Platz, Herr Nöhlert«, sagte Herr Hurrelmann im Vorbeigehen und deutete auf einen bequem aussehenden Sessel vor einem eindrucksvollen Schreibtisch, hinter

dem eine breite Glasfassade mit Tür den Blick auf eine mit Brunnen und Bonsai-Bäumchen erleuchtete Terrasse freigab. Hurrelmann ließ sich hinter dem Schreibtisch nieder.
Kurz überlegte Hauke, ob er die Einladung ablehnen sollte, so als ultralässige Geste, dann aber setzte er sich doch.
»Was mache ich nur mit Ihnen?«, fragte Herr Hurrelmann nach einer kunstvollen Pause.
»Mit mir machen? Wie meinen Sie das?«
»Ich hätte nicht gedacht, dass Sie die Unverfrorenheit besitzen, die kleine Wiebke da mit reinzuziehen. Sie sollten sich was schämen.«
»Ich weiß nicht, wovon Sie reden, Herr Hurrelmann.«
»Soll ich noch den letzten Funken Respekt vor Ihnen verlieren?« Hurrelmann entblößte bei diesen Worten seine weiße Keramikkauleiste.
»Ich habe Wiebke da nicht mit reingezogen. Sie ist ziemlich enttäuscht darüber, dass ihr lieber Onkel Dietmar Arbeiter hinrichtet. Um das zu erkennen, hat sie mich nicht gebraucht.«
»Das werde ich noch zu gegebener Zeit entscheiden. Und nun zu Ihnen: Was haben Sie sich dabei gedacht?«
»Wobei jetzt?«
»Warum haben Sie meine Alarmanlage sabotiert? Haben Sie Komplizen? Wollten Sie bei mir einbrechen?«
Jene erhabene Gelassenheit, welche Helden unter Folter in großen Epen zugeschrieben wird, bemächtigte sich Haukes. Er warf Hurrelmann einen genuin verworrenen Blick zu.
»Ich habe keine Ahnung, wovon Sie sprechen. Durch Sie habe ich meinen Job verloren. Ich wollte Sie ärgern. Mehr nicht.«
Hurrelmann machte ein erstauntes Gesicht. »Sie … Wie bitte?«
Unfassbar, dachte Hauke. Das funktioniert wirklich. Verrückt.
»Mein Gott, das ist doch nicht so schwer zu verstehen, Herr

Hurrelmann. Ich habe versehentlich etwas über Sie veröffentlicht, was mich den Job gekostet hat.«

»Das ist alles?«

»Na ja, nicht so ganz. Ich bin auch ziemlich angefressen von dieser Schlossgeschichte. Sie gehen zu weit.«

»Und Sie werden mir lästig«, entgegnete Herr Hurrelmann. Hauke bemerkte etwas in dem Blick seines Gegenübers, etwas, was ihm zuvor nicht aufgefallen war und was ihn sehr überraschte. Hinter der aggressiv-selbstsicheren Fassade verbarg sich ein intellektuell überforderter Mensch. Hauke beschloss, sich das zunutze zu machen. Aber wie? Durch Provokation?

»Lästig? Ich? Das ist doch wohl eine Verdrehung der Tatsachen.«

»Ich bin Geschäftsmann, Herr Nöhlert. Ich tätige Geschäfte.« Hurrelmann sagte das so, als sei er überzeugt, damit eine plausible Begründung für sein Treiben abgeliefert zu haben.

»Sie haben das Schloss zerstört. Und vier Menschen umgebracht.«

»Ein bedauerlicher Unfall. Weiter nichts.«

»Weiter nichts? Ach so, na dann. Ich dachte schon, Sie hätten das alles geplant.«

»Wofür halten Sie mich? Aber was auch immer geschah, das lag alles im Interesse der Öffentlichkeit.«

»Dass ich nicht lache. Der Herr Baumagnat und ein paar korrupte Politiker. Die Öffentlichkeit! Sehr witzig.«

»Was glauben Sie denn, wer oder was die Öffentlichkeit ist, Herr Nöhlert? Die Kleinkrauter aus der Fußgängerzone? Sie? Machen Sie sich doch nicht lächerlich.«

»Sie sind total verrückt.«

»Wir leben in einer verrückten Welt, Herr Nöhlert, da muss man zu verrückten Maßnahmen greifen.«

»Soso. Aber dass die Welt verrückt sein könnte, weil solche Irren wie Sie sie ständig mit verrückten Maßnahmen traktieren, darauf sind Sie noch nicht gekommen, wie?«

»Sie sind ein Träumer, Herr Nöhlert. Nichts weiter.«

Hauke fühlte sich im Kino wie nie zuvor. Dem Mann fehlt nur noch eine kleine Perserkatze mit Juwelenhalsband, fand er. Die müsste auf seinem Schoß sitzen, während er mir von seinen teuflischen Plänen zur Unterjochung der Welt erzählt. Und danach? Danach sagt er mir bestimmt, dass er mich umbringen muss, überlegte Hauke weiter. Ob er das dann auch tut? Ich will noch nicht sterben.

»Die Welt«, fuhr Hurrelmann fort, »braucht mehr Visionen. Die Politik ist am Ende. Da kommt nichts mehr. Krisenverwalter allesamt, mehr nicht. Wer bringt das Land denn voran?«

»Na, wer denn? Sie etwa? Ich lach mich tot. Als ob Sie irgendwas für jemanden außer sich selbst tun.«

»Ich mach das doch nicht für mich!«

»Für wen denn sonst?«

»Ich brauche die Schlosstherme nicht. Ich habe mein eigenes Wellnessreich hier zu Hause. Das wird doch was für die Allgemeinheit.«

»Äh … was? Schlosstherme? Was ist das nun wieder?«

»Die Schlosstherme wird das Herzstück der Schlossarkaden, Herr Nöhlert. 10 000 Quadratmeter Wellness vom Feinsten. Sauna, Dampfbad, Türkisches Bad, Schwimmbecken drinnen und draußen. Alles im und um das Schloss herum.«

»Schlossarkaden?«

»Der ganze Platz, Herr Nöhlert. Der Berliner Platz, der Schlossplatz, ein Traum aus Glas und Marmor. Einkaufen wie ein Großherzog auf 90 000 Quadratmetern. Galerien mit Geschäften, Restaurants, Cafés …«

»Ihnen ist aber schon klar, dass es in der Fußgängerzone jede Menge Geschäfte, Restaurants, Cafés und so weiter gibt, oder?«
»Krauter. Immer dieses Klein-Klein. Grauenhaft.«
»Sagen Sie mal, Herr Hurrelmann, was stört Sie eigentlich daran, beim Einkaufen ein bisschen herumzulaufen?«
»Sie würden das doch nicht verstehen, Herr Nöhlert. Sie sind kein Mann mit Visionen.«
»Visionen? Halluzinationen, würde ich sagen. Sie bauen den Laden, um sich ein Denkmal zu setzen.«
»Und wenn schon. Ich habe in den vergangenen Jahren so viel für die Region getan, aber denken Sie mal nicht, dass mir das jemand dankt. Was glauben Sie, von wie vielen Abgeordneten ich mir im Laufe der Jahrzehnte auf der Nase habe herumtanzen lassen? Immer die Hand aufhalten und einen dann wie Abschaum behandeln. Jetzt drehen wir den Spieß um. Jetzt lasse ich tanzen. Abschaum!«
Beim letzten Wort spuckte Hurrelmann verächtlich aus.
»Diese Stadt ist für Sie wohl nur zur persönlichen Belustigung da, oder?«, hakte Hauke nach. Er brauchte gar nicht mehr über seine Worte nachzudenken. Sie sprudelten einfach aus ihm heraus, als hätte er seine Rolle vollkommen verinnerlicht.
»Diese Stadt schuldet mir was, Herr Nöhlert«, fuhr Hurrelmann fort. »Ich habe immer der Allgemeinheit gedient. Und immer habe ich dafür eins auf den Deckel gekriegt. Das Parkhaus am Waffenplatz? Glauben Sie, ich hätte das gewollt? Und wie ist das ausgegangen? ›Hurrelmann hat das Dänische Viertel abgerissen. Hurrelmann zerstört die Stadt.‹ So ging das doch. Jahrelang konnte ich mich auf keiner Party blicken lassen. Alles nur wegen diesen scheiß maroden Häusern. Unfassbar.«
Hauke begann zu dämmern, dass Hurrelmann sein Leben offenbar auch nur als Film begriff. Allerdings war es sein ganz

persönlicher Film, in dem er die alleinige Hauptrolle spielte – alle anderen waren nur Staffage. Komparsen.

»Sie nehmen das alles zu persönlich, Herr Hurrelmann.«

»So? Meinen Sie? Doch vielleicht sollten wir uns alle darauf besinnen, Dinge wieder persönlich zu nehmen, bevor wir uns von Sachzwängen erdrücken lassen. Die Welt ist zu unpersönlich geworden. Daran krankt diese Gesellschaft. Nehmen Sie sich, zum Beispiel.«

»Mich?«

»Sie haben Mumm, Herr Nöhlert. Sie nehmen Sachen persönlich. Wenn Sie nur ein wenig klüger wären, könnten Sie was bewegen.«

»Ich fürchte, ich kann Ihnen nicht folgen.«

»Sie nehmen Ihren Beruf ernst. Im Gegensatz zu den anderen Schmierfinken machen Sie sich Gedanken. Glauben Sie, außer Ihnen hätte irgendwer den Mumm gehabt, mich in aller Öffentlichkeit der möglichen Bestechung zu bezichtigen?«

»Ja nun. Doch was hat mir das eingebracht?«

»Ich sagte ja, wenn Sie nur ein bisschen klüger wären, dann hätten Sie es anders angepackt. Sie haben Potenzial. Sie hätten mir wirklich an den Karren fahren können. Ihre Vision gegen meine.«

»Ich habe keine Visionen, das haben Sie mir eben gerade gesagt. Aber ich habe Augen im Kopf. Und die sagen mir, dass man Sie dringend aus dem Verkehr ziehen sollte. Sie sind nämlich eine Gefahr für die Öffentlichkeit.«

»Sie begreifen das nicht. Ich *bin* die Öffentlichkeit.«

»Sie sind irre.«

»Mitnichten. Ich habe einfach verstanden, wie die Welt tickt. Schauen Sie sich doch um. Es ist Krieg, Herr Nöhlert. Im Krieg müssen Sie sich entscheiden. Wollen Sie gewinnen oder verlieren? Ihre Politiker haben sich entschieden. Die wollen zu den Gewinnern zählen.«

»So ein Quatsch, was Sie da reden. Im Krieg will jeder gewinnen. Außerdem sind das nicht meine Politiker.«

»Geschenkt. Jedenfalls haben die keine Zeit für andere Dinge. Deswegen lassen sie uns freie Hand. Wir müssen nur dafür sorgen, dass sie glauben, sie würden etwas mitentscheiden. Mehr nicht.«

»Wir? Wen meinen Sie denn mit wir?«

»Männer wie ich.«

»Uff. Ich dachte schon, Sie wären Mitglied in irgendeinem Geheimbund. Illuminaten, die Weisen von Zion, so was in der Art.«

Hurrelmanns Blick veränderte sich, aber Hauke konnte nicht sagen, woran das lag: Entweder war er durchaus Mitglied in einem Geheimbund, oder er glaubte nicht an deren Existenz, oder er hatte keinen Schimmer, wovon Hauke sprach.

»Schon gut«, sagte Hauke. »Vergessen Sie's.«

»Wo war ich stehen geblieben?«

»Sie wollten mir gerade erklären, dass Sie die Öffentlichkeit sind.«

»Ach ja, richtig. Ich gebe Ihnen ein Beispiel. Seit Jahrzehnten will ich das Schloss. Ausgelacht haben sie mich deswegen. Aber ich habe Geduld. Das ist meine Stärke. Ich lauere, warte auf meine Chance. Dann schnappe ich zu. Peng.« Eine lange Zipfelmütze würde ihm gut stehen, dachte Hauke plötzlich und kämpfte gegen ein Kichern an. Oder eine Zwangsjacke. »Denkmalschutz? Ha!«, fuhr Hurrelmann unbeirrt fort. »Versprechen Sie diesen Knallchargen einen Parkplatz und die lassen Sie das Rathaus sprengen oder den Schlossplatz ausheben. So einfach geht das. Aber ich baue keine Tiefgarage.«

»Nee, Sie bauen einen Konsumtempel. Davon gibt es ja zu wenige in der Welt.«
»Es geht um Klasse, nicht um Masse.«
»Da werden Sie sich aber eine Menge Feinde machen.«
»Na und? Wenn alles vollendet ist, werden sie davorstehen, andächtig, ehrfürchtig. Sie werden mir auf Knien danken für dieses einzigartige Meisterwerk. Und das ist erst der Anfang.«
»Der Anfang? Lassen Sie mich raten. Sie betreiben die Schlossarkaden selbst und lassen die Einzelhändler in der Fußgängerzone ausbluten. Dann reißen Sie sich ein Haus nach dem anderen unter den Nagel und machen aus der ganzen Stadt ein überdachtes Einkaufsparadies mit Minigolf in einer der Kirchen. Eine Indoor-Skipiste wäre auch nicht schlecht. Nicht zu vergessen: eine Achterbahn.«
Hurrelmann sah Hauke erstaunt an.
»Sind das so ungefähr Ihre Pläne?«, hakte Hauke nach.
»Woher haben Sie das erfahren?«
»Grundgütiger! Ich habe Augen im Kopf. Aber wollen Sie noch was wissen?«
»Schießen Sie los.«
»Ich weiß, dass Sie so dreist waren und die Einzelhändler für Peter Heidkrogs Abfindung haben blechen lassen.«
Hurrelmann lachte dreckig. »Genial, oder?«
»Durchtrieben.«
»Na ja«, sagte Hurrelmann geschmeichelt. »Was wissen Sie noch?«
»Dass Sie gesprengt haben.«
»Ich? Wo denken Sie hin? Ich war gar nicht auf der Baustelle.«
»Dann haben Sie sprengen lassen.«
»Das war eben ein sehr solides Bauwerk, Herr Nöhlert.«
»Vier Menschen sind dabei ums Leben gekommen.«

»Schwarzarbeit ist gefährlich«, entgegnete Hurrelmann.
»Das ist wohl so.«
»Und nun?«
»Wie, und nun?«
»Was wollen Sie jetzt tun, Herr Nöhlert?«
»Nichts.«
»Nichts?«
»Ich kann kein Fitzelchen von alledem beweisen.«
»Man kann nicht immer gewinnen, Herr Nöhlert.« Hurrelmann verzog das Gesicht zu einem Grinsen.
»Wem sagen Sie das«, erwiderte Hauke nüchtern. »Da kann ich Ihnen ein Lied von singen.«
»Exakt.«
Hurrelmann erhob sich und ging zur Terrassentür, um sie zu öffnen. Er trat hinaus und nahm einen tiefen Atemzug, während er in der Innentasche seines silbern glänzenden Jacketts herumfingerte.
»Herrlich, die Frühlingsluft, nicht wahr?«
Es waren seine letzten Worte.
Hauke hörte hinter sich ein Geräusch wie von einem vorsichtig aus einer unter Druck stehenden Sektflasche entfernten Korken. Hurrelmann zuckte zusammen, und Hauke sah Blut aus seinem Stiernacken spritzen. Dann fiel der Baumagnat vornüber wie ein nasser Sack. Fassungslos sah Hauke, wie Ole aus einer dunklen Ecke hinter einem massiven Schrank hervortrat, den er vorher noch gar nicht wahrgenommen hatte. In seinen Händen hielt er eine mit einem Schalldämpfer versehene Pistole.
»Mann, ich dachte schon, der hört gar nicht mehr auf zu reden«, sagte Ole. »Das war ja nicht mehr auszuhalten.«
»Bist du total durchgedreht?«, schrie Hauke seinen Freund an.

»Hey, Alter. Ich habe dir gerade das Leben gerettet. Was ist das denn für 'n Dank?«
»Du kannst doch nicht einfach Menschen erschießen!« Hauke war vollkommen außer sich. »Wie kommst du überhaupt darauf, dass du mir das Leben gerettet hast? Der hat doch nur zu einem neuen Monolog ansetzen wollen.«
»Meinst du? Na, ich weiß ja nicht. Das ist doch wohl eher mein Gebiet.«
»Du hast ihn umgebracht«, sagte Hauke. »Du hast ihn erschossen.«
»Ich mag's nicht, wenn das Böse siegt.«
»Das ist böse«, entgegnete Hauke. »Menschen erschießen ist böse.«
»Komm mir jetzt bloß nicht moralisch, Hauke. Moral ist bei solchen Typen fehl am Platz. Glaub mir, ich weiß da Bescheid.«
»Ich fass es nicht. Du hast ihn erschossen. Du hast ihm einfach von hinten in den Hals geschossen.«
»Na ja, einen Hals hatte er ja eigentlich gar nicht.«
»Dann eben in den fetten Ring zwischen Schultern und Kopf. Das ist doch scheißegal, wie du das nennst. Du hast ihn erschossen!«
»Dein beruflicher Scharfsinn in allen Ehren, Hauke. Aber es wäre besser, wenn du dich wieder einkriegst.«
»Wieso? Willst du mich sonst auch erschießen?«
»Nein, dann würde ich mich jetzt aus dem Staub machen. Die Kollegen könnten dann später darüber rätseln, warum du mit der Leiche hier rumhängst.«
»Du bist eine ganz, ganz blöde Sau, weißt du das?«
»Das ist deine Meinung. Also, können wir uns jetzt bitte beruhigen?«
»Ja, ja. Schon gut.«

»Danke«, sagte Ole.

»Und wie bist du überhaupt hier reingekommen?« Langsam dämmerten Hauke noch andere Fragen.

»Nicht nur ich.« Ole grinste. »Günni, du kannst aus dem Schrank rauskommen.«

Hauke traute seinen Augen kaum, als er sah, wie Günni aus dem massiven Teil herauskletterte.

»Ich hab das Zeug«, verkündete Günni strahlend, offensichtlich unbeeindruckt von den vorausgegangenen Ereignissen.

»Alles klar. Sieh zu, dass du Land gewinnst«, sagte Ole.

Günni eilte augenblicklich durch die Terrassentür und verschwand in der nächtlichen Dunkelheit.

Ole ging zu Hurrelmann und beugte sich über ihn. »Siehste! Umlegen wollte der dich. Wie ich's dir gesagt habe.«

Hauke schlich argwöhnisch zu Ole hinüber und hockte sich neben ihn. Ole klappte vorsichtig das Jackett beiseite, damit Hauke einen Blick auf Hurrelmanns Pistole werfen konnte.

»Der ... der ... wollte mich ...«

»Ganz genau.«

»Aber das geht doch nicht. Davon hat er nichts gesagt.«

»Hauke, Hauke.«

»Wieso hast du überhaupt eine Waffe bei dir? Ihr habt doch gesagt, dass es unmöglich sei, eine mit in die Villa zu schmuggeln.«

»Es ergab sich eine Möglichkeit, diesen Rucksack«, Ole zeigte auf seinen Rücken, »hier zu deponieren. Frag mich jetzt nicht, wie das gelang. Das willst du auch gar nicht wissen.«

Hauke wollte es tatsächlich nicht wissen.

Ole stand auf, nahm seinen Rucksack ab und begann sich zu entkleiden.

»Was machst du da?«

»Ich zieh meine Uniform an.«
»Du hast auch immer noch nicht meine Frage beantwortet, wie ihr hier reingekommen seid.«
»Es war so.« Ole dachte kurz nach. »Der Alarm ging los, Michi und ich waren zufällig in der Nähe und haben mitbekommen, wie Hurrelmann seine Wachleute entließ und mit dir sprechen wollte. Und weil wir uns Sorgen gemacht haben, bin ich über die Mauer gehüpft, um nach dem Rechten zu sehen. Die Terrassentür war offen, also bin ich rein. Während ich im Nebenzimmer war, bist du mit Hurrelmann hier rein, und ich habe euch belauscht. Dann habt ihr euch gestritten, und Hurrelmann wollte seine Waffe ziehen. Ich hab ja noch gerufen, aber da war es zu spät, und ich musste ihn erschießen. So war das.«
»Hast du dir das gerade ausgedacht?«
»Ja. Gut, was?«
»Erstaunlich. Und das kauft dir irgendwer ab?«
»Keine Ahnung. Aber wenn du lange genug was behauptest, dann fangen die Leute an, es zu glauben. Das ist ganz natürlich.«
»Und was hast du gerufen?«
»›Lassen Sie die Waffe stecken, Herr Hurrelmann.‹ Merk dir das.«
»Mach ich. Und wie erklären wir, dass du ihn von hinten umgeballert hast?«
»Mmmh. Warte … Okay. Ich bin nicht rein, sondern habe von draußen gesehen, wie Hurrelmann seine Waffe ziehen wollte. Deswegen musste ich schießen und habe ihn in den Hals getroffen. So ein Pech. Wir müssen ihn nur schnell andersrum hinlegen.«
»Ich fass den nicht an.«
»Stimmt, besser nicht. Wegen der Fingerabdrücke. Ich mach das schon.«

Ole schlüpfte in seine Diensthose und fischte aus dem Rucksack ein Paar Handschuhe. Nachdem er sie übergestreift hatte, drehte er Hurrelmann um, wobei er genau darauf achtete, die Leiche um die Blutlache als Achse zu drehen.
»Das dürfte reichen.«
»Das wollen wir mal hoffen«, sagte Hauke, dessen erster Schock verflogen war. Allmählich gefiel ihm der Gedanke, dass Hurrelmann nie wieder etwas »Visionäres« tun würde. Allerdings gefiel ihm nicht so recht, dass ihm dieser Gedanke gefiel.
Ole zog seine Stiefel an und band sie zu. »Ich muss jetzt mal kurz zur Mauer. Du rührst dich nicht vom Fleck«, sagte er und eilte auch schon davon.
»Aber ...«, konnte Hauke noch vorbringen, bevor Ole in der Dunkelheit verschwand.
Hilflos sah er sich um und schreckte zurück, als er bemerkte, dass er immer noch neben der Leiche von Dietmar Hurrelmann stand. Er ging zurück in das Arbeitszimmer des Toten, bemüht, irgendetwas zu finden, was ihn zumindest kurzfristig ablenken würde.
Der Schrank, dachte er und lenkte seine Schritte dorthin. Er zog seinen Ärmel über die Hand, öffnete die Tür vorsichtig und starrte hinein. Überrascht stellte er fest, dass der Schrank deutlich tiefer war, als es von außen den Anschein machte, und dass er an einer schweren Stahltür mündete. Die Stahlkammer?
Da war Günni drin, dachte Hauke. Die beiden waren in der Stahlkammer gewesen. So kann es nur gewesen sein. Er hat die Tür zu ihr sogar wieder zugemacht. Hauke fiel ein, dass er das Gleiche mit der Schranktür tun sollte, damit niemand auf dumme Gedanken kam. In diesem Moment ging der Alarm los.
»Auf Günni ist Verlass«, sagte Ole, der plötzlich wieder in der Terrassentür stand. »Jetzt ruft Michi Verstärkung.«

»Aber dann kommen doch gleich die ganzen Sicherheitsfuzzis, oder?«
»Quatsch. Hurrelmann hat doch gesagt, die sollen euch allein lassen. Die sind jetzt bestimmt auf dem Weg zur Mauer, wo Günni den Alarm ausgelöst hat.«
»Und wo warst du?«
»Ich hab meinen Rucksack über die Mauer geworfen«, sagte Ole in einem Tonfall, der die Frage als zutiefst schwachsinnig disqualifizierte. »Lassen Sie die Waffe stecken, Herr Hurrelmann!«, brüllte er auf einmal wie von Sinnen, so dass Hauke rückwärts taumelte und auf den Sessel fiel. »Bleib da sitzen«, raunte Ole ihm zu und beugte sich mitsamt Funkgerät über die Leiche.

* * *

Hauke saß weiter in seinem Sessel, als der Raum vor Menschen mit und ohne Uniformen nur so wimmelte. Wie durch einen Schleier sah er, dass Ole mit einigen anderen Polizisten wild gestikulierend redete. Er erwachte aus seinem tranceähnlichen Zustand erst, als Wiebke mit dem Polizeipräsidenten Jan Bornemann, ein stattlicher Mann mit silbergrauen Haaren, und zwei weiteren Polizisten das Arbeitszimmer betrat. Wiebke war augenblicklich bei ihm.
»O Gott. Hauke, ist dir was passiert?«
»Mir? Passiert? Ich weiß nicht …«
»Haben Sie die Personalien aufgenommen?«, fragte Bornemann die Schar der anwesenden Beamten.
»Natürlich«, antwortete Ole.
»Sittner? Das hätte ich mir ja denken können. Sind Sie dafür verantwortlich?«

»Wenn Sie auf den tragischen Tod des erlauchten Mitglieds der Gesellschaft Hurrelmann anspielen: teilweise.«
»TEILWEISE?«
»Dietmar Hurrelmann wollte Herrn Nöhlert erschießen. Ich musste da eingreifen.«
»Sie kennen diesen Mann?«, fragte der Polizeipräsident mit undurchdringlichem Blick und deutete mit seinem kleinen Finger auf Hauke.
»Ich habe, wie gesagt, seine Personalien aufgenommen. Und wir haben zusammen die Schulbank gedrückt. Na ja, Herr Nöhlert hat zugegeben, Champagner in den Kasten des Sicherheitssystems gekippt zu haben, weil er glaubt, Herr Hurrelmann sei für seine Entlassung als Reporter beim *Oldenburg Report* verantwortlich. Offenbar wurde er von Herrn Hurrelmanns Sicherheitsdienst hierhergebracht, wo Herr Hurrelmann sich persönlich um Herrn Nöhlert kümmern wollte. Als ich dann einen Alarm hörte, wodurch auch immer ausgelöst, eilte ich sofort von außen in diesen Bereich. Mir war bekannt, dass hier die Büroräume lagen, und bei einem Einbruch schien dies für mich mit der Terrassentür ein gefährdeter Ort zu sein. Als ich ankam, sah ich, wie Herr Hurrelmann eine Waffe aus seiner Anzugjacke ziehen wollte. Laut und deutlich habe ich ihm zugerufen, dies bleiben zu lassen. Aber er tat es nicht. Deswegen musste ich schießen. Ich habe beim Schuss die Waffe verrissen. Das tut mir sehr leid.«
»Das tut Ihnen leid?«, empörte sich der Polizeipräsident. »Es tut Ihnen leid? Sie haben einen verdienten Mitbürger erschossen. Hinterrücks, so wie ich die Dinge sehe, und es tut Ihnen leid?«
»Ich wollte ihm in die Schulter schießen. Es war ein Fehler. Ein tragischer Fehler«, sagte Ole und senkte reumütig den Kopf.

»Ein tödlicher Fehler, für den ich die volle Verantwortung übernehme.«
»Da können Sie sicher sein, Sittner. Sie tragen dafür die volle Verantwortung. Das wird Konsequenzen haben.«
Hauke starrte wie gebannt auf Bornemann und Ole, weshalb ihm dieses eine winzige Detail nicht entging und sich für immer in sein Gedächtnis einbrannte: Der Polizeipräsident zwinkerte Ole zu, bevor er ihm die kalte Schulter zeigte.
»Kann ich ihn mitnehmen?«, hörte er plötzlich Wiebkes Stimme neben sich.
»Natürlich. Halten Sie sich aber zur Verfügung, wir brauchen noch Ihre Aussage«, sagte Jan Bornemann, bevor er sich den Kollegen von der Spurensicherung widmete.
Wiebke half Hauke auf und führte ihn aus dem Raum. Hauke sah noch, wie Ole sich mit einigen Kollegen in den Garten zurückzog. Er glaubte zu erkennen, dass Michi einer von ihnen war. Ich hätte es wissen müssen, dass er das durchzieht, dachte Hauke. Spätestens seit er meine Tür eingetreten hat, hätte es mir klar sein müssen.
Wiebke brachte ihn über Umwege zur Garderobe, um möglichst wenigen Gästen zu begegnen. Nach Herausgabe der Mäntel fingerte sie auch den Zettel mit der Parknummer aus seinem Kleidungsstück, bevor sie es ihm behutsam über die Schultern legte. Seltsam, niemand hatte sich gewundert, dass er eine Livree trug, dachte Hauke noch.
»Bringst du mich nach Hause?«, fragte er, geblendet vom Blaulichtgewitter der Polizei- und Notarztwagen, die sich um den obszönen Springbrunnen versammelt hatten.
»Ja, mein Schatz. Wir fahren nach Hause.«

10

DIENSTAG, 21.06.

Andächtige Stille herrschte auf den weiten Rasenflächen des Schlossgartens, obwohl dort gut und gerne einige Dutzend Leute in Kleingruppen zusammenhockten, um den längsten Abend des Jahres unter freiem Himmel zu genießen und dabei nach guter keltischer Sitte bewusstseinserweiternde Substanzen zu konsumieren.

Ole lag mit freiem Oberkörper auf dem Rücken und betrachtete das Farbspektakel vom Sonnenuntergang, während Hauke den Joint entzündete.

Hauke musste zugeben, dass er Ole in den vergangenen sieben Wochen vermisst hatte. Solange die Ermittlungen gegen Ole liefen, sei es wenig ratsam, gemeinsam irgendwo gesehen zu werden, hatte Heiner Hauke am Telefon erklärt.

»Ist voll komisch«, sagte Hauke. »Da haben wir ein paar Tage fast wie ein Ehepaar verbracht – und dann sieben Wochen Funkstille.«

Er nahm einen Zug und reichte Ole die Tüte.

»Das war leider nötig«, erwiderte Ole und beförderte eine erhebliche Menge Rauch in seine Lunge. »Aber nun ist ja alles wieder gut.«

»Und was wird jetzt aus dir? Ich meine, kannst du bei der Polizei bleiben?«

»Ich könnte. Die Ermittlungen gegen mich sind ja eingestellt. Aber ich hör trotzdem auf.«

»Und was machst du dann?«

»Bei Heiner einsteigen.«
»Davon kann man leben?«
»Sogar prima. Industriespionage ist ein blühendes Betätigungsfeld.«
»Industriespionage?«
»Ja, klar. Sicherheitsanlagen knacken, Betriebsgeheimnisse ausloten … Du glaubst gar nicht, wie viele Leute dafür bezahlen.«
»Krass.«
»Ja, irgendwie schon.« Ole nahm einen weiteren Zug, dann gab er den Joint an Hauke zurück. »Und bei dir? Das mit dem Dossier habe ich mitbekommen. Respekt, mein Alter. Du kannst ja wirklich schreiben.«
»Danke. Ich habe mir den *Oldenburg Report* damals nicht ausgesucht, weil er die Erfüllung meiner Träume war.«
»Ach, nicht?«
»Nein.«
»Und was sagt Wiebke dazu, dass du ihren Vater damit in den Knast gebracht hast?«
»Das war ihre Idee. Ich glaube, sie hatte schon länger eine Rechnung mit ihm offen. Außerdem kommt er spätestens in zwei Jahren auf Bewährung raus. Vielleicht auch schon nächstes.«
»Das geht aber flott. Mir ein wenig zu flott.«
»Er hat das Gros der Schuld dem toten Hurrelmann in die Schuhe schieben können.«
»Ätzend. Aber das war zu erwarten.«
Hauke nahm einen weiteren Zug und schloss für einen kurzen Moment die Augen.
»Und sonst so?«, erkundigte sich Ole nach einiger Zeit und holte Hauke zurück ins Hier und Jetzt.
»Das Verfahren wegen Sachbeschädigung wurde gegen eine Geldspende für wohltätige Zwecke eingestellt.«

»Wer hat dich überhaupt angezeigt?«
»Der Sicherheitsdienst. Die Anlage gehört denen. Hurrelmann hatte sie vor vielen Jahren nur gemietet. Der Richter hat deswegen auch entschieden, dass die Anlage über die Miete schon lange refinanziert war, so dass kein relevanter wirtschaftlicher Schaden entstanden ist. Aber kaputt gemacht habe ich sie trotzdem, weshalb er mich zu der Spende verdonnert hat. Immerhin hat er den Staatsanwalt veranlasst, dem Sicherheitsdienst die Wirtschaftsprüfer auf den Hals zu hetzen.«
»Schrill«, sagte Ole.
»Das hat mich einen guten Teil des Honorars für das Hurrelmann-Dossier gekostet.«
»Das verkauft sich gut, wie?«
»O ja. Fünf überregionale Tageszeitungen, zwei Wochenzeitungen und ein Drehbuchangebot für eine Fernsehdoku. Mit sechs anderen Zeitungen verhandle ich noch.«
»Super, Alter. Dann bist du ja wieder drin. Besser als je zuvor, würde ich sagen.«
»Schon. Aber ich bin mir nicht so sicher, ob ich in der Branche glücklich werde. Ich bin vielleicht ein wenig zu unbedarft für sie. Nie hätte ich es für möglich gehalten, dass es solche Menschen wie Hurrelmann oder Heidkrog gibt.«
»Jede Menge, Hauke. Jede Menge.«
Ole forderte den Joint zurück und nahm zwei Monsterzüge. Hauke starrte derweil in den immer klarer werdenden Sternenhimmel, der allmählich die letzte Färbung des Sonnenuntergangs verlor. Er dachte an das letzte Mal, als er mit Ole hier gelegen hatte, und die Erinnerung amüsierte ihn königlich. Außerdem bemerkte er, dass ihm das THC ohne Alkohol deutlich besser bekam.
»Wieso hast du ihn eigentlich erschossen? Mit den Unterlagen

hättet ihr ihn doch auch so drangekriegt«, fragte er Ole, als dieser ihm den Joint zurückgab.
»Selbst wenn man ein Verfahren eingeleitet hätte – es wären wieder Leute über die Klinge gesprungen. Unter anderem du. Außerdem wäre Hurrelmann ziemlich wahrscheinlich mit einer Bewährungsstrafe und gemeinnützigen Spenden davongekommen. Wenn du wirklich reich bist, gehst du nicht in den Knast.«
»Ach, das ist doch ein Klischee.«
»Nein. Tatsache.«
»Die Presse hätte Hurrelmann ins Gefängnis geschrieben. Das hätten die sich nicht entgehen lassen.«
Ole lachte sein Blecheimerlachen. »Du bist ein weltfremder Traumtänzer, mein Alter. Der erste Schreiberling, der was Kritisches über Hurrelmann verfasst hätte, hätte sich mit 'nem Kälberstrick um den Hals unter der Huntebrücke wiedergefunden. Danach wäre es sehr schnell sehr still geworden.«
»Blödsinn«, widersprach Hauke. »Das hätte er nicht gemacht. Jeder hätte sofort gewusst, dass er dafür verantwortlich ist. Dann hätte man ihn wegen Mordes drangekriegt.«
»Komische Argumentation. Weil es dir vollkommen klar ist, muss es die Wahrheit sein?«
»Quatsch.«
»Weißt du, dass Hurrelmann dich genau deswegen auf die Abschussliste gesetzt hat? Der hat sich gedacht: Niemand ist so blöd und veröffentlicht solche Anschuldigungen aus Versehen. Also weiß er was und will mir drohen. Und schwuppdiwupp bist du tot.«
Hauke wollte abermals protestieren, aber etwas sagte ihm, dass Ole recht hatte.
»Eine Sache lässt mir keine Ruhe, Ole«, setzte er nach einer Weile an.

»Schieß los!«
»Der Polizeipräsident, Jan Bornemann … nachdem er dich zusammengeschissen hat …«
»Pssst«, sagte Ole. »Manche Dinge sollten besser unausgesprochen bleiben.«
»Manche schon«, gab Hauke zu. »Aber das will ich trotzdem wissen. Er hat dir zugezwinkert.«
»Ja.«
»Warum?«
»Hurrelmann hat ihm damals das Technologiezentrum in den Garten gesetzt. Da hatte der Präsi gerade seine eigene Riesenhütte gebaut und stand in Verhandlungen mit der Bank, um das angrenzende Ackerland zu kaufen, damit ihm niemand die Aussicht verbauen kann. Hurrelmann war schneller.«
»Das gibt's doch nicht.«
»So funktioniert die Welt, Hauke. Pass auf, wem du auf die Füße trittst.«
»Am besten niemandem, habe ich so für mich rausgefunden.«
»Genau. Das ist der Weg. Tüte!«
Hauke zog noch mal an dem Spliff und gab ihn Ole, der den Rest Bewusstseinserweiterung gierig heraussog.
Eine Weile lagen sie wieder still nebeneinander und genossen die gesellige Einsamkeit.
»Hast du eigentlich noch Kontakt zu Heidi?«, fragte Hauke plötzlich.
»Nein.«
»Hast du ihre Adresse?«
»Ja. Hat Björni mir besorgt.«
»Und?«
»Ob ich mich jetzt bei ihr melde? Ich glaube nicht.«
»Findest du das nicht irgendwie schade?«

»Sicher. Aber es ist ihre Entscheidung. Sie kann mich jederzeit kontaktieren. Es ist ja nicht so, als hätte ich sie verstoßen.«
»Nee, klar.«
»Ach, wer weiß. Vielleicht …«
»Ja?«
»Vielleicht auch nicht.«
Hauke gewann den Eindruck, dass Ole nicht über dieses Thema sprechen wollte. Irgendwie verständlich, dachte er. Ist ja auch 'ne üble Geschichte.
»Und wie ist's bei euch?«, fragte Ole.
»Wir suchen uns jetzt 'ne Wohnung.«
»Na, das ist doch was. Und wie geht's dir damit?«
»Ich find das gut«, sagte Hauke.
»Ihr lasst euch also richtig nieder, wie? Familie gründen und so?«
»Ja.«
»Freiheit aufgeben?«
»Hey, nee … so ist das nicht. Es wird bestimmt anders, aber Freiheit … ich meine, ich bin doch jetzt auch hier mit dir, oder? Daran ändert sich nichts.«
»Das liegt an dir«, sagte Ole und erhob sich abrupt.
»Wie meinst du das?«
Ole zog sein Hemd über und warf Hauke dann einen nicht zu deutenden Blick zu. »Ich werde mich nicht mehr bei dir melden können, wenn du jedes Mal, wenn du mir wegen Kind oder Frau absagen musst, ein schlechtes Gewissen hast. Denn das will ich nicht. Und du wirst dich nicht mehr bei mir melden, weil du nicht mehr weißt, wo dir der Kopf steht.«
»Quatsch. Wir bleiben in Kontakt«, widersprach Hauke und stand ebenfalls auf.
»Alter, du bist jetzt in 'ner festen Beziehung, und ihr kriegt ein

Kind. Du wirst überhaupt keine Zeit mehr haben, dich mit mir zu treffen.«

»Natürlich werde ich das, red doch keinen Scheiß.«

»Was du dir vornimmst, ist total egal. Das wird nichts, ich sag's dir.«

»Und ich dachte, du liebst mich«, entgegnete Hauke.

Ole nickte grinsend.

»Also wirst du mich nicht abweisen, wenn ich mich doch bei dir melde?«

»Niemals.«

Sie umarmten sich.

»Sag der Mumie einen schönen Gruß vom Troll.« Hauke spürte, dass er feuchte Augen bekam.

»Mach ich«, erwiderte Ole. »Mach's gut.«

»Du auch.«

Dann ging Ole davon. Hauke sah ihm nach und wischte sich ein paar Tränen aus den Augenwinkeln. Vielleicht stimmt es ja und ich komme gar nicht mehr dazu, mich bei ihm zu melden. Ich sollte mir das trotzdem vornehmen, dachte er.

Noch einmal blickte er in die mittlerweile sternklare Nacht hinauf und fühlte sich auf einmal irgendwas zwischen winzig klein und unsterblich. Ein gutes Gefühl, wie er fand.

Tja, und was mach ich jetzt?, fragte er sich gefühlsduselig.

»Ich krieg ein Baby, das ist doch was«, gab er sich selbst die Antwort und schlenderte nach Hause.